Ph'nglui mglw'nafh Cthulhu
Per Ado
him, Adonai
Adonai Sabaoth
Ou Agla Methe
Pythonicum,
Salamandrae Cenven

H.P. LOVECRAFT

CTHULHU MYTHOS III

克蘇魯神話

III

噩夢

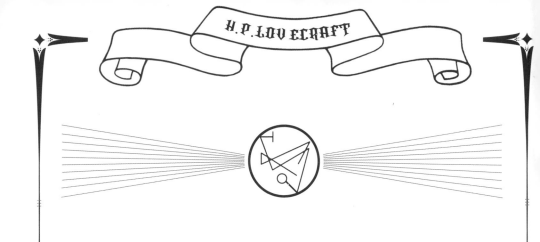

Pickman's Model —

H.P. Lovecraft — July 28, 1934.

The world is indeed comic, but the joke is on mankind.

H.P.Lovecraft

這個世界的確很滑稽，但這個笑話是針對人類的。

——H・P・洛夫克特萊夫特

各界推崇

史蒂芬・金（故事之王、驚悚小說大師）：

「他是二十世紀恐怖小說最偉大的作家，無人能出其右。」

尼爾・蓋曼（文學傳記辭典十大後現代作家、《美國眾神》作者）：

「他定義了二十世紀恐怖文化的主題和方向。」

喬伊斯・卡羅爾・歐茨（美國當代著名作家）：

「他對後世恐怖小說家施加了無可估量的影響。」

陳浩基（作家）：

「近代不少類型小說、動漫畫以至戲劇都加入了克蘇魯元素，如果您想一窺原文、了解出典，這套書是不二之選。」

Faker 冒業（科幻推理評論人及作者）：

「每篇都使人SAN值急速下跌的《克蘇魯神話》原典，華文讀者總算有幸一一親眼目睹了。這些近百年前對歐美日等普及文化影響深遠的小說本身，就是文化史上的不朽『神話』。」

冬陽（推理評論人）：

「閱讀《克蘇魯神話》，像是經歷一場溯源之旅，曾經看過聽過的許多故事、好奇過恐懼過的紛雜情緒，以及一個接一個宛如家族叢生的各式創作，就是出自這個深具想像啟發的傳奇文本，令人掩卷之餘臣服它的奇魅召喚，自願扮演下一個傳承者。」

何敬堯（奇幻作家、《妖怪臺灣》作者）：

「毛骨悚然的詭音，奇形怪狀的觸手暗影，人們卻豎耳瞪眼，如飢似渴想要理解怪物的玄祕存在，這就是克蘇魯神話的蠱惑魔力。廣袤宇宙之中，人類微不足道，自從H．P．洛夫克萊夫特揭示此項真理，來自遠古的恐怖奇幻於焉降臨。」

馬立軒（中華科幻學會常務理事）：

「二百年前，洛夫克萊夫特奠定克蘇魯神話的基礎，讓讀者得以窺見宇宙中令人恐懼的少數未知；一百年後，收錄二十篇經典作品的《克蘇魯神話》在臺問世，臺灣讀者終於可以看到影響西方創作幾個世代的原典！虛實莫測的夢境、天外異界的生命，超越常理的新發現、突破認知的新研究，未知的驚懼、無名的恐怖……全都在《克蘇魯神話》！」

廖勇超（臺灣大學臺灣文學研究所副教授）：

「詭譎的空間，異樣的神祇，陰翳的邪教，以及瘋狂的人們——這是洛夫克萊夫特筆下的克蘇魯世界觀。克蘇魯世界的毀滅力量，每每在他敘事的層次肌理中惘惘地散發而出，從身體、心理、群體、到最終整個世界的物理準則都不可抗地被其邪誕的宇宙觀拉扯墜入，終究灰飛煙滅，消隱在其宏大的邪物秩序中。簡而言之，克蘇魯神話說的不是人類，而是人類如何從一開始便缺席於這宇宙的故事。」

Div（另一種聲音）（華文靈異天王）、Miula（M觀點創辦人）、Nick Eldritch（克蘇魯神話與肉體異變空間社團創建者）、POPO（歐美流行文化分析家）、羽澄（臺灣克蘇魯新銳作家）、阿秋（奇幻圖書館主講人）、氫酸鉀（知名畫家）、等菁（華文靈異天后）、陳郁如（暢銷作家）、雪渦（d/art策展人）、龍貓大王（粉絲頁「龍貓大王通信」主人）、譚光磊（版權經紀人）、難攻博士（中華科幻學會會長兼常務監事）各方名人列名推薦！

導讀〈看一封信，然後夜不成眠的克蘇魯——無以名狀的書信敘事恐怖〉

臺灣克蘇魯新銳作家　羽澄

提及克蘇魯神話或這個神話體系的創造者H．P．洛夫克萊夫特，就會想到「無以名狀的恐懼」這個招牌，在網路社群的時代，已經有不少推廣或科普何謂「克蘇魯」或誰是「H．P．洛夫克萊夫特」的文章了。

我首次正式接觸正宗洛氏克蘇魯神話小說，是網路上的簡體版翻譯，無論是閱讀的方便性或體驗都跟紙本書有極大落差，而今年各大出版社開始注意到了克蘇魯神話與洛氏恐怖這種影響後世創作深遠的題材，儼然是發現了未知的藍海。奇幻基地發行的《克蘇魯神話》系列，也讓我有機會再次細讀過去沒有辦法仔細體驗的正宗洛氏克蘇魯經典作品。

本書最大的突破，在於呈現了克蘇魯神話中很重要的一個元素——書信，為什麼書信在洛氏恐怖是重要的，又或者該問說：為什麼洛氏這麼常用書信來表達恐怖氛圍呢？

洛夫克萊夫特作者的恐怖文學的調性是「無以名狀的恐懼」，也就是強調未知的事物令人感到恐懼，這在文學當中會使用到相當多的「留白」技巧，即是刻意不做具象化的描寫，任憑讀者的想像力發酵，讀者所能想到多恐怖離奇的樣子，就會成為那個樣子。

我們在進行文學創作時會在許多的面向使用這個技巧，負面的事物如虐待、酷刑、血腥場面或是單純角色間的爭執，刻意不描寫而只在行文脈絡中帶出氣氛，就能讓讀者自行想像事件嚴重的程度，這是一個高段的技巧，寫作者利用讀者本身的想像力，以及文字這個載體本身帶有的「不具象」（不同於圖像、影片那般視覺具象，全仰賴讀者在腦海中想像文字描述之畫面），就可以將留白技巧發揮得淋漓盡致，讓人不寒而慄於無形。

因為洛氏恐怖具有這樣的體質，作品裡有許多「不清不楚」的描寫，而這樣的描寫大多是主敘事者或主角拾獲、收到、讀到某篇文章或是遭遇恐怖事故的當事人所撰寫的信件。故事的敘事者會在信件的內容呈現於讀者面前時達到視角轉換的效果，而作為「一封信」，內容會依照撰寫者書寫當下的精神狀況而有所不同：可能是筆跡顫抖的、可能是精神錯亂不知所云的、也可能異常冷靜到讓人感覺異樣的。更重要的是，除了這種角色轉換帶給讀者幽微又細思極恐閱讀體驗的同時，書信的敘事可以合理地模糊故事的恐怖事件（如：我無法確切告訴你那東西像什麼、我形容不出是什麼在看著我……等等），也就是讓真相蒙上一層神祕的面紗，以這樣的效果烘托出所謂無法名狀的氛圍。

奇幻基地此次的《克蘇魯神話》系列，除了收錄最大量的洛氏作品篇章之外，也在「書信」這個元素以別致的設計做安排，讀者可以在類似信紙的頁面上讀到那些駭人聽聞又無以名狀的可怕事件，真正身歷在洛氏營造的恐怖氣氛當中，我認為這是閱讀體驗上的另一大突破。

克蘇魯神話無疑是影響最多現在奇幻、科幻作品的體系，洛氏是此集大成者，無論在創作靈感、或純粹欣賞，甚至作為學術上、作為比較文本的資料，奇幻基地這一套《克蘇魯神話》都能夠提供足夠份量的素材。

值得一提的是，這部書收錄了洛氏許多著名的經典篇章，除了著名的〈克蘇魯的呼喚〉、〈敦威治恐怖事件〉、〈女巫之屋的噩夢〉等故事外，也收錄了在歐美地區多次改編成漫畫文本的〈神殿〉、〈牆中之鼠〉，第一人稱的敘事角度讓撲朔迷離的劇情顯得謎霧重重，還有前半部由主角跟友人通信的〈黑暗中的低語〉，更是能從信件往返的內容逐一拆解故事描述的恐怖事件，讀完真的會產生冷汗直流的驚悚緊張，相當過癮與暢快。

很高興能夠看見又有一部集結如此大量洛氏作品的套書在臺灣出版，由衷感覺到這個世代的克蘇魯愛好者、恐怖文學讀者是幸運的，這是臺灣的克蘇魯圈、文學創作圈、恐怖文學圈的一大進展，也讓讀者有更多選擇，共同為推廣此類創作和著作而努力。

霍華·菲力普·洛夫克萊夫特生平年表

1890年
8月20日出生於美國
羅德島州普羅維登斯

1892年
2歲能朗誦詩歌

1893年
3歲能閱讀
父親因精神崩潰
被送進巴特勒醫院

1895年
5歲閱讀了《一千零一夜》
啟發了他日後寫作中創造出
虛構的《死靈之書》的
作者阿拉伯狂人
阿卜杜·阿爾哈茲萊德

1896年
6歲能寫出完整詩篇

1897年
洛夫克萊夫特留存下來最早的
創作品《尤利西斯之詩》
The Poem of Ulysses

1898年
父親去世
開始接觸到化學與天文學

1899年
製作編輯出版膠版印刷
刊物《科學公報》
The Scientific Gazette

1903年
製作編輯出版
《羅德島天文學期刊》
The Rhode Island Journal of Astronomy
進入當地Hope Street高中就讀

1904年
14歲時外祖父去世
家族陷入財務困境，被迫搬家

1908年
18歲高中畢業之前經歷了
一場「精神崩潰」而輟學
接下來5年開始隱居的生活

1915年
洛夫克萊夫特成為
美國聯合業餘報刊協會的會長
United Amateur Press Association
與正式編輯

1919年
母親精神崩潰
被送往巴特勒醫院

1921年
5月21日母親去世

1923年
開始投稿作品至
紙漿雜誌《詭麗幻譚》
Weird Tales

1924年
34歲時與索尼婭·格林結婚
婚後移居至紐約布魯克林
婚後不久即分居

1926年
返回家鄉普羅維登斯

1929年
離婚

1936年
46歲患腸癌

1937年
3月15日去世

年表審定：Nick Eldritch

克蘇魯神話 I～III 作品執筆寫作年表

1920年6月15日
烏撒之貓
The Cats of Ulthar
I 短篇小說 完成於1920年11月

1920年11月16日
自彼界而來
From Beyond
I 短篇小說 發表刊載於1934年6月

1921年春-夏
異鄉人
The Outsider
III 短篇小說 發表刊載於1926年4月

1922年11月
潛伏的恐懼
The Lurking Fear
III 短篇小說 發表刊載於1923年1月-4月

1923年10月
節日慶典
The Festival
III 短篇小說 發表刊載於1925年1月

1926年9月
模特兒
Pickman's Model
III 短篇小說 發表刊載於1927年10月

1929年12月-1930年1月
土丘
The Mound
與吉莉雅・畢夏普合著
發表刊載於1940年11月
III 未刪減完整版於1989年出版

1931年11月-12月3日
印斯茅斯小鎮的陰霾
The Shadow Over Innsmouth
II 中篇小說 發表刊載於1936年4月

1934年11月10日-1935年2月22日
超越時間之影
The Shadow Out of Time
II 中篇小說 發表刊載於1936年6月

1917年7月
大袞
Dagon
I 短篇小說 發表刊載於1919年11月

1920年約6月-11月
神殿
The Temple
I 短篇小說 發表刊載於1925年9月

1920年約11月前後
奈亞拉托提普
Nyarlathotep
III 短篇小說 發表刊載於1920年11月

1922年10月
獵犬
The Hound
I 短篇小說 發表刊載於1924年2月

1923年約8月-9月
牆中之鼠
The Rats in the Walls
II 短篇小說 發表刊載於1924年3月

1926年約8月-9月
克蘇魯的呼喚
The Call of Cthulhu
I 短篇小說 發表刊載於1928年2月

1928年8月
敦威治恐怖事件
The Dunwich Horror
I 短篇小說 發表刊載於1929年4月

1930年2月24日-9月26日
黑暗中的低語
The Whisperer in Darkness
I 短篇小說 發表刊載於1931年8月

1931年2月24日-3月22日
瘋狂山脈
At the Mountains of Madness
II 中篇小說 發表刊載於1936年2月-4月

1932年2月
女巫之屋的噩夢
The Dreams in the Witch House
III 短篇小說 發表刊載於1933年7月

1935年11月5日-9日
暗魔
The Haunter of the Dark
III 短篇小說 發表刊載於1936年12月

年表審定：Nick Eldritch

CONTENTS

模特兒

你不必認為我發瘋了，艾略特——很多人的怪癖比我稀奇得多。奧利佛的祖父不肯坐汽車，你為什麼不嘲笑他？我討厭該死的地鐵，這是我自己的事情；再說乘坐計程車來這兒不是更快嗎？要是坐地鐵，咱們還得從派克街一路爬坡走上來呢。

我知道我的神經比去年你見到我那次更緊張了，但你也沒必要把我當病人看吧。原因數不勝數，老天作證，我想我還能保持神智健全就很幸運了。為什麼非得追根究底呢？你以前沒這麼愛打聽呀。

好吧，既然你這麼想知道，我也看不出有什麼不能說的。也許早該告訴你了，自從你聽說我和藝術俱樂部斷絕來往、對皮克曼敬而遠之，就一封接一封寫那麼多信給我，活像個著急上火的老媽子。現在他失蹤了，我偶爾才去俱樂部坐一坐，我的精神狀態也大不如前了。

不，我不知道皮克曼到底遭遇了什麼，我也沒有興趣猜測。你也許會認為我和他絕交那檔子事還有什麼隱情——對，那正是我不想琢磨他究竟去了哪兒的原因。警察愛怎麼查就怎麼查吧——考慮到他們到現在還不知道他化名彼得斯在老北角租下的那個地方，我看他們只怕什麼也查不出來。我都不敢說我肯定還能找到那兒——當然不是說我真的會去找，哪怕大白天的也不行！對，但我確實知道，不，我很抱歉我真的知道他為什麼要租那個地方。別著急，我會說到的，我認為你也會理解先前我為什麼沒有告訴警察。他們會要我帶他們去，但就算我知道怎麼走，也絕對不可能再去那兒了。那個地方有某種東西——現在我不但不敢坐地鐵，甚至（你儘管嘲笑我好了）連地下室都不敢去了。

我希望你知道，我和皮克曼絕交可不是因為里德博士、喬．米諾特或博斯沃思這些喜歡大驚小怪的老正統和他絕交的那些愚蠢理由。病態的藝術風格嚇不倒我，若一個人擁有皮克曼那樣的天賦，無論他的作品有什麼傾向，我只會覺得認識他實屬我的榮幸。波士頓從未誕生過比理查．厄普頓．皮克曼更出色的畫家。我起初是這麼說的，現在依然這麼認為，他展出《食屍鬼盛宴》時，我的態度也絲毫沒有動搖。你應該記得，米諾特就是因為這幅畫才和他斷絕來往的。

你要知道，一個人必須深諳藝術之道，同時對大自然有著深刻的洞察力，才有可能繪製出皮克曼那樣的作品。隨便哪個雜誌封面繪者都能胡亂潑灑顏色，然後稱之為夢魘或女巫集會或惡魔肖像，但只有偉大的畫家才能繪製出真正嚇人和猶如活物的作品。這是因為只有真正的藝術家才懂得恐怖的解剖結構和畏懼的生理機制——知道什麼樣的線條和比例，與潛在的本能或遺傳而來的恐懼記憶有所聯繫，會使用恰當的顏色對比或光影效果激起休眠的奇異感覺。我不必告訴你富塞利的真跡為何能引起顫慄，而廉價的鬼故事封面畫只會逗得我們大笑。那些人捕捉到了某種超越生命的東西，而那些作品允許我們也窺見了短暫的一個瞬間。多雷曾經擁有這個能力。史密有。芝加哥的安格瑞拉也有。而皮克曼做到了前無古人的程度，我向上帝祈禱，希望同樣後無來者。

請不要問我他們究竟見到了什麼。你也知道，就一般性的藝術而言，以大自然或活模特兒為藍本而描繪的作品生機勃勃，與商業繪者在光禿禿的工作室裡按教條製造出來的東西，兩者之間有著天壤之別。唔，應該這麼說，真正的怪異藝術家能看見某些幻象，以此充當他的創作原型，或者從他所生活的幽冥世界召喚出他心目中的現實場景。總而言之，他的成果與欺世盜名者的貧瘠幻夢完全不同，就像實物模特兒畫家的創作與函授學校諷刺畫家的粗製濫造之間的區別。假如我見過皮克曼曾經見過的東西——還好沒有！來，咱們先喝一杯，然後再繼續往下說。天哪！要是我見過那個人——假如他還算人類的話——見過的東西，我肯定不可能活到今天！

你應該記得，皮克曼的專長是臉部。我不認為戈雅以後還有誰能把那麼多純粹的地獄塞進一副五官或一個扭曲的表情。在戈雅之前，你只能去塑造了巴黎聖母院和聖彌額爾山那些滴水獸和畸形怪物的中世紀藝術家裡尋找這種人。他們什麼稀奇古怪的都敢相信——說不定他們真的見過呢，因為中世紀有過一些詭異的時期。我記得你離開前的那年自己也問過皮克曼，想知道他那些概念和幻象到底是從哪兒來的。他給你的回答難道不是一聲陰森的大笑嗎？里德和他絕交的部分原因就是那種笑聲。如你所知，里德當時剛開始涉獵比較病理學，滿嘴華而不實所謂的「專業知識」，成天討論心理這個生理那個表徵的生物學或演化論意義。他說他一天比一天厭惡皮克曼，到最後甚至感到恐懼，因為這個人的五官和表情都逐漸朝他不喜歡的方向改變，簡而言之就是非人類的方向。

他時常談論飲食，說皮克曼的食譜肯定極其反常和偏離正軌。假如你和里德有通信往來，我猜你人概會對里德說，是他自己讓皮克曼的繪畫影響了他的精神或激發了他的想像力。我就是這麼對他說的——但那是以前。

然而請你記住，我和皮克曼絕交並不是為了這種事。恰恰相反，我對他的讚賞與日俱增，因為《食屍鬼盛宴》確實是一幅了不起的藝術傑作。如你所知，俱樂部不願展出這幅畫，美術館拒絕接受捐贈，我還可以斷言也沒有人肯買下它，因此皮克曼直到消失前一直將它掛在家裡。現在他父親把畫帶回賽勒姆去了——你知道皮克曼出身於古老的賽勒姆家族，有個長輩在一六九二年因為行巫術而被絞死。

我養成了經常拜訪皮克曼的習慣，尤其是我開始做筆記，準備撰寫一部怪異藝術的專論之後。或許正是他的作品把這個點子裝進了我的腦海。不過總而言之，我越是發掘，就越是發現他簡直是個資料和啟迪的寶藏。他向我展示他手頭的所有油畫和素描，其中有些墨水筆繪製的草稿，若是俱樂部裡多幾個人見過它們，我敢保證他一定會被掃地出門。沒過多久，我就幾乎成了他的信徒，會像小學生似的一連幾個小時聆聽他講述藝術理論和哲學思辨，那些東西瘋狂得足以讓他有資格住進丹佛精神病院。我的英雄崇拜態度，加上其他人越發疏遠他的事實，使得他完全信任了我；一天晚上，他暗示說假如我口風足夠緊，而且不至於太神經質，那麼他或許可以給我看一些頗為不尋常的東西——比他家裡那些東西稍微更猛烈一些的東西。

「你要知道，」他說，「有些事情並不適合在紐伯利街做，它們與這裡格格不入，在這裡無論如何都不可能孕育出那種靈感。我的使命是捕捉靈魂的內在含義，你在人造土地上矯飾街道的暴發戶環境中找不到這種東西。後灣不是波士頓，它還什麼都不是呢，因為它沒有時間來積累記憶和吸引附近的靈魂。就算這兒存在精怪，也是屬於鹽沼和淺灘的馴服精怪，而我想要的是人類的鬼魂——有著高度組織性的生物鬼魂，它們見過地獄，也明白所見景象的寓意。

「藝術家應該生活的地方是北角。一個真誠的審美者應該住在貧民窟，為的就是人群匯集的傳統。上帝啊，人類！你有沒有意識到，那種地方不完全是人造的，而是在自行生長？一代又一代的人在那裡生存、感知和死亡，而且是在人們不害怕生存、感知和死亡的年代。你知道嗎？一六三二年的科珀山上就有了作坊，現在那些街道有一半是一六五〇年鋪設的？我可以帶你看已經矗立了兩個半世紀以上的房屋，它們經歷的時光足以讓一幢現代房屋化為齏粉。現代人對生命和生命背後的力量到底有多少了解？你說賽勒姆巫術是妄想，但我敢向你保證，我的曾曾曾祖母肯定有不同的看法。他們在絞架山上吊死了她，而偽善的科頓．馬瑟就在旁邊看著。馬瑟，該死的他！他害怕有人會成功地踢破這個受詛咒的單調囚籠——真希望有人對他下咒，在夜裡吸乾他的鮮血！

「我可以向你展示他住過的一幢房屋，向你展示他滿嘴豪言壯語卻不敢走進去的另一幢房屋。他知道一些事情，卻沒膽子放進愚蠢的《偉績》或幼稚的《不可見世界的奇景》。看看這兒，你知道嗎？北角曾有一整套地下隧道，連接起部分人群的房屋、墳場和大海？隨便他們在地面上起訴和迫害好了——在他們無法觸及之處，每天都有事情在發生，夜裡總會傳出他們找不到來源的放肆笑聲！

「哎呀，朋友，找十幢修建於一七〇〇年之前、沒有改過結構的房屋，我敢打賭其中有八幢能在地窖裡翻出奇怪的東西給你看。幾乎每個月都能在報紙上讀到這類消息，說工人在拆除這幢或那幢老宅時發現了磚砌封死、不知通向何方的拱廊或深井——去年你在高架鐵道上就能看見亨奇曼街附近的一個工地。那裡有過女巫和她們施的魔咒，有過海盜和他們從海裡帶來的東西，有過走私犯和私掠者——我告訴你，古時候的人們才知道如何生活、如何擴展生活的疆域！哼！一個有膽量和智慧的人能夠了解的不該僅僅是眼前這個世界！想一想截然相反的今天，一個俱樂部的所謂藝術家，腦殼裡盡是些粉紅色的玩意兒，一副只要畫面超出了燈塔街茶會的氛圍，就能讓他們顫慄和深惡痛絕！

「現時代唯一的可取之處就是人們實在太愚蠢了，不會過於認真地探究過去。關於北角，地圖、紀錄和導遊書籍究竟能告訴你什麼呢？呸！我可以帶著你走遍王子街以北由三、四十條小街和巷道組成的網路，除了那兒氾濫成災的外國佬，我估計知道它們存在的活人頂多只有十個。但那些拉丁佬知道它們代表著什麼嗎？不，瑟伯，這些古老的地方壯美得如夢似幻，充滿了奇觀、恐怖和逃離凡俗現實的隙罅，卻沒有一個活人理解或從中受益。不，更確切地說，只有一個活人——因為本人對過往的挖掘刺探絕非一無所獲！

「你看，你對這類事情也感興趣。要是我說，我在那兒還有另一個工作室，在那裡能捕捉到遠古恐懼的黑夜幽魂，繪製出我在紐伯利街連做夢也想不到的東西，你會有什麼看法？我當然不會和俱樂部那些該死的老媽子說這些事情——特別是里德，一個白痴，傳閒話說什麼我是個怪物，注定要滑下逆向演化的陡坡掉進深淵。對，瑟伯，很久以前我就認定，一個人既應該描繪世間的美麗，也必須描繪恐怖的景象，於是我去了自己有理由相信存在恐怖之物的地方做了一些探尋。

「我找到一個地方，我認為除了我以外見過它的活人只有三個北歐佬。從距離上說，它和高架鐵路並不遠，但從靈魂角度來說，兩者相距許多個世紀。我盯上它是因為地窖裡有一口古老而怪異的磚砌深井——就是我前面說過的那種地方。那幢屋子已經近乎坍塌，因此沒人願意住在裡面，我都不想告訴你，我只花多少錢就租下了它。窗戶用木板釘死，不過我更喜歡這樣，因為我做的事情並不需要光亮。我在地窖繪畫，那裡的靈感最為濃厚，但我整修了底層的另外幾個房間。房主是個西西里人，我租房用的是彼得斯這個化名。

「既然你這麼上道，今晚我就帶你去看看。我認為你會喜歡那些作品的，因為如我所說，我可以在那裡隨心所欲地作畫。路程並不遠，我有時候走著去，因為計程車在那種地方會引來關注。咱們可以在南車站坐輕軌到炮臺街，然後走過去沒多遠了。」

好了，艾略特，聽完這番長篇大論，我都忍不住要以跑代走朝我們見到的第一輛空計程車而去了。我們在南車站換乘高架列車，快12點時在炮臺街走下樓梯，沿著古老的濱海街道走過憲法碼頭。我沒有記住我們經過了哪些路口，無法告訴你具體拐上了哪些街道，但我知道終點肯定不是格里諾巷。

最後拐彎的時候，我們走進一段上坡路，我一生中從沒見過這麼古老和骯髒的荒棄小巷，山牆行將崩裂，小窗格裡嵌著碎玻璃，月光下聳立著半解體的古舊煙囪。視線所及範圍內，我認為比科頓．馬瑟時代晚的房屋不超過三幢——我至少瞥見兩幢屋子有飛簷，還有一次我覺得我見到了幾乎被遺忘的前復斜式尖屋頂，儘管文物研究者聲稱這種建築結構在波士頓地區已經絕跡。

這條巷子裡還有一些微弱的光亮，我們向左又拐進一條同樣寂靜但更加狹窄的小巷，這裡沒有任何照明；摸黑走了一分鐘左右，我們向右拐了一個鈍角。

這之後沒多久，皮克曼取出手電筒，照亮了一扇極其古老、蟲蛀嚴重的十格鑲板門。他打開門鎖，催促我走進空蕩蕩的門廳，這裡鑲著曾幾何時非常精美的深色橡木牆板——樣式簡單，但令人激動地提醒我想到安德羅斯、菲普斯和行巫術的時代。然後他領著我穿過左手邊的一道門，點燃油燈，對我說別客氣，就像回到自己家一樣。

聽我說，艾略特，我屬於街頭混混會稱之為「硬漢」的那種人，但我必須承認，我在那個房間牆上見到的東西還是嚇得我魂不附體。那些是他的畫作，你要明白——是他在紐伯利街不可能畫出來甚至無法展出的作品——他的所謂「釋放自我」確實沒說錯。來——再喝一杯——我反正是非得喝一杯了！

企圖向你描述它們的樣子是毫無意義的，因為從簡潔筆觸中滲透出的難以言喻、褻瀆神聖的恐怖、無法想像的可憎感覺和精神上的腐敗墮落完全超出了語言能夠表達的範圍。其中沒有你在西德尼．史密作品中見到的異域技法，沒有克拉克．阿什頓．史密斯用來讓你血液凝固的土外行星地貌和月球真菌。它們的背景主要是古老的教堂墓地、深山老林、海邊懸崖、紅磚隧道、鑲牆板的古老房間，甚至最簡單的石砌地窖。離這幢屋子沒多少個街區的科珀山墳場是他最喜歡的場景。

前景中那些活物就是瘋狂和畸形的化身——皮克曼的病態藝術體現了最傑出的惡魔繪製手法。這些活物很少完全是人類，往往只從不同的角度近似人類。絕大多數軀體大致是兩足動物，但姿態向前傾斜，略帶犬類生物的特徵。大多數角色的皮膚呈現出令人不快的橡膠感覺。啊！此刻我又像是見到了它們！它們在做的事情——唉，求你別問得太詳細了。它們通常在吃東西——我不會說它們在吃什麼的。有時候它們成群結隊出現在墓地或地下通道裡，總是在爭搶獵物，或者更確切地說是它們埋藏的寶物。皮克曼用何等有表現力的手法描繪了駭人的戰利品那無法視物的面孔啊！作品中的怪物偶爾在半夜跳進敞開的窗戶，蹲在沉睡者的胸口，撕咬他們的喉嚨。一幅畫裡，它們圍成一圈，朝絞架山上吊死的女巫吠叫，屍體的面孔與它們頗為相似。

但請不要認為害得我幾乎昏厥的是這些可怖的主題與布景。我不是三歲的小孩，類似的東西我見得多了。真正嚇住我的是那些面孔，艾略特，那些該詛咒的面孔，它們在畫布上栩栩如生地淌著口水斜眼看我！上帝啊，朋友，我真的相信了它們有生命！那個噁心的巫師，他將地獄的烈火摻進顏料，他的畫筆是能催生噩夢的手杖。艾略特，把酒瓶拿給我！

有一幅名叫《上課》——願上主垂憐，我竟然看到了它！聽我說——你能想像一群無可名狀的狗狀生物在墓地蹲成一圈，教一個幼兒像它們那樣進食嗎？這大概就是偷換幼兒的代價吧——你知道有個古老的傳說，某些怪異的生物會把孩子放在搖籃裡，替換被它們偷走的人類嬰兒。皮克曼展現的是被偷走的嬰兒的命運——它們如何成長——這時我逐漸看到了人類和非人類怪物兩者的面容之間存在某些可憎的聯繫。皮克曼描繪出徹底的非人類怪物和墮落退化的人類兩者之間的病態漸變，建立起了某種諷刺的演化關係。狗狀生物就是由活人變化而成的！

沒過多久，我開始琢磨，怪物替換給人類撫養的孩子後來怎麼樣了，這時我的視線落在一幅畫上，這幅畫恰好就是我這個念頭的答案。背景是古老清教徒家庭的住所——粗重的房樑，格子窗，靠背長椅，笨拙的十七世紀家具，全家人坐在一起，父親正在讀聖典。每張臉上都滿是莊嚴和肅穆，只有一張臉除外，這張臉上體現出的是發自肺腑的嘲笑。那是個年輕人，無疑應該是那位虔誠父親的兒子，但本質上卻是那些不潔怪物的子嗣。他是它們替換留下的後代——出於某些惡毒諷刺的念頭，皮克曼把他的五官畫得與他自己極為相似。

這時皮克曼已經點亮了隔壁房間的燈，彬彬有禮地拉開門請我過去，問我願不願意欣賞一下他「近期完成的作品」。我沒有多少看法可以給他，驚恐和厭惡讓我說不出話來，但我認為他完全理解我的感覺，還覺得那是莫大的恭維呢。現在我想再次向你保證，艾略特，我不是那種見了一點偏離正軌之物就會尖叫的娘娘腔。我人到中年，閱歷豐富，你見過我在法國的表現，我猜你應該知道我沒那麼容易被打倒。另外也請你記住，我很快就恢復鎮定，接受了將殖民時代新英格蘭描繪成地獄領土的那些恐怖畫作。唉，儘管如此，隔壁房間還是駭得我從內心深處發出了一聲尖叫，我不得不抓住門框，以免跪倒在地。前一個房間展現的是一群食屍鬼和女巫，蹂躪我們先輩所生活的世界，而現在這個房間直接將恐怖帶進了我們的日常生活！

天哪！這個人有著何等的妙筆！有一幅作品名叫《地鐵事故》，畫裡是波爾斯頓街地鐵站，一群汙穢怪物從地面上的裂縫爬出不知名的地下陵墓，襲擊月臺上的人群。另一幅畫的是科珀山墳場裡的舞會，時代背景是現今。還有好幾幅地窖場景，怪物爬出石牆上的窟窿和裂縫，蹲坐在木桶或鍋爐背後，笑嘻嘻地等著第一個獵物走下樓梯。

有一幅令人作嘔的巨幅畫作，描繪的似乎是燈塔山的橫截面，腐臭的怪物猶如螞蟻大軍，穿行於蜂窩般的地下洞穴網路之中。他肆意描繪現時代墓地裡的舞會。不知為何，有一幅畫的主題比其他所有作品都讓我感到震撼——場景是某個不知名的地窖，幾十頭怪獸聚集在一頭怪獸周圍，這頭怪獸拿著一本著名的波士頓導遊書，顯然正在大聲朗讀。所有怪獸都指著同一個段落，每一張臉都嚴重扭曲，彷彿正在癲癇發作似的狂笑，我甚至覺得我能聽見那噩夢般的迴響。這幅畫的標題是《霍姆斯、羅威爾和朗費羅長眠於奧本山》。

我逐漸鎮定下來，重新適應第二個房間的群魔亂舞和病態審美，開始分析我的厭惡究竟因何而起。我對自己說，這些東西之所以令人反感，首當其衝的原因是它們揭示出了皮克曼全無人性和冷血殘忍的本質。這傢伙在對大腦與肉體的折磨和凡人軀殼的退化之中得到了巨大的樂趣，他必然是全人類的無情仇敵。其次，它們之所以可怕，是因為它們是真正偉大的作品。它們這種藝術是有說服力的藝術——我們看見這些畫作，就看見了魔鬼本身，恐懼油然而生。最奇特的一點在於，皮克曼的力量並不來自選擇性的描繪和主題的怪異。沒有任何細節是模糊、失真或庸俗化的；畫中人物輪廓鮮明、栩栩如生，細節寫實得令人痛苦。還有那些面容！

我們見到的不僅是藝術家的詮釋，而是萬魔殿本身，以徹底的客觀視角描繪得像水晶一樣清晰。沒錯，我對上帝發誓，就是這樣！他絕對不是幻想主義者或浪漫主義者——他甚至懶得嘗試描繪繽紛如稜柱折射光、短命如蜉蝣的迷離夢境，而是冰冷而嘲諷地直接臨摹了某個穩定、機械般運轉、井井有條的恐怖世界。他用才華橫溢的視線直接而毫不動搖地全面觀察過那個世界。上帝才知道那是個什麼樣的世界，知道他曾在何處窺視過瀆神的怪物奔跑、疾走、爬行穿過那個世界。然而無論他這些畫作的難以想像的靈感源頭究竟是什麼，有一點是可以肯定的。皮克曼在任何意義上——不管從觀念還是從實踐的角度來說——都是一名不折不扣、勤勉細緻、近乎於科學家的現實主義者。

我的主人領著我走向地窖，去他真正的工作室，我鼓起勇氣，準備迎接未完成的作品給我帶來一些地獄般的衝擊。我們爬下一段潮溼的樓梯，他轉動手電筒，照亮旁邊一片開闊空間的角落，那裡有一圈磚砌的圍欄，裡面顯然是一口打在泥地上的深井。我們走向那口井，我見到井口直徑至少有5英呎，井壁足有1英呎厚，高出地面大約6英吋——要是我沒看錯，那肯定是十七世紀建成的。皮克曼說，這就是他一直在說的那種東西：曾經遍布山丘內部的隧道網路的一個出入口。我在不經意間發現，井口沒有被磚砌封死，只是蓋了一塊沉重的圓形木板。假如皮克曼那些癲狂的暗示不止是說說而已，這口井就必然和某些事物有所聯繫，想到這裡，我不禁微微顫抖。我跟著他又爬上樓梯，穿過一道窄門，走進一個頗為寬敞的房間，這裡鋪著木地板，陳設像個畫室，有一盞乙炔氣燈，光亮足夠工作之用。

未完成的作品擱在畫架上或靠在牆上，恐怖程度與樓上那些完成的作品不遑多讓，同樣呈現出了畫家那勤勉細緻的藝術手法。他極其仔細地打好了場景的草稿，鉛筆輪廓線條說明皮克曼以一絲不苟的精準度來獲取正確的透視和比例關係。這位先生太了不起了——儘管我已經知道了那麼多內情，此刻我依然要這麼說。一張檯子上有一套大型照相機，它吸引了我的注意力，皮克曼說他拿照相機拍攝用作背景的各種場景，他可以在工作室裡看著照片繪畫，不需要扛著全套家什在城裡為了取景而跑來跑去。他認為在持續性的工作中，照片與真實景象或模特兒一樣好用，他宣稱他經常將照片用作參考。

這些令人作嘔的草圖和恐怖的半成品遍布房間的每個角落，其中有某種因素讓我感到非常不安。氣燈側面不遠處有一塊大幅畫布，皮克曼忽然揭開蒙在上面的蓋布，我忍不住發出了刺耳的尖叫聲——這是那天夜裡我第二次尖叫。古老的地下室裡，牆上結著硝霜，叫聲在昏暗的拱頂下反覆迴蕩，我不得不按捺住如洪水般襲來、威脅著沖破堤防的衝動反應，沒有爆發出歇斯底里的狂笑。仁慈的造物主啊！艾略特，不過我也說不清這裡究竟有多少是真實的，又有多少是瘋癲的妄想。我覺得塵世間容不下這樣的噩夢！

那是一個龐大和無可名狀的瀆神怪物，長著熾熱的血紅色眼睛，骨質的爪子裡抓著曾經是一個人的殘破屍體，它在啃屍體的頭部，樣子就像孩童在吃棒棒糖。它算是蹲在地上，你看著它，覺得它隨時都會扔下手裡的獵物，撲向更美味的大餐。然而真是該死，那幅畫能成為世界上所有恐懼的源頭並不是因為這個地獄般的主題——不，不是它，也不是長著尖耳朵、充血雙眼、扁平鼻子和滴涎大嘴的那張狗臉。不是覆蓋鱗片的爪子和結滿黴塊的軀體和半蹄狀的足部——不是以上這些，儘管其中任何一樣都能逼瘋一個易感體質的人。

真正可怕的是繪畫技法，艾略特——**那該詛咒、不敬神、悖逆自然的技法！**我活到這把年紀，從未在別處見過能夠如此將活物放上畫布的神技。怪物就在我眼前——瞪著我，嚼著食物；嚼著食物，瞪著我——我知道只有違背了自然法則，才有可能讓一個人在沒有模特兒的情況下畫出這麼一個怪物，除非他窺視過未曾將靈魂賣給魔鬼的凡人不可能見到的地獄。

畫布的空白處用圖釘釘著一張揉皺的紙——我猜應該是一張照片，皮克曼打算根據它描繪恐怖如噩夢的背景。我伸手去撫平它仔細查看，忽然看見皮克曼像挨了槍彈似的跳起來。自從我那一聲震驚的尖叫在漆黑的地窖裡激起不尋常的回音，他就一直在異常專注地聽著動靜，此刻他似乎受到了恐懼的侵襲，即使程度無法與我的相提並論，卻更傾向於肉體而非精神。他拔出左輪手槍，示意我別出聲，然後走進外面的地下室，隨手關上房門。

我認為我有一瞬間嚇得無法動彈。我學著皮克曼的樣子仔細聽，覺得我聽見某處響起了微弱的跑動聲，然後從某個我無法確定的方向傳來了一連串吱吱或咩咩叫聲。我想到巨大的老鼠，不禁打個哆嗦。接下來我又聽見了發悶的噠噠聲響，我頓時渾身都起了雞皮疙瘩——那是一種鬼鬼祟祟摸索時發出的噠噠聲響，我難以用語言形容這種聲音。它有點像沉重的木頭落在了石板或磚塊上——木頭撞擊磚塊——這讓我想到了什麼？

這個聲音再次響起，這次變得更加響亮。同時還有一陣震動，就好像木頭落下的地方比上次落下的時候更遠了。隨後是一陣刺耳的摩擦聲、皮克曼天曉得在喊什麼的叫聲和左輪手槍震耳欲聾的六聲槍響，他不由分說地打空了彈倉，就像是馴獅人為了震懾猛獸而對空放槍。接下來是發悶的吱吱或嘎嘎叫聲和轟隆一聲悶響，然後又是一陣木頭和磚塊的摩擦聲，停頓片刻，開門——我承認我嚇了一大跳。皮克曼重新出現，拎著還在冒煙的手槍，斥罵在古老深井裡作祟的肥壯耗子。

「魔鬼才知道牠們吃什麼，瑟伯，」他笑呵呵地說，「那些古老的隧道連接墓地、女巫巢穴和海岸。不過不管是什麼，肯定都所剩無幾了，因為牠們發瘋般地想逃出來。我猜大概是你的叫聲驚擾了牠們。在這些古老的地方，你最好小心為上——我們的囓齒類朋友當然是個缺點，不過我有時候覺得牠們對於烘托氣氛和色彩也是個有益的補充。」

好了，艾略特，那天夜裡的冒險到此結束。皮克曼許諾帶我來看這個地方，上帝作證他確實做到了。他領我走出彷彿亂麻的窮街陋巷，這次走的似乎是另一個方向，因為等我們看見路燈時，已經來到了一條有些眼熟的街道上，單調的成排建築物是紛雜的公寓樓和古老的住宅。原來是憲章街，但我過於慌亂，沒有記住我們是從哪兒拐上來的。時間太晚，高架輕軌停駛了，我們經漢諾威街走回市區。這一段路我記得非常清楚。我們從特里蒙街向北到燈塔街，我在歡樂街路口轉彎，皮克曼在那裡與我告別。我再也沒有和他說過話。

我為什麼和他斷絕來往？你別不耐煩。先讓我按鈴叫杯咖啡。另一種東西咱們已經喝夠了，我需要換換花樣。不——不是因為我在那裡見到的畫作；但我敢發誓，那些畫足以讓波士頓百分之九十的會館和俱樂部開除他的成員資格，現在你應該不會對我遠離地下鐵和地窖覺得奇怪了吧。真正的原因是我第二天早晨在大衣口袋裡發現的東西。還記得吧？地窖裡用圖釘釘在那幅恐怖畫作上的揉皺紙張；我以為是某個場景的照片，他打算用來充當那個怪物的背景。就在我伸手去撫平這張紙的時候，古怪的響動驚擾了我們，我在不經意間把它塞進了我的口袋。哎呀，咖啡來了——要是你夠聰明，艾略特，就什麼也別加。

對，這張紙就是我和皮克曼絕交的原因；理查·厄普頓·皮克曼，我知道的最偉大的藝術家——也是越過生死界限、跳進神話與瘋狂之深淵的最汙穢的靈魂。艾略特——老里德說得對。他不再是嚴格意義上的人類了。他或者誕生於怪異的陰影之地，或者找到辦法打開了禁忌之門。不過現在也無所謂了，因為他已告失蹤——返回他喜愛出沒的詭異的黑暗世界去了。來，咱們先點亮吊燈再說。

別讓我解釋甚至猜測我燒掉的那張紙。也別問我皮克曼急於稱之為耗子來搪塞我、鼴鼠般亂刨的生物究竟是什麼。你要知道，有些祕密從古老的賽勒姆時代遺留至今，科頓・馬瑟講述過更離奇的事情。你知道皮克曼的作品是多麼該詛咒地栩栩如生，我們都在猜測他究竟是怎麼想到那些面孔的。

好吧——那張紙並不是什麼背景照片，而正是他在可憎的畫布上描繪的畸形怪物。它是他使用的模特兒，而背景完完全全就是地下畫室的牆壁。我向上帝發誓，艾略特，那是一張實物照片啊。

異鄉人

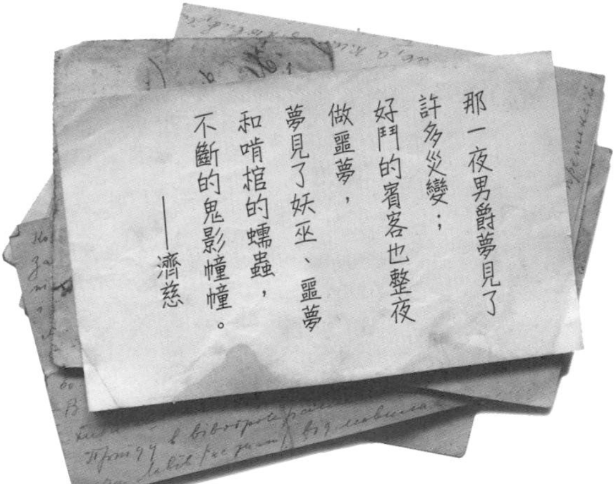

那一夜男爵夢見了
許多災變；
好鬥的賓客也整夜
做噩夢，
夢見了妖巫、噩夢
和啃棺的蠕蟲，
不斷的鬼影幢幢。
——濟慈

童年記憶只會勾起恐懼和悲哀的人多麼不幸啊。假如這個人回顧往昔，只能想到在寬闊而陰森的廳堂裡度過的孤獨時光，陪伴他的唯有棕色的壁掛和多得令人發瘋的無數排古書，又或者在微光中敬畏地仰望奇形怪狀、藤蔓纏繞的龐然巨樹，看著它們在高處默然揮動扭曲的枝條，那麼這個人該是多麼悲慘啊。諸神賜予我的就是這些——我，迷茫而失意的我，空洞而衰竭的我。然而每當我的意識威脅著想要去往另一邊，我卻奇異地感到滿足，絕望地緊抓住那些凋零的記憶不放。

我不知道我在何處誕生，只知道這座城堡無比古老、無比恐怖；充滿了黑暗的通道，望向高聳的屋頂，你只能見到蜘蛛網和幢幢暗影。崩裂剝落的走廊裡，石板總是顯得令人厭惡地潮溼，到處都瀰漫著該受詛咒的怪味，就像歷代死者的屍體堆積在一起散發出的惡臭。陽光永遠照不進這個地方，因此我時常會點燃蠟燭，目不轉睛地盯著燭火以尋求安慰。室外同樣看不到陽光，因為那些可怖的巨樹長得太高，超過了我能爬上的最高一座塔樓。有一座黑色塔樓穿過樹海，刺向不知名的外部天空，但那座塔樓已經部分坍塌，我找不到上去的通道，而順著塔壁一塊又一塊石頭地爬到塔頂是不可能完成的事情。

我在這個地方居住的時間肯定要以年來計算，但我無從判斷具體的長度。肯定有人照顧我的起居，但我不記得見過除我之外的任何人，甚至不記得見過鬧哄哄的老鼠、蝙蝠和蜘蛛之外的任何活物。我認為照顧我的人肯定年邁得令人震驚，因為我對活人的第一個印象就是它們與我滑稽地相似，但身體扭曲，皮膚皺縮，像這座城堡一樣衰敗腐朽。散落在地基深處那些石砌陵墓裡的骸骨和骷髏在我看來並沒有什麼詭譎之處。我怪異地將它們與日常瑣事聯繫在一起，覺得它們比我在許多發霉舊書裡見到的彩色照片裡的活人更加自然。我所知道的一切都是從這些書裡學到的。沒有老師啟迪和引導我，在那些年裡我不記得我聽到過任何人類的聲音——連我自己的也一樣。儘管我讀到了交談演講之類的事情，但從沒考慮過要開口說話。我同樣從來沒有想到過自己的相貌，因為城堡裡沒有鏡子，我只是憑本能認為自己類似於書裡那些被畫或印出來的年輕人。我覺得自己是個年輕人，因為我的記憶實在太少了。

我時常走出城堡，跨過腐臭的護城河，躺在黑暗而沉默的巨樹下，一連幾個小時做我在書裡讀到那些內容的白日夢，我渴望地幻想自己來到無盡森林外陽光燦爛的世界裡，身處於快樂的人群之中。有一次我嘗試逃出森林，但走得離城堡愈遠，陰影就變得愈加稠密，空氣中充滿了陰鬱的恐懼，我深怕自己迷失在暗夜籠罩的死寂之中，於是就瘋狂地跑了回去。

就這樣，我在無盡的微光時刻裡做著白日夢，等待著，但並不知道究竟在等待什麼。在幽暗和孤獨之中，我對光明的渴望變得愈加狂熱，我無法安靜地休息，我向越過樹頂直插未知外部天空的黑色殘破高塔伸出乞憐的雙手。最後，我下定決心要爬上那座塔樓，哪怕摔死也在所不惜；哪怕看一眼天空就告別世間，也好過一輩子都沒見過陽光，苟且度日。

在陰冷的微光中，我爬上磨損了的古老石階，來到石階斷裂的高度後，我不顧危險踩著極小的立足之處向上攀爬。這個死氣沉沉、沒有臺階的岩石圓筒是多麼可怕和恐怖啊；黑暗、毀壞、荒棄、險惡，驚起的蝙蝠無聲無息地拍打翅膀。但更加可怕和恐怖的是進展的緩慢程度；因為無論我怎麼爬，頭頂上的黑暗都沒有變得稀薄，這種新出現的寒意像永不絕滅的遠古黴菌一樣侵襲著我。我顫抖著思索為什麼還沒有見到光明，也沒有膽量望向腳下的深淵。我想像大概是夜晚忽然降臨在了我的頭上，徒勞地用一隻空閒的手摸索尋找窗眼，要是能夠找到，我就可以向外和向上張望，判斷我已經征服了怎樣的高度。

我在那令人絕望的凹面筒壁上經過了一段似乎永無盡頭、什麼也看不見的恐怖攀爬；忽然間，我覺得我的頭部碰到了一個硬東西，我知道我肯定來到了塔頂，至少也是某一層的底面。我在黑暗中用空閒的手觸摸障礙物，發現它是石砌的，不可移動。我冒著生命危險圍繞塔頂轉圈，抓緊溼滑的塔壁上任何能夠借力的地方；最後我試探的手終於找到了障礙物有所鬆動之處，我再次轉向上方，以雙手繼續我恐怖的攀爬，用頭部頂開那塊石板或活門。上方沒有任何亮光，我的雙手繼續向高處摸索，發覺攀爬暫時告一段落了，因為石板是一道翻板活門，門開在石砌平面上，這個平面比底下的塔樓更大，它無疑是某種寬闊的瞭望室的地面。我小心翼翼地爬上去，努力不讓沉重的石板落回原處，但最後還是失敗了。我筋疲力盡地躺在石砌地面上，聽著它落下時砰然巨響的怪異回聲，希望到了需要時我還能撬開這塊石板。

我相信我已經來到了不可思議的高處，遠遠超出了該死的樹杈，我拖著身軀爬起來，摸索著尋找窗戶，期待能夠第一次見到我在書裡讀過的天空、月亮和群星。然而每一次嘗試帶來的都是失望，因為我只摸到了大理石的寬大架子，上面擺著令人厭惡、尺寸奇特的矩圓形箱子。我反覆思索，猜測這個位於高處、與城堡切斷聯繫已有無數個世代的房間究竟隱藏著何等古老的祕密。我的手突然摸到了一扇門，門固定在石砌的門洞中，由於奇異的鑿刻痕跡而顯得粗糙不平。我試了試，發現門鎖著。我的身體爆發出無與倫比的力量，克服了所有障礙，向內拉開了這扇門。就在這時，我體驗到了前所未知的最純粹的極樂感覺，因為光明靜靜地穿過一道裝飾華美的鑄鐵格柵門，順著從我剛發現的門口向上延伸而去的石階通道傾瀉而下。那是滿月的光華，我只在夢境和我不敢稱之為記憶的模糊幻象中見過它。

此刻我想像著自己來到了城堡的最頂端，於是跑出門，衝上那幾級臺階；但烏雲忽然遮住月亮，害得我絆了一跤，我在黑暗中慢慢地向前摸索。我來到格柵門前，光線依然非常昏暗——我小心翼翼地試了試這道門，發現門沒有上鎖，然而我不敢推開它，因為我害怕會從這不可思議的高處跌回我攀爬的起點。這時，月亮又出來了。

在所有震驚之中，最強烈的一種莫過於極其出乎意料和怪誕得難以置信之事造成的震撼。就所造成的恐懼而言，我以前經歷過的任何事情都無法與此刻所見到的景象、與這幅景象所蘊含的離奇含義相提並論。這幅景象本身既簡單又令人驚駭，因為它僅僅是這樣的：格柵門外不是從極高處見到的令人眩暈的樹頂風光，而是圍繞我向四面八方延伸的堅實地面，鋪設和點綴著大理石質地的石板和廊柱，籠罩在古老的石砌教堂陰影之下，教堂已經損毀的尖頂在月光下閃著詭異的光芒。

不知不覺之間，我推開格柵門，踉踉蹌蹌地踏上朝兩個方向伸展的白色礫石小徑。我陷入震驚和混沌的意識依然固守著對光明的狂熱渴求，就連急切地想知道究竟發生了什麼的心情也擋不住我的腳步。我不知道也不在乎我此刻的經歷是發瘋、是做夢，還是中了魔法，而只是下定決心要不惜一切代價地凝視那燦爛的光輝和華彩。我不知道我是誰、是什麼和有可能置身何處，只顧跌跌撞撞地走向前方，但這時我漸漸察覺到某種可怖的潛藏記憶使得我的行進路線並非全然出自偶然。我經過一道拱門，離開石板與廊柱的區域，我徜徉穿過開闊的鄉野。有時我走在明顯的道路上，但有時也會奇怪地離開道路，徑直穿過草場，只有一些殘垣斷壁能證明那裡存在一條早被遺忘的道路。我還游過了一條湍急的河流，覆蓋青苔的剝落石板說明那裡有過一座消失多年的小橋。

我大概走了一、兩個小時，終於來到了似乎是此行目標的地方：一座爬滿常青藤的莊嚴城堡，坐落於茂密的林木園林之中。它眼熟得令我發瘋，但又充滿了讓人困惑的陌生感。我見到護城河已經填滿了，一些熟悉的塔樓已經拆毀，新建的幾處廂房擾亂了我的視線。不過我最感興趣也帶給我極大喜悅的則是敞開的窗戶——那裡亮著輝煌的燈光，最快樂的宴會歡聲笑語飄揚而來。我走向一扇窗戶，朝內望去，沒錯，我見到了一群衣著古怪的人，他們尋歡作樂，彼此之間談笑風生。我似乎從沒聽過人類的交談，只能勉強猜測他們在說什麼。有些面容上的表情喚醒了遙遠得難以置信的回憶，有些則徹底陌生。

我穿過一扇低窗，走進燈火通明的房間，從我一生中最快樂、最飽含希望的時刻，邁入我最黑暗的絕望與醒悟的驚駭時刻。噩夢瞬間降臨，因為就在這時，我能夠想像出的最駭人的情緒衝擊籠罩了整個房間。我還沒跨過窗框，毫無預兆的恐懼就突如其來地以可怕的烈度落在所有人身上，每一張臉都因此扭曲，幾乎從每一條喉嚨裡激發出了最恐怖的尖叫聲。眾人奪路而逃，有幾個人在喧鬧和驚恐中昏倒在地，被他們瘋狂逃竄的同伴拖出房間。很多人用手遮住眼睛，盲目而笨拙地落荒而逃，有人撞翻家具，有人撞在牆上，好不容易才跑出許多扇門中的一扇。

他們的叫聲非常駭人，我一個人渾渾噩噩地站在明亮的房間裡，聽著他們的回聲漸漸消失，顫抖著思索有什麼我看不見的東西在我周圍出沒。隨意掃視之下，房間裡的人似乎已經跑光了，我走向一個壁龕——那是個金色的拱形門洞，通往另一個不知為何有些眼熟的房間——我覺得那裡好像有個身影。我逐漸走近拱門，越來越清晰地分辨出了這個身影。這時我發出我的第一聲也是最後一聲喊叫——地獄般的啼吠，幾乎與引發它的有毒原因一樣令我反感——我完完全全、清晰可怕地見到了這個難以想像、無法描述、不可言喻的畸形怪物，它僅僅憑藉自己的身影就將一屋子的歡宴賓客變成了一群癲狂的逃亡者。

我甚至無法轉彎抹角地描述它的模樣，因為它集合了所有不潔、怪誕、反常、可憎和令人厭惡的東西。它是個衰敗、古老和淒涼食屍鬼般的怪物；是個腐爛、滴淌膿液、違背道德的赤裸呈現；是仁慈的大地應該永久隱藏的赤裸裸噁心物體。上帝啊！它不屬於這個世界——或者說，不再屬於這個世界——但最讓我恐懼的是，我在它被啃噬得露出骨骼的輪廓中見到了一個飽含惡意、令人憎惡、滑稽模仿的人類形體；而它發霉解體的衣物蘊含著某種難以言喻的特質，使得我感覺到了更進一步的寒意。

我嚇得幾乎無法動彈，但還不至於讓我連無力地掙扎逃跑都做不到。我踉蹌後退，卻沒有能夠打破這個無可名狀、無聲無息的怪物施加在我身上的魔咒。它呆滯的眼珠令人作嘔地瞪著我，我的眼睛像中了妖術似的拒絕合攏；還好我的視線仁慈地變得模糊，在最初的震撼過後，只能朦朧地看到那個恐怖怪物的身影。我想抬起手遮住眼睛，但我的神經陷入休克，手臂不肯完全服從我的意願。然而這個舉動卻破壞了我的平衡，我不得不跌跌撞撞地向前邁出幾步以避免跌倒。這時我卻痛苦地忽然意識到那個腐爛魔物的靠近，我幾乎想像自己聽見了它可憎的空洞呼吸聲。我瀕臨瘋狂，發現自己還能伸出一隻手，擋開那個已經靠得如此之近的惡臭鬼影。接下來猶如無窮盡的噩夢和地獄般的意外的災難瞬間之中，我的手指在金色拱門下碰到了怪物伸向我的腐爛手爪。

我沒有尖叫，但乘夜風而行的所有地獄餓鬼都為我尖叫，因為就在這個瞬間之中，足以湮滅靈魂的記憶像雪崩似的吞沒了我的意識。就在這個瞬間之中，我知道了曾經發生過的一切。我回憶起了陰森城堡和參天巨樹外有著什麼，認出了我此刻佇立其中的這座經過改造的建築物；最可怕的是，就在我縮回我汙穢的手指時，我認出了面前這個不潔、可憎、睨視著我的怪物。

然而宇宙中既有苦澀也有慰藉，這個慰藉就是遺忘。就在這個無比恐怖的瞬間之中，我忘記了是什麼讓我感到害怕，黑暗的記憶噴湧而出，消失在交相迴蕩的混亂畫面裡。在夢中，我逃離了那座被詛咒的鬧鬼城堡，無聲無息地在月光下迅速奔跑。我回到遍地大理石的教堂墓地，順著臺階走下去，發現再也打不開那個翻板石門了，不過我並不感到遺憾，因為我厭惡那座古老的城堡和那些巨樹。如今我晚上和喜愛嘲笑但性情友善的餓鬼一起乘風飛翔，白天在尼羅河畔哈多斯無名山谷中涅佛倫·卡的地下墳墓裡嬉戲。我知道光明不屬於我，只有照在岩石墳陵上的月華除外；我知道快樂也不屬於我，只有大金字塔下妮托克莉斯無可名狀的盛宴除外。然而，在我新獲得的放肆和自由之中，我幾乎要欣然擁抱那異類身分帶來的苦澀了。

儘管遺忘讓我平靜，我卻始終知道我是個異鄉人，在這個世紀和依然生存的活人之中的一個外來者。自從我將手指伸向那個鎏金框架裡的瀆神怪物之後，我就知道了這一點。那天我伸出手指，碰到了一個冰冷而堅硬的表面。

那是一整塊拋光的鏡子。

暗魔

——獻給羅伯特·布洛克（注1）

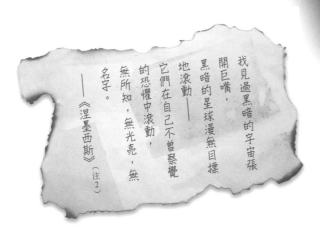

我見過黑暗的宇宙張
開巨嘴，
黑暗的星球漫無目標
地滾動——
它們在自己不曾察覺
的恐懼中滾動，
無所知，無光亮，無
名字。

——《涅墨西斯》（注2）

注1 羅伯特·阿爾伯特·布洛克（Robert Albert Bloch；1917～1994年），美國小說家，以其《驚魂記》系列小說出名，一生寫作了30部書和100多篇短篇故事，贏得過雨果獎、布拉姆斯托克獎和世界奇幻獎。年輕時與H·P·洛夫克萊夫特結識。兩人互以對方為主角形象寫進克蘇魯神話中的作品。布洛克創作《來自星際的怪物》一个非常像是洛夫克萊夫特的恐怖小說作家，而且寫死了。而洛夫克萊夫特則用羅伯特的形象以羅伯特·布萊克（Robert Blake）出現《暗魔》中以回敬。

注2《Nemesis》，為洛夫克萊夫特1917年寫下的詩篇。涅墨西斯是希臘神話中被人格化的冷酷無情的復仇女神，會對在神祇座前妄自尊大的人施以天譴。

大眾普遍認為羅伯特．布萊克死於閃電或放電引起的嚴重神經休克，審慎的調查人員不願貿然挑戰這樣的結論。是的，他臨終前面對的窗戶確實沒有破損，但大自然早已證明過它能夠製造出許多匪夷所思的現象。他臉上的表情可以輕易歸咎於某些原理未明的肌肉反應，與他或許見到的東西毫無關係。而他日記裡的記錄顯然是怪異的想像力在作祟，起因是當地一些特定的迷信思想和他發掘出的某些陳年往事。至於聯邦山荒棄教堂的反常情況，頭腦精明、擅長分析的人稍微思索一下就會將其斥為或有意識或無意識的騙局，布萊克和其中至少一部分有著隱祕的聯繫。

因為死者畢竟是一名作家和畫家，全心全意地沉浸在神話、夢境、恐懼和迷信的領域內，熱衷於追尋怪異事物和幽冥鬼怪的景象和效果。早些時候他在城區停留過一段時間，探訪一位和他一樣熱衷於異教儀式和禁忌傳說的古怪老人，那次停留在死亡和烈火之中結束，最近肯定是某種病態本能將他從密爾瓦基的家中再次吸引到了這裡。儘管他在日記中矢口否認，但他很可能知曉一些古老的故事，他的死亡將一個注定能夠在文學界引起巨大反響的驚天騙局扼殺在襁褓之中。

然而，在檢查過所有證據並將它們拼湊在一起的那些人裡，還有少數幾位緊抱著一些缺乏理性和常識的推論不放。他們傾向於從字面意思理解布萊克的日記，指出某些特定的事實值得關注，例如老教堂檔案毋庸置疑的真實性，例如名叫「群星智慧」的可憎異教團體在一八七七年之前確實存在，例如確實有紀錄表明，一位名叫艾德溫．M．利萊布里奇、愛刨根問底的記者在一八九三年神祕失蹤，還有最重要的，年輕作家去世時臉上表現出的巨大得足以扭曲五官的恐懼。這些篤信者中有一位走向了瘋狂的極端，把在舊教堂尖頂裡找到的那塊古怪的有角石塊，連同它裝飾奇異的金屬盒扔進了海灣——根據布萊克的日記所說，它們應該在塔樓裡，而不是沒有窗戶的黑暗尖頂底下。儘管受到了官方和非官方兩方面的抨擊，這位先生——一位名譽良好的內科醫生，喜愛研究離奇的民間傳說——依然堅稱他為整個地球除掉了一件危險得不該安心接受其存在的東西。

讀者必須在這兩種看法之中做出自己的判斷。報紙已從懷疑論者的角度給出了諸多確鑿的細節，留待讀者自行勾勒出羅伯特·布萊克所見到的事物，或者他認為他見到的事物、他詭稱他見到的事物。現在，讓我們不摻雜個人情感、仔細而從容地研究他的日記，從主角的視角提煉出整件事情中隱祕的前後經過吧。

一九三四到一九三五年的冬天，年輕的布萊克回到普羅維登斯，寄住在一座古老寓所的樓上，寓所位於學院街旁一個綠草茵茵的庭院裡，坐落在向東的高大山丘頂上，離布朗大學的校園不遠，前方是大理石砌成的約翰·海圖書館。這是個舒適而迷人的地方，周圍是一小片鄉村般古雅的綠洲花園，友善的肥貓趴在簡易棚屋頂上曬太陽。方方正正的

喬治王風格宅邸有分層的採光屋頂、帶扇形雕紋的古典式門廊、小窗格的窗戶和其他體現出十九世紀初期建築手法的特徵。室內有六格鑲板門、寬幅木地板、殖民地風格的螺旋樓梯、亞當時期（注）的白色壁爐和比房屋水平低三級臺階的後部房間。

布萊克寬敞的書房位於西南角，一側俯瞰屋前花園，向西的幾扇窗戶面對山脊，景色壯麗，能看見城區較低處層層疊疊的屋頂和房屋後猶如烈焰的瑰麗日落，他把寫字檯放在其中一扇窗戶前。遠處地平線上是開闊鄉野的紫色山坡。以它們為背景，大約兩英哩開外，聳立著聯邦山那鬼怪般的隆起身影，擠在一起的屋頂和尖塔猶如鬃毛，模糊的輪廓線神祕地搖曳不定，城市冒出的煙霧盤旋而上並纏繞其中，幻化出各種奇異的形狀。布萊克有一種古怪的感覺，他似乎見到了某個虛無縹緲的未知世界，假如他企圖找到它的蹤影，親自踏入它的疆界，它未必一定會消失在幻夢之中。

布萊克從家裡取來了大部分藏書，購置了一些與住所相配的古董家具，安頓下來開始寫作和繪畫——他單獨居住，簡單的家務由自己完成。他的工作室是北面的閣樓房間，採光屋頂的窗格提供了令人讚嘆的光照。住下後的第一個冬天裡，他出版了他最著名的五個短篇——《地下掘居者》、《墳墓中的臺階》、《夏蓋》、《在納斯的山谷中》和《來自群星的歡宴者》——繪製了七幅油畫，主題是無可名狀的非人類怪物和極其陌生的非地球景觀。

日落時分，他經常坐在寫字檯前，恍惚地望著西面的開闊風光——底下不遠處的紀念堂的黑色塔樓、喬治王風格的法院鐘樓、鬧市區直刺天空的尖塔和遠處微光閃爍、尖頂環繞的山丘，那裡不知名的街道和迷宮般的山牆強烈地刺激著他的想像力。本地的熟人告訴他，遠處那片山坡是一大片義大利人聚居區，但房屋以更古老的北方佬和愛爾蘭人時代的遺物為主。他偶爾會拿起望遠鏡眺望盤繞煙霧背後那遙不可及的幽冥世界，在其中辨認出單個的屋頂、煙囪和尖頂，猜測它們有可能容納著何種怪異和奇特的祕密。即便在光學工具的說明下，聯邦山依然顯得陌生和近乎虛幻，令人聯想起布萊克本人的小說和畫作中那些捉摸不定的玄妙奇景。哪怕山丘早已消失在燈光如群星般閃爍的紫色暮靄之中，法院的水銀燈和工業信託公司的紅色信號燈將夜晚照得光怪陸離，這種感覺依然會長久地縈繞在心中。

聯邦山上那些遙遠的建築物中，最吸引布萊克的是一座黑色的巨型教堂。它在每天特定的時間段裡顯得格外清晰，到了日落時分，火燒般的天空會映襯出巍峨塔樓和聳立尖頂的黑色身影。教堂似乎坐落在特別高的地方；因為它沾滿煤灰的正面和能看見斜屋頂與尖頭窗頂部的北側，傲然屹立於周圍凌亂的屋脊大樑和煙囪管帽之上。教堂似乎是用石塊壘砌的，煤煙和風暴汙染和沖刷了它一個多世紀，顯得格外冷酷和嚴峻。從玻璃窗的造型來看，這座建築物屬於哥德復興最初期的實驗性風格，比莊嚴堂皇的厄普約翰時期更早，部

注 指羅伯特．亞當和詹姆士．亞當開創的家具和建築的新古典主義風格。

分輪廓和比例特徵符合喬治王時代的風格。它大概修建於一八一〇到一八一五年前後。

幾個月過去了，布萊克望著那座令人望而生畏的遙遠建築物，興趣奇怪地與日俱增。那些寬大的窗戶裡從未亮起燈光，他知道教堂肯定是空置的。他等待得越久，想像力就越是活躍，到最後他開始幻想怪異的事物。他相信有一種模糊而獨特的荒涼氣場籠罩著那裡，連鴿子和燕子都會避開它被熏黑的屋簷。透過望遠鏡，他在其他高塔和鐘樓之間見到了幾大群飛鳥，但牠們從不在這座教堂歇腳。至少他是這麼認為也寫在日記裡的。他將那個地方指給幾個朋友看，但他們沒有人去過聯邦山，也完全不清楚那座教堂的現狀和過往。

春天，某種深入靈魂的不安感攫住了布萊克。他已經開始寫那部規劃已久的小說，故事的藍本是緬因州女巫異教一名據稱的殘黨，但非常奇怪地寫不下去。他越來越多地坐在向西的窗戶前，望著遙遠的山丘和連鳥群都敬而遠之的黑色尖頂。花園裡樹木的枝杈上發出嫩葉，整個世界充滿了新生的蓬勃生機，布萊克的不安感覺卻與日俱增。這時他第一次萌生了橫穿城市去看一看的念頭，他要勇敢地爬上那段怪異的山坡，走進煤煙繚繞的夢幻之地。

四月末，自古以來就蒙著陰暗色彩的**沃爾珀吉斯之夜**前夕，布萊克第一次走向了那片未知的土地。他艱難跋涉穿過似乎沒有盡頭的城區街道和城區外荒涼而破敗的廣場，最後終於踏上了那條向高處而去的大道，兩旁是磨損了上百年的石階、沉陷的多立安式門廊、窗格不透光的穹頂閣樓，他覺得這條路肯定通往迷霧外他早已熟識但遙不可及的那個世界。他看到了骯髒的藍白色路標，卻看不懂上面在說什麼，此刻他注意到遊蕩人群都有著陌生的黝黑面容，日曬雨淋了幾十年的棕色建築物裡，販賣古怪商品的店鋪掛著異國文字的標牌。他找不到從遠處看見過的任何東西。他不由再次陷入幻想：從遠處望見的聯邦山是一個活人從未涉足過的虛幻世界。

他偶爾會見到破敗的教堂正立面或風化剝落的尖塔，但都不是他在尋找的被煤煙熏黑的建築物。他向一名店主打聽那座石砌的巨型教堂，儘管店主會說英語，卻只是微笑搖頭。布萊克走向更高處，周圍的情形顯得越來越陌生，陰沉的褐色小巷織成混亂的迷宮，總是將他引向南方。他穿過了兩、三條寬闊的大街，有一次覺得他看見了一座熟悉的塔樓。他再次向一名商販打聽那座龐大的石砌教堂，這次他敢發誓對方所謂的一無所知是裝出來的。黝黑男人的臉上露出恐懼，他竭力掩飾這個表情，布萊克看見他用右手做了個古怪的手勢。

走著走著，一座黑色尖塔忽然出現在他的左手邊，它屹立在烏雲密布的天空之下，凌駕於向南而去的纏結小巷兩旁鱗次櫛比的褐色屋頂之上。布萊克立刻認出了它，他從大道拐進骯髒的泥土小巷，奔向他苦苦追尋的目的地。途中他迷路了兩次，但不知為何，他不敢求教坐在門階上的老祖父或家庭主婦，也不敢詢問在陰暗小巷的爛泥地上喊叫玩耍的孩童。

他終於在西南方一覽無餘地看清了那座尖塔，龐大的石砌建築物在一條小巷的盡頭陰森森地拔地而起。此刻他站在一個冷風呼嘯的開闊廣場上，廣場雅致地鋪著鵝卵石，對面盡頭是一面高聳的護牆。他的探尋之旅來到了終點，因為這面牆壁支撐起了一塊圍著鐵欄干、野草叢生的寬闊臺地，那是個與世隔絕的小世界，比周圍街道高出足足6英呎，其中聳立著一座陰森而龐大的建築物，儘管布萊克此刻的視角與以前不同，但這座建築物的身分依然毋庸置疑。

廢棄的教堂處於嚴重年久失修的狀態。高處的部分琢石扶壁已經坍塌，幾塊精美的尖頂飾掉下來，幾乎埋沒在雜草叢生、無人清理的草坪之中。煤煙熏黑的哥德式高窗大部分沒有破損，但許多石條框格早已不見蹤影。考慮到天底下男孩眾所周知的共同愛好，真不知道這些晦暗的彩色玻璃為何還保存得如此完好。巨大的正門完好無損，緊緊地關著。護牆頂端，生鏽的鐵欄干環繞著那一整片土地，從廣場有一段臺階通向鐵欄干，臺階盡頭是一道鐵門，他看見鐵門上掛著掛鎖。從鐵門到建築物的小徑徹底被野草淹沒。荒涼和衰敗彷彿一張棺罩一般覆蓋著這裡，屋簷下沒有鳥兒築巢，牆上沒有常青藤攀附，布萊克從中隱約感覺到了一絲憑他的能力無法確定的險惡氣息。

廣場上的人寥寥無幾，布萊克看見廣場北側有一位警察，他帶著關於教堂的問題走向警察。那是一位強壯健康的愛爾蘭人，說來奇怪，警察的回答僅僅是畫個十字，然後小聲說人們從不提起那座建築物。在布萊克的追問之下，他慌慌張張地說義大利神職人警察告所有人要遠離它，信誓旦旦有個邪惡的魔物曾經居住在那裡，留下了它的印記。他本人從父親那兒聽說了有關它的陰森傳說，他父親清楚地記得小時候聽到過一些怪異的聲音和離奇的傳聞。

曾經有個邪惡的教派在那裡活動，一個非法教派，從未知的暗夜深淵召喚來**某些可怖的東西**。據說需要一位虔誠的修士才能驅逐被召喚來的東西，但也有人說只需要光明就能做到。假如奧馬雷神父還在世，他肯定有很多事情可以告訴你。但現在已經沒辦法了，大家只能扔著這座教堂不管。如今它不會傷害任何人，而教堂的所有者不是死了就是遠走他鄉。一八七七年他們像老鼠似的逃離此處，因為當時傳出了一些凶險的說法，人們注意到附近時不時地有居民失蹤。市政府遲早會介入，以找不到繼承人的理由接管這片地產，然而與它沾上關係的人都不會有好下場。最好還是扔著它別管，等教堂自己倒塌，免得驚動應該永遠在黑暗深淵中安眠的**那些東西**。

警察離開後，布萊克站在那裡凝視陰森的尖頂巨塔。得知這座建築物在其他人眼中也同樣險惡，他感到很興奮，他思考著在藍制服警察複述的古老傳說背後隱藏著什麼樣的點滴真相。那些傳說也許僅僅是這個場所的險惡外觀激發出的無稽之談，然而即便如此，它們依然像是他寫的故事怪異地變成了現實。

下午的陽光從逐漸消散的烏雲背後露了出來，但似乎難以照亮聳立於高臺上的古老神殿被煤煙熏黑的骯髒牆壁。說來奇怪，連春天都沒能把鐵欄干院子中枯萎的棕色草叢染成綠色。布萊克不由一點一點靠近了那片抬高的土地，仔細查看護牆和生鏽的圍欄，尋找有可能讓他進去的途徑。這座黑漆漆的廟宇似乎擁有某種難以抵禦的可怖誘惑力。圍欄在靠近臺階的地方沒有任何開口，但北側缺少了幾根欄干。他可以爬上臺階，沿著圍欄外狹窄的牆頂繞到缺口處。既然附近的居民如此瘋狂地害怕這個地方，那麼他就應該不會遇到任何干涉。

他爬上護牆，直到快鑽進圍欄才被人注意到。他望向下方，看見廣場上有幾個人正越走越遠，用右手做著先前主路上那位店主做過的同一個手勢。幾扇窗戶砰然關閉，一個胖女人衝上街道，把幾個小孩拖進一幢搖搖欲墜、沒有上漆的屋子。圍欄上的缺口非常容易進入，沒過多久，布萊克就在荒棄院子裡彼此糾纏的腐朽草叢裡艱難跋涉了。風化的殘破墓碑星羅棋布，說明曾經有人埋葬在這片土地上，但他知道那肯定是很久以前的事情了。走到近處，教堂的龐然身影變得越來越壓迫，但他克服了情緒，走上去試了試正面的三扇巨門。門都鎖得緊緊的，於是他繞著這座巨大的建築物兜圈，想找到一個更小也更容易進去的出入口。儘管他並不確定想不想走進這個充滿荒蕪和暗影的鬼域，然而它的怪異卻拖著他不由自主地向前走。

教堂後側有一扇缺乏防護措施的地窖窗戶敞開巨口，提供了他所需要的入口。布萊克向內望去，見到西沉太陽經過重重過濾的微弱光線照亮了遍布蛛網和灰塵的地下深淵。瓦礫、舊木桶、破損的箱子和形形色色的家具映入眼簾，但所有東西都蒙著厚厚的灰塵，尖銳的輪廓線因此變得模糊。暖氣鍋爐鏽跡斑斑的殘骸說明這座建築物直到維多利亞中期還有人使用和定期維護。

布萊克幾乎不假思索地行動起來，他爬進這扇窗戶，站在積滿灰塵、遍布瓦礫的水泥地面上。這是一個寬敞的拱頂地窖，沒有分隔牆。右手邊的對面角落裡，他在厚重的陰影中看見了一道黑洞洞的拱門，這道門似乎通向樓上。置身於這座巨大的陰森建築物之中，壓抑的感覺變得尤其強烈，但他控制住情緒，仔細地四處勘察——他在灰塵中找到一個依然完好的木桶，把木桶滾到敞開的窗口，留待離開時使用。他鼓起勇氣，穿過布滿蛛網的寬闊房間，走向那道拱門。無處不在的灰塵嗆得他難以呼吸，鬼魂般的縹緲蛛網掛遍全身，布萊克終於穿過拱門，爬上通向黑暗的破損石階。他沒帶照明工具，只能用雙手小心翼翼地摸索。拐過一個銳角轉彎，他在前方摸到一扇緊閉的房門，摸索片刻之後，他找到了古老的門閂。這扇門向內打開，進去後他見到一條光線昏暗的走廊，兩旁牆上的鑲板已經遭了蟲蛀。

布萊克來到了建築物的底層，開始迅速地探索周圍的情況。室內的所有門都沒上鎖，因此他可以在房間之間自由來去。巨大的中殿是個近乎怪誕的地方，箱型凳、聖壇、沙漏狀講臺、共鳴板上的灰塵堆積如山，頂層柱廊的尖拱之間掛著粗如繩索的龐然蛛網，纏繞著簇生的哥德式立柱。正在西沉的太陽將陽光送過拱形大窗上半被熏黑的怪異窗格，灌了鉛的駭人光線映照著這個死寂的荒涼之地。

窗戶上的彩繪被煤煙汙染得過於嚴重，布萊克幾乎分辨不清它們究竟想表達什麼，但就他能看清的那一小部分而言，他覺得它們非常不討人喜歡。圖案大體而言很傳統，根據他對晦澀的象徵主義的一些了解，布萊克認為許多圖案與某些古老的主題有所聯繫。裡面有少許幾位聖人，臉上的表情簡直像是在等待責難，有一扇窗戶上似乎僅僅畫著一片黑暗的空間，其中散落著一些螺旋狀的詭異發光體。布萊克從窗戶上移開視線，注意到聖壇上方結滿蛛網的十字架不是普通的樣式，而更像埃及黑暗時代的原始安卡符號，也就是帶圓環柄的十字架。

布萊克在後殿旁的聖具室裡發現了朽爛的桌臺和高至天花板的書架，書架上擺滿了發霉解體的書籍。他在這裡第一次感覺到了客觀存在的恐怖事物造成的驚駭，因為這些書籍的標題足以說明一切。它們是**黑暗的禁忌之物**，絕大多數有理性的人類或者從未聽說過它們的名稱，或者只在隱祕而膽怯的交頭接耳中聽過。這些受到禁毀和恐懼的書籍記載著模稜兩可的祕密和古老得超越記憶的儀式，它們沿著時間長河從人類的幼年時期和人類出現前朦朧的玄奇時代點滴流傳至今。他本人讀過其中的許多書籍：可憎的《死靈之書》的拉丁文譯本、險惡的《伊波恩之書》、厄雷特伯爵所著惡名昭彰的《屍食教典儀》、馮．容茲的《無名祭祀書》和路德維希．普林所著魔鬼般的《蠕蟲之祕密》。但還有一些他僅僅有所耳聞甚至聞所未聞的書籍——《納克特抄本》、《多基安之書》和一部接近粉碎的典籍，這本書使用了一種徹底無法辨識的文字，但在熱衷於研究異教的布萊克看來，書裡的一些符號和圖畫令人膽寒地眼熟。很明顯，本地經久不衰的流言並非捏造。這個地方曾經祭拜過一個邪靈，它比人類更古老，比已知宇宙更廣闊。

朽爛的桌臺上有一本皮革裝訂的紀錄冊，裡面全是用某種怪異密碼寫成的篇章。組成手稿的是至今仍在天文學裡使用、鍊金術和占星術及另外一些可疑學科自古以來一直使用的常用傳統符號：代表太陽、月亮、諸行星、方位和黃道十二宮的圖案，它們密密麻麻地擠在紙面上，分隔和段落說明每個符號代表著一個字母。

布萊克把這本紀錄冊塞進外套口袋，打算以後解開這套密碼體系。書架上的許多厚重典籍強烈地吸引著他，他感覺到了巨大的誘惑力，打算過段時間來借走它們。他思考著它們為何能夠平安度過了這麼長的時間。深入內心、無所不在的恐懼在接近六十年的時光中保護這座荒棄的教堂不被訪客打擾，難道他是第一個克服了這種恐懼的人嗎？

徹底探索過底樓之後，布萊克再次穿過積滿灰塵、彷彿幽冥的中殿，來到教堂的前廳，先前他看見那裡有一道門和一條樓梯，他推測那條樓梯應該通向被煤煙熏黑的塔樓和尖頂，也就是他早已在遠處熟識了的地方。上樓這段路是一種令人窒息的體驗，因為灰塵積得很厚，蜘蛛在逼仄的空間裡活動最為猖獗。這是一條螺旋樓梯，木質梯級高而狹窄，布萊克時不時會經過一扇被塵土遮蔽了視線的窗戶，俯瞰見到的城市讓他頭暈目眩。儘管沒有在底下見到拉繩，但爬向他經常用望遠鏡觀察其尖頭窗的塔樓時，他還是期待會在那裡找到吊鐘。然而希望卻注定落空，因為當布萊克終於踏上樓梯頂端時，他發現塔頂閣樓裡沒有任何敲鐘裝置，而且顯然有著迥然不同的用途。

房間面積約為15平方英呎，光線昏暗，四面牆上各有一扇尖頭窗，從朽爛的百葉窗板之間射進來的陽光將窗玻璃照得閃閃發亮。窗戶上還安裝過密不透光的簾幕，但簾幕已經基本上朽爛殆盡。積滿灰塵的地板中央有個奇異的稜角石柱，高約4英呎，平均直徑約2英呎，每一面上都刻著怪異、粗糙和完全不可辨識的象形文字。石柱頂上擺著一個金屬盒，其形狀怪異地缺乏對稱性。金屬盒帶鉸鏈的蓋子被掀開了，裡面積累了幾十年的灰塵底下似乎是個蛋形或不規則球形的物體，直徑約4英吋。石柱周圍，七把大致完好的哥德式高背椅擺成粗糙的環形，椅子背後的牆上鑲著深色護壁板，七尊漆成黑色、風化剝落的巨大石膏像貼牆擺放，它們不像布萊克見過的任何東西，只和神祕的復活節島上那些意義不明的龐然雕像有些類似。結滿蛛網的閣樓一角，牆面上建有一條豎梯，通向一道緊閉的翻板活門，活門上是沒有窗戶的教堂尖頂。

布萊克逐漸習慣了黯淡的光線，他發現奇特的黃色金屬盒上刻著古怪的淺浮雕。他走近金屬盒，用雙手和手帕清理掉積累的灰塵，發現那些圖案極為怪誕、徹底陌生。它們描繪的個體即使栩栩如生，卻和這顆星球上曾經演化出的所有已知生命形式都毫無相似之處。直徑4英吋的準球體實際上是個近乎黑色並帶有紅色條紋的多面體，有著許多個不規則的平坦表面。它可能是某種非常罕見的水晶，也可能是某種礦物雕刻拋光製成的人工造物。它沒有直接放在盒子的底面上，而是由環繞中軸的金屬箍懸掛在半空中，金屬箍伸出七根樣式怪異的水平支撐物，連接在盒子內壁靠近頂端的夾角上。這塊石頭從暴露在外的那一刻起，就向布萊克釋放出了幾乎令人惶恐的吸引力。他難以移開視線，他望著石塊閃閃發亮的表面，幾乎覺得它是個透明的物體，內部有著無數半成形的奇妙世界。他的意識中浮現出諸多畫面，他見到了聳立著石砌巨塔的外星球，見到了巍峨群山環繞但不見生命跡象的其他星球，還見到了更加遙遠的深空，朦朧黑暗中只有一些微弱的攪動能證明那裡存在知覺與意志。

他終於望向別處，注意到對面角落裡通往尖頂的豎梯旁有一堆形狀怪異的灰土。他說不清它為何吸引了他的注意力，但那個物體的輪廓向他的潛意識傳遞了某些資訊。布萊克走向它，掃開懸在半空中的蛛網，逐漸辨認出它的可怖之處。手和手帕雙管齊下，真相很快暴露在眼前，布萊克在複雜得令人困惑的交織情緒驅使下驚呼一聲。那是一具人類的骨架，顯然已經在這裡躺了很久。衣物爛成布條，幾粒鈕扣和布料殘片說明那是一件男式的灰色正裝。另外還有一些零碎的證物——皮鞋、金屬搭扣、圓角袖口搭配的大袖扣、樣式古老的領帶夾、印著《普羅維登斯電訊報》的記者證和破舊的皮革錢夾。布萊克小心翼翼地拿起錢夾查看，發現裡面有幾張老版的現鈔、一八九三年的塑封廣告日曆、幾張印著「艾德溫．M．利萊布里奇」的名片和一張用鉛筆寫滿了備忘短句的紙片。

這張紙上的內容令人困惑，布萊克藉著西面窗口的黯淡光線仔細閱讀。上面的文字支離破碎，其中包括以下這些句子：

一八四四年五月，伊諾克．鮑恩教授從埃及返回——七月購入自由意志教堂——他的考古成就與神祕學研究工作眾所周知。

一八四四年十二月二十九日，第四浸信會的德隆博士在布道時提醒大家當心群星智慧異教。

四五年末，會眾達97人。

一八四六年，3人失蹤，第一次提及閃耀的偏方三八面體。

一八四八年，7人失蹤——血祭傳聞開始流傳。

一八五三年，調查無果而終——怪聲的傳聞。

奧馬雷神父提到與在埃及巨型廢墟中發現的盒子有關的惡魔崇拜——稱他們召喚出了某些無法在光明中存在的東西。遇到微光會逃跑，能被強光驅逐。然後必須再次召喚。說法很可能來自法蘭西斯．X．菲尼的臨終懺悔，其人於四十九年加入了群星智慧異教。這些人聲稱閃耀的偏方三八面體向他們展示了天堂和其他世界，亦聲稱暗魔以某種方式向他們透露祕密。

一八五七年，奧林．B．艾迪講述的故事。他們透過凝視晶體召喚它，稱他們有自己的一套祕密語言。

一八六三年，會眾達二百人以上，僅限男性參加。

一八六九年，派翠克．雷根失蹤後，一群愛爾蘭年輕人圍攻教堂。

七十二年三月十四日，含蓄的文章見報，但人們不願多做談論。

一八七六年，6人失蹤——祕密委員會拜訪道爾市長。

一八七七年二月，承諾採取行動——四月關閉教堂。

五月，幫派分子——聯邦山青年團——威脅某博士和教區委員。

七十七年年末前，181人離開本市——未提及姓名。

一八八〇年前後，鬧鬼故事開始流傳——嘗試確定一八七七年後無人進過教堂的說法是否屬實。

向拉尼根索要一八五一年拍攝的照片……

布萊克將那張紙放回錢夾裡，把錢夾裝進大衣口袋，轉身望向灰塵中的骷髏。這些紀錄的含義非常明確，毫無疑問，四十二年前，這個男人走進這座荒棄的建築物，希望能找到足夠聳人聽聞而其他人都不敢嘗試的新聞題材。很可能其他人都不知道他的計畫——誰知道呢？總之結果是他再也沒有回到自己的報社。難道是被勇氣壓制住的恐懼突然反撲，導致他突發心力衰竭而死？布萊克彎下腰，打量反射著微光的白骨，忽然發現它們的狀況有些異樣。有些骨頭嚴重離散，有幾塊的末端似乎奇怪地融化了。還有一些奇異地發黃，隱約有燒焦的痕跡。燒焦的痕跡還延伸到了部分衣物碎片上。顱骨的狀態尤其異樣——染上某種黃色，頂部有個燒焦的洞眼，堅硬的骨骼像是遭受了強酸的腐蝕。這具骨架在死寂的陵墓裡躺了四十年，布萊克無從想像它遇到過什麼災禍。

不知不覺之間，布萊克又在看那塊石頭了，聽憑它怪異的影響力在腦海裡喚起壯麗如星雲的景象。他看見穿長袍戴兜帽但輪廓不似人類的生物排成長隊，他仰望直插天空的巨型石雕林立於無盡里格的沙漠之中。他看見暗如黑夜的海底遍布塔樓與高牆，太空的漩渦中絲絲縷縷的黑色霧氣漂浮在散發稀薄微光的冰冷紫色霧靄之前。除了這些，他還窺見了黑暗的無底深淵，有形與半有形的實體只在被風攪動時才能被察覺，模糊的力量規則將秩序強加於混沌之上，執掌著能解開我們所知世界裡全部悖論和奧祕的鑰匙。

某種難以確定來源但齧噬靈魂的恐慌陡然襲來，打破了困住布萊克的魔咒。布萊克幾乎無法呼吸，他從石塊前轉過去，感覺到某種無定形的異類存在靠近了他，以可怖的專注凝視著他。他感覺到某種東西糾纏上了他——它並不在石塊裡，而是透過石塊望著他——它能夠輕而易舉地以並非實質視線的知覺作用跟隨他的一舉一動。這個地方顯然觸動了他的神經，考慮到他發現的可憎景象就更是如此了。光線正變得越來越昏暗，他沒有攜帶照明工具，因此他知道他必須盡快離開了。

但就在這時，在逐漸合攏的暮色之中，他認為他見到那塊有著瘋狂稜角的石頭中發出了一絲黯淡的光芒。他努力望向別處，但某種晦暗的強迫力量將他的視線拉了回去。莫非這東西有放射性，因而發出了微弱的磷光？莫非這就是死者筆記中稱之為「閃耀的偏方三八面體」的原因？這個終極邪物的荒棄巢穴到底是怎麼一回事？這裡曾經發生過什麼，連飛鳥都不敢靠近的暗影中還棲息著什麼？附近某處似乎飄來了一絲若有若無的惡臭，但他無法立刻確定其源頭。布萊克抓住多年來一直敞開的金屬盒蓋子，一把關上了它。盒蓋在怪異的鉸鏈上移動得很靈活，徹底遮住了無疑正在綻放光芒的那塊石頭。

盒蓋扣上時發出了清脆的咔噠一聲，頭頂上翻板活門的另一側、永遠處於黑暗中的尖頂裡響起了一陣輕微的騷動。老鼠，毫無疑問——自從他走進這座該詛咒的建築物，曾經展示過其存在的活物只有牠們。話雖這麼說，但尖頂裡傳來的那陣騷動聲依然嚇得他魂飛魄散，他幾近瘋狂地衝下螺旋樓梯，跑過彷彿會有食屍鬼出沒的中殿，回到拱頂地下室裡，在逐漸降臨的黃昏中經過空無一人的廣場，穿過聯邦山上被恐懼滋擾的擁擠小巷和大路，奔向神智健全的通衢大道和學院街區那如家一般的磚砌人行道。

接下來的日子裡，布萊克沒有向任何人提起他的探險之旅。他大量閱讀某些書籍，研究了市區圖書館歸檔保存的多年報紙，狂熱地解譯他在蛛網密布的聖具室裡找到的皮面紀錄冊。他很快發現這套密碼並不簡單，經過長時間的努力之後，他能確定其原始文本肯定不是英語、拉丁文、希臘語、法語、西班牙語、義大利語或德語。最後，他不得不從他那些奇異學問中最幽深的井底汲取知識。

每逢傍晚，凝視西方的古老衝動就會回到布萊克身上，他會和往昔一樣望向聳立於遠處半虛幻世界的叢生屋頂之間的黑色尖頂。然而如今它在他眼中多了一絲恐怖的氣息。他知道它蘊藏著什麼樣的邪惡知識，由於知道了這一點，他的幻想開始朝奇異的新方向肆意奔馳。春天的候鳥正在歸來，他望著鳥群在夕陽下飛翔，想像牠們和以前一樣避開那座荒涼的孤獨尖塔。看見一群鳥飛近教堂，他想像牠們會在驚恐和慌張中迴旋四散，他甚至彷彿聽見了由於相距數英哩而無法傳進他耳中的狂亂吱喳叫聲。

布萊克在六月的日記中稱他成功地破解了密碼。他發現原始文本是用神祕的阿克羅語寫成的，一些古老的邪惡異教曾經使用過這種語言，他在以往的研究中僅僅學習過一些皮毛。日記奇怪地沒有詳述布萊克解析出的內容，但他明確地對他得到的結果感到敬畏和惶恐。其中提到你可以透過凝視閃耀的偏方三八面體來喚醒一個暗魔，還對它受召前所棲息的黑暗混沌深淵做了一些癲狂的揣測。這種生物據說掌握著**所有的知識**，要求召喚者做出恐怖的獻祭犧牲。布萊克的部分日記顯示他擔心這個怪物就在外面活動——

他似乎將其視為已被召喚出來了——但他也補充說路燈組成了它無法逾越的一道壁壘。

他經常提到那個閃耀的**偏方三八面體**，稱之為全部時間與空間的一扇窗戶，追溯它的起源與歷史，它在黑暗的猶格斯星球上被製造出來，後來遠古者帶著它來到了地球。生活在南極洲的海百合狀生物視其為珍寶，把它放在那個奇異的盒子裡，瓦魯西亞的蛇人將它從它們的廢墟中挖掘出來，億萬年後第一批人類在雷姆利亞久久地凝視它。它跨越了奇異的大地和更奇異的海洋，與亞特蘭提斯一同沉沒，落進一名彌諾斯漁夫的漁網，被賣給來自黑色克赫姆的黑膚商人。奈夫倫—卡法老圍繞它修建了神廟和沒有窗戶的地穴，這個行為導致後人從所有紀念碑和紀錄上抹去了他的名字。祭司和繼任的法老摧毀了那座邪惡的殿堂，它在廢墟中沉睡了許多年，直到發掘者的鏟子讓它重見天日，繼續詛咒人類。

·khham Advertise

"Since 1832, Arkham's finest newspaper"

ARKHAM, MASS. MONDAY MORINING, JULY 8th, 1935

LIGHTNING STRIKES FEDERAL HILL

n the evening of July 7th, a thick ightning bolt illuminated the night ky of Rhode Island as it seemingly ouched Federal Hill. The electrical ower was killed for a moment and it aised certain panic among the local eople.

Afterwards, there was a mysterious tone found in the gate of the local church, which looked nothing like ny familiar object. Some witness claimed it 'extremely evil'. The stone lisappeared into the thin air very oon after.

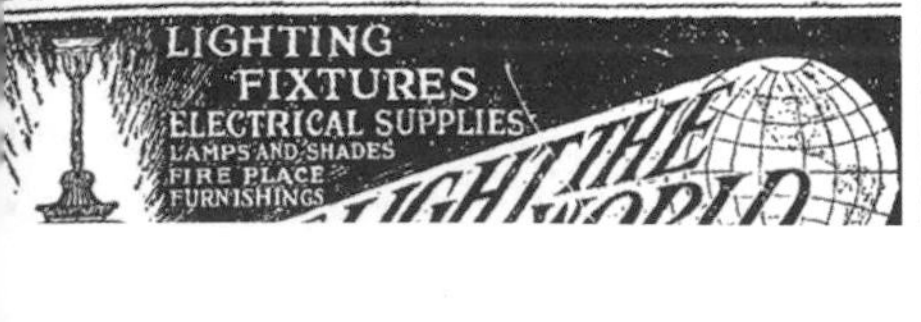

SIX PERSONS HURT

YOUNGTOWN, Ohio, June 29 – Six persons were seriously injured and 22 others received severe cuts and bruises in the crash of the Nevin Line bus bound from Pittsburgh to Detroit.

Franklin D. Wilmott, owner of Nevin Line, made a statement yesterday: "We are

MYS

A dis
last ni
young
able to
who
grievou
summo

An a
who as
Hospit
Garrisc
appeal
come
Police
crimin

ER:

with a
breeze.
of 65°F

VOL. XCV

OFF CAPE ANN

oceans to be revolutionised

Monster' on Good Harbor Beach

ved
iso-
ural
Ias-
ved

to have been centred off the North Shore.

Captain Orne has stated that plans are already underway to establish a travelling maritime museum in which to display the preserved creature for the benefit of mankind.

LOCAL MATRON IS FETED BAPTIST SOCIETY

Mrs. A. Tilton was honored with a given last Wednesday afternoon at home of her mother, by the missic society of the First Baptist Churc Arkham. Invited guests were treate songs and excellent food.

NEW ROAD SIGNS EXPLOI GROWTH

Two large permanent signs were er to inform the public early this week b Miracle Construction Company of Bo the successful bidder on Arkham's pa and street light program.

七月初的報紙奇異地補充了布萊克的敘述，但過於簡略和隨意，若不是因為日誌，根本不會喚起人們對這些報導的注意。文章稱在一名陌生人闖入那座可憎的教堂之後，一種新的恐慌情緒在聯邦山上逐漸蔓延。義大利人風傳沒有窗戶的黑暗尖頂裡時常響起不尋常的騷動聲、碰撞聲和刮擦聲，他們請各自教會的神職人員驅逐在他們夢境中作祟的一個怪異個體。他們聲稱有某種東西時常盯著一扇門，看它是否黑暗得足以讓它冒險前進。報刊文章提到當地存在已久的迷信傳說，卻沒有能夠解釋清楚這種恐懼以往的背景原因。如今這些年輕的記者顯然不熱衷於研究古老的往事。布萊克將這些內容也寫進了日記，同時表達出某種奇異的懊悔心情，提到他有責任消滅閃耀的偏方三八面體和驅逐因他讓陽光照進可怖尖塔而撩撥起的某些事物。然而另一方面，日記顯示出他的痴迷已經發展到了危險的程度，他承認自己病態地渴望——甚至開始侵蝕他的夢境——探訪受到詛咒的塔樓，再次凝視那塊發光石頭裡的宇宙祕密。

七月十七日，日報上的某些報導使得日記作者陷入了最激烈的驚恐發作。文章以半開玩笑的口味講述了聯邦山近期的騷動，但布萊克不知為何卻由衷地感到了恐懼。前一天夜裡，雷暴雨害得全城的照明系統停擺了足足一個小時，在這段黑暗的時間裡，那些義大利人險些嚇得發瘋。那座可憎教堂附近的居民信誓旦旦尖頂裡的魔物抓住路燈熄滅的機會，下樓來到了教堂的主體建築物中，以某種黏糊且極為可惡的方式翻騰亂撞，直到最後又磕磕碰碰地重新爬上塔樓，然後傳來了打碎玻璃的聲音。它能夠去黑暗覆蓋的任何地方，見到光明卻總是落荒而逃。

供電恢復之後，塔樓裡傳來令人震驚的喧鬧聲響，因為即便是從蒙著煤煙、拉著百葉窗的窗口洩漏進去的微弱光線對怪物來說也過於強烈了。它磕碰蠕動著及時爬回了密不透光的尖頂，因為長時間暴露在光明下，它就會被送回瘋狂異教從其中召喚它來到世間的深淵。在黑暗的那一個小時裡，祈禱的人群冒雨聚集在教堂周圍，用紙燈籠和雨傘想方設法地保護點燃的蠟燭和提燈——點滴守護的燈光，從潛行於黑暗中的噩夢手中拯救這座城市。最靠近教堂的那些人聲稱，教堂外門有一次發出了可怖的咔噠咔噠聲響。

但這並不是最糟糕的部分。那天傍晚，布萊克在《公告報》上讀到了記者發現的情況。這場驚嚇的新聞價值終於引來了兩名記者，他們無視陷入狂亂的義大利人群體，在徒勞地企圖打開正門後，從地窖窗戶爬進了教堂。他們發現門廳和幽冥般中庭的灰塵以奇異的方式被犁開了，朽爛的坐墊和長凳的緞子內襯古怪地遍地散落。到處都瀰漫著難聞的氣味，偶爾能看見星星點點的黃色汙漬和像是燒焦痕跡的斑塊。他們打開通往塔樓的門，因而懷疑聽見上方傳來某種刮擦聲而駐足片刻，隨即發現狹窄的螺旋樓梯被擦得乾乾淨淨。

塔樓裡同樣存在灰塵被部分抹除的情況。他們談到七邊形的石柱、翻倒的哥德式高背椅和怪異的石膏像，但奇怪地沒有提及金屬盒和支離破碎的古老骨架。除了汙漬、燒焦痕跡和難聞氣味，最讓布萊克感到不安的是解釋了玻璃破碎聲的最後一點細節。塔樓的所有尖頭窗都碎了，其中兩扇以粗糙而匆忙的方式遮擋住光線，長凳的緞子內襯和坐墊裡的馬鬃被塞進了百葉窗板之間的縫隙。更多的緞子碎片和成把的馬鬃亂糟糟地散落在不久前被擦乾淨的地面上，就好像某人正忙著恢復塔樓從前簾幕緊緊遮蔽的絕對黑暗狀態，做到一半卻被打斷了。

通往無窗尖頂的豎梯上發現了泛黃的汙漬和燒焦的痕跡，一名記者爬上豎梯，拉開水平滑動的活門，將微弱的手電筒燈光投向瀰漫著奇異惡臭的漆黑空間，他見到的只有黑暗和門口附近各種各樣、沒有明確形狀的遍地垃圾。他的結論當然是詐欺。有人在捉弄這些迷信的山丘居民，或者某些狂熱份子為了他們所謂的福祉而蓄意放大他們的恐懼。也可能是一些更年輕、更見過世面的居民精心策劃了這起騙局，排演給外部世界看。這件事還有一個好笑的尾聲，警方派遣警員前去核實這篇報導，接連三個人找出形形色色的藉口來逃避任務，第四個人去得很不情願，他很快便回警局，沒有在記者的敘述之外補充任何細節。

從這個時間點開始，日記顯示出布萊克內心的恐懼和神經質的憂慮像漲潮一樣越積越高。他責怪自己沒有採取任何行動，瘋狂地猜測下一次電網崩潰將造成何種後果。記錄證實，他在後來的雷暴雨期間曾三次致電電力公司，癲狂地請求公司以最激烈的預防手段避免再次斷電。記者在探索黑暗的塔頂房間時，未能發現裝有石塊的金屬盒和遭受奇異損毀的古老骨架，日記時常會表達出對此事的擔憂。他推測這些東西都被搬走了，但究竟被什麼人或什麼東西搬去了什麼地方，就只能瞎猜了。然而最讓他擔驚受怕的還是他自身的處境，他覺得在他的心靈和潛伏於遠處尖頂裡的恐怖怪物之間，存在某種邪惡的聯繫，正是因為他的魯莽，那個屬於黑夜的畸形魔物才從終極黑暗的虛空中被召喚了出來。他似乎覺得某種力量一直在牽引他的意志，這段時間裡拜訪過他的人都記得他總是心不在焉地坐在寫字檯前，隔著西面窗戶遙望城區盤旋煙霧背後遠處尖塔林立的山丘。日記不厭其煩地講述某些特定的恐怖噩夢，聲稱那種邪惡的聯繫在睡夢中變得日益強大。他提到一天夜裡他忽然醒來，發現自己穿戴整齊地身處室外，正在機械地從學院山走向西方。他一次又一次地陳述他堅信的事實：尖塔里的怪物知道該去哪兒找他。

人們記得，七月三十日之後的那一週，布萊克開始精神崩潰。他不肯洗漱更衣，一日三餐全都打電話訂購。訪客注意到他把繩索放在床邊，他說夢遊症迫使他每晚必須綁住腳踝，繩結能困住他的行動，至少他會在企圖解開繩結時清醒過來。

他在日記裡講述了害得他精神崩潰的那次恐怖經歷。三十日晚上睡下後，他忽然發現自己在一個近乎漆黑的空間裡摸索。他只能看見一些水平短條紋狀的微弱藍光，但能聞到一股不堪忍受的惡臭，聽見上方傳來輕微而鬼祟的怪異混雜聲響。每走一步，他都會被什麼東西磕絆一下，每弄出一點響動，上方就會像應答似的響起一些聲音——模糊的攪動聲，還有木頭在木頭上小心翼翼地滑動的聲音。

他摸索的雙手有一次碰到了一根石柱，石柱的頂上空無一物，隨後他發覺自己抓住了砌在牆上的豎梯的橫檔，猶疑地摸索著爬向另一個臭味更加強烈的空間，一股熾熱的氣浪從上方滾滾湧來。他眼前出現了萬花筒般的幻象，所有圖像間歇性地融入深不可測的暗夜深淵，更黑暗的恆星與行星在內部盤旋迴轉。他想到**傳說中的終極混沌，盲眼愚神、萬物之主阿撒托斯盤踞在其中央，無心智無定形的大群舞者環繞著它，無可名狀的手爪攥著可憎的長笛，吹出尖細的單調笛音哄它入睡。**

來自外部世界的刺耳聲響陡然刺穿他麻木的知覺，他驚醒過來，語言無法表達他發現自己身處何處後感覺到的驚恐。他永遠也不會知道那究竟是什麼聲音，也許是遲到的煙花爆炸，整個夏天你都能聽見聯邦山上傳來這種聲音，那是居民在向主保聖人或義大利老家出身的聖徒致敬。總而言之，他尖叫起來，發狂般地跳下豎梯，跌跌撞撞地跑過幾乎毫無光線、遍地障礙物的房間。

他立刻就知道了自己身處何方，他不顧一切地衝下狹窄的旋轉樓梯，每次轉彎都絆倒和撞傷自己。這是一場噩夢般的逃竄，他跑過結滿蛛網的巨大中殿，這裡的陰森拱頂向上抬升，進入睨視其下的暗影領域之中，他目不視物、跌跌撞撞地穿過遍地垃圾的地下室，爬進路燈下吹著風的外部世界，瘋狂地跑下山牆雜陳的幽冥山丘，穿過黑暗高樓林立的死寂城區，爬上陡峭的東向峭壁，回到自己古老的住所。

第二天早晨，他的意識逐漸恢復，他發現自己穿戴整齊地躺在書房的地板上。他衣服上滿是塵土和蛛網，每一英吋身體都疼痛瘀腫。他走到鏡子前，見到頭髮被嚴重燒焦了，上半身最外面的衣物裡附著了一股奇異、邪惡的臭味。這時，他的精神徹底崩潰了。從那以後，他每天都只是身穿晨袍筋疲力盡地躺著，幾乎什麼都不做，只是望著西面的窗戶，見到有可能下雷陣雨就不寒而慄，在日記裡寫一些瘋狂的東西。

八月八日將近午夜的時候，一場大風暴降臨了。閃電在全城各處反覆落下，據稱還出現了兩團巨大的火球。暴雨如注，接連不斷的雷聲害得幾千人難以入眠。布萊克對電力系統崩潰的恐懼達到了徹底瘋狂的地步，凌晨1點左右，他試圖打電話給供電公司，然而考慮到安全問題，電話公司這時已經中斷了服務。他在日記裡寫下了一切——他在黑暗中盲目寫下的巨大、神經質並且常常難以辨認的潦草文字本身就講述了越來越強烈的癲狂和絕望。

為了看清窗外的情況，他不得不讓房間保持黑暗，大多數時候他似乎都待在寫字檯前，焦慮地在大雨中隔著城區綿延幾英哩的燈光和屋頂，望著遠處標出聯邦山所在位置的微弱光點。他不時在日記上塗塗寫寫，前言不搭後語的句子散落在兩頁紙上，例如：**「燈光絕對不能熄滅」**、**「它知道我在何處」**、**「我必須摧毀它」**和**「它在召喚我，但這次也許並無傷害之意」**。

接下來，全城的電燈同時熄滅。根據供電公司的紀錄，事情發生在凌晨2點12分，但布萊克的日記裡並沒有寫下時間。那條紀錄僅僅是：**「燈滅了——上帝啊，救救我」**。與此同時，聯邦山上的守護者和他一樣焦慮，被雨水澆得溼透的人成群結隊行走在廣場上和邪惡教堂周圍的小巷裡，他們拿著用雨傘遮擋的蠟燭、手電筒、油燈、十字架和義大利南部常見的各種少有人知的護身符。每逢電閃雷鳴他們就會祝禱，暴雨逐漸轉弱，閃電隨之減少並最終完全消失，這時他們紛紛用右手做那個神祕的畏懼手勢。一陣狂風吹滅了大多數蠟燭，那裡陷入了充滿威脅的黑暗。有人叫醒了聖靈教堂的梅爾盧佐神父，他匆匆忙忙地趕到陰森的廣場，盡其所能地唸出或許有用的詞句。黑漆漆的塔樓裡確鑿無疑地發出了無休止的古怪聲音。

至於凌晨2點35分發生的事情，我們可以參考以下諸位的證詞：神父，一位聰明、受過良好教育的年輕人；中央警局的威廉・J・莫納漢巡警，一位極為可靠的警官，他剛好巡邏到教堂一帶，停下來查看人群的情況；聚集在教堂護牆周圍的七十八個人裡的大多數，尤其是在廣場上能看見教堂向東的正立面的那些人。當然了，沒有任何證據表明那裡存在任何違背自然規律的東西。有可能導致如此事件的原因不計其數。沒有人能確定一座巨大、古老、通風不良、荒棄多年的建築物裡五花八門的物品之間會發生什麼樣奇異的化學作用。惡臭有毒的蒸氣——自燃——長期腐敗產生的氣體壓力——無數種現象中的任何一種都有可能為此負責。當然了，另一方面，我們也絕對不能排除蓄意欺騙的可能性。事件本身其實頗為簡單，前前後後加起來還不到三分鐘。梅爾盧佐神父生性嚴謹，在過程中多次看錶。

事件始於黑暗塔樓裡確鑿無疑地響起了沉悶的摸索聲。在此之前，教堂裡已經依稀飄出了某種怪異和邪惡的臭味，此刻忽然變得強烈且有侵犯性。接下來，大家聽見了木頭劈裂的巨響，一大塊沉重的東西掉下來砸在東向正立面底下的庭院裡。蠟燭已經熄滅，因此人們看不見塔樓，但掉下來的東西離地面很近，因此人們知道那是塔樓東面窗戶被煤煙熏黑的百葉窗。

就在這時，一股令人完全無法忍受的惡臭從不可見的高處滾滾湧來，顫抖的守護者們感到窒息和想吐，站在廣場上的那些人險些被熏倒在地。另一方面，空氣開始顫動，像是有翅膀在使勁拍打，狂風忽然吹向東方，比先前的任何一股氣流都猛烈，它掀飛人們的帽子，打翻了還在滴水的雨傘。沒有蠟燭的黑夜之中，一切都變得影影綽綽，但向上看的幾個人認為他們見到墨黑的天空下有一大團更濃厚的黑色在迅速擴張——某種彷彿無定形煙雲般的東西以流星般的速度射向東方。

這就是全部的經過。恐懼、敬畏和不適使得守護者幾乎動彈不得，不知道應該怎麼做甚至該不該做任何事情。由於不清楚究竟發生了什麼，他們沒有放鬆戒備。片刻之後，一道遲到的閃電用刺眼的光芒劈裂了傾瀉洪水的天空，震耳欲聾的雷聲隨即響起，他們為之禱告。半小時後，大雨終於停歇，又過了十五分鐘，路燈再次點亮，疲憊而溼透的守護者放鬆下來，各自回家。

第二天的報紙在對暴雨的一般性報導外，也連帶著提了幾句這些事情。聯邦山怪異事件後的耀眼光芒和震耳欲聾的炸裂聲，在更東面的地方似乎尤其劇烈，同時那附近的人們也注意到了一股突然爆發的特異臭味。這些現象在學院山尤其明顯，炸裂聲驚醒了所有沉睡的居民，引發了五花八門的混亂猜測。在那些本來就醒著的人之中，只有寥寥幾位見到了那道反常的閃光在山頂附近爆發，或者注意到有一股難以解釋的向上氣流幾乎剝光了樹葉，並吹倒了花園裡的植物。儘管事後沒有找到任何痕跡，但眾人一致同意那道單獨爆發的閃電肯定擊中了附近的什麼地方。陶—奧米茄兄弟會的一名年輕人認為他在閃電爆發前見到空中有一團形狀怪誕的可怖煙雲，然而沒有人能夠證實他的說法。不過，這幾位目擊者一致認為從西方而來的狂風和難以忍受的惡臭比遲到的閃電來得更早，但閃電過後短暫存在某種焦臭味的說法同樣普遍。

以上幾點都得到了細緻的討論，因為它們或許有可能與羅伯特·布萊克的死亡有關聯。普西—德爾塔宿舍樓上房間的後窗正對著布萊克的書房，九日早晨，宿舍房間裡的學生隔著書房向西的窗口注意到一張扭曲而蒼白的臉，他們猜測過他為什麼會做出那個表情。當天傍晚，他們看見那張臉還是同一個姿勢面對窗口，不由擔憂起來，留意查看他的公寓有沒有亮起燈光。晚些時候，他們去按那套暗沉沉的公寓的門鈴，最後叫來警察，用蠻力撞開大門。

僵硬的屍體直挺挺地坐在窗口的寫字檯前，闖入者見到他突出而呆滯的雙眼，扭曲的五官寫滿了赤裸裸的劇烈恐懼，他們厭惡得幾近嘔吐，紛紛轉過身去。沒過多久，法醫前來驗屍，儘管窗戶沒有破損，報告上依然將死因歸為電流衝擊或接觸電流引起的神經反應。他完全無視死者的可怖表情，認為一個人有著如此異常的想像力和不穩定的情緒，在經歷極端強烈的衝擊時造成此種結果，並非全無可能。法醫之所以會推測他擁有那些性格特質，不但因為在公寓裡找到的書籍、繪畫和手稿，也因為寫字檯上日記裡盲目亂寫的那些內容。布萊克將他癲狂的敘述持續到最後一刻，屍體被發現時，他痙攣收縮的右手還緊握著一枝筆尖折斷的鉛筆。

燈光熄滅後的記敘極為支離破碎，只有部分字跡尚能清晰辨認。部分調查人員從中得出的結論截然不同於秉持唯物主義的官方裁定，然而他們的揣測在保守主義者之間幾乎沒有機會得到採信。戴克斯特醫生的迷信行為對這些想像力過於豐富的空想家更是毫無幫助，他將那個奇異的盒子和有稜角的石塊扔進了納拉甘塞特灣最深的航道，那塊石頭在教堂無窗的黑暗尖頂裡被發現時確實正自體發光。布萊克本身就想像力過剩、精神不穩定，發現已經消亡的邪惡異教留下的驚人蹤跡更是雪上加霜，絕大多數人以此來解釋他在生命盡頭書寫的狂亂文字。下面就是那些記敘，或者更準確地說，那些記敘中尚能辨認出的部分。

[redacted] 燈還是不亮——肯定已經有五分鐘了。現在一切都仰仗閃電了。亞迪斯保佑它就這麼持續下去！……某種力量在透過它施行打擊……暴雨和雷聲和風聲震耳欲聾……那東西攫住我的意識……[redacted]

記憶出問題了。我看見我前所未知的事物。其他星球和其他銀河系……黑暗……閃電似乎是黑色的，黑暗似乎是光明……

[redacted] 夜晚的黑色——「我在漆黑中見到的不可能是真正的山丘和教堂。肯定是閃電在視網膜上留下的殘像。[redacted] 要是閃電停止，上帝請你一定要讓義大利人拿著蠟燭出來！[redacted]

[redacted] 我在害怕什麼？那豈不是奈亞拉托提普的一個化身，它在古老而虛幻的克赫姆甚至曾以人形出現？我記得猫格斯，記得更遙遠的夏蓋 [redacted] 還有黑色星球所在的終極虛空……

用翅膀穿越虛空的漫長飛行……無法跨越光的宇宙……被閃耀的偏方三八面體捕捉的思想重新創造……送它穿過可怖的放射性深淵……[redacted]

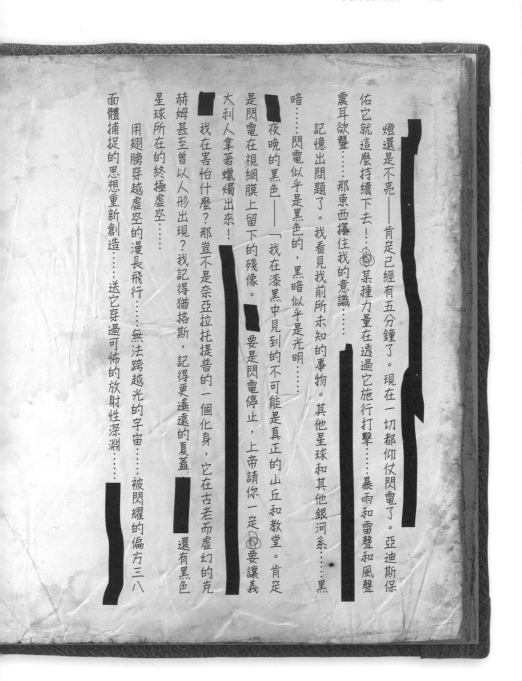

我叫布萊克——羅伯特．哈里森．布萊克，住在東奈普街620號，密爾瓦基，威斯康辛……我在這顆星球上……

[redacted]

阿撒托斯憐憫我吧！——閃電停止了——恐怖——我能用一種非視覺的可怖知覺看見一切——光是暗，暗是光……那些人聚在山上……守護……蠟燭和護符……他們的神父……

[redacted]

距離感消失了……遠就是近，近就是遠。沒有光——沒有玻璃——看見了尖頂——那座塔樓——窗戶——能聽見——羅德里克．烏瑟——我瘋了，或者要瘋了——那東西在塔樓裡攪動和摸索——我就是它，它就是我——我想出去……必須出去，聯合那些力量……它知道我在什麼地方……

[redacted]

我是羅伯特．布萊克，但我在黑暗中看見了塔樓。有一股可怖的臭味……感官變異了……釘住塔樓窗戶的木板劈裂和鬆開看……咿呀……恩蓋……猫格

[redacted]

我看見它——逼近了——地獄惡風——龐大、模糊——黑色翅膀——猫格——索托斯拯救我——三瓣的燃燒眼睛……

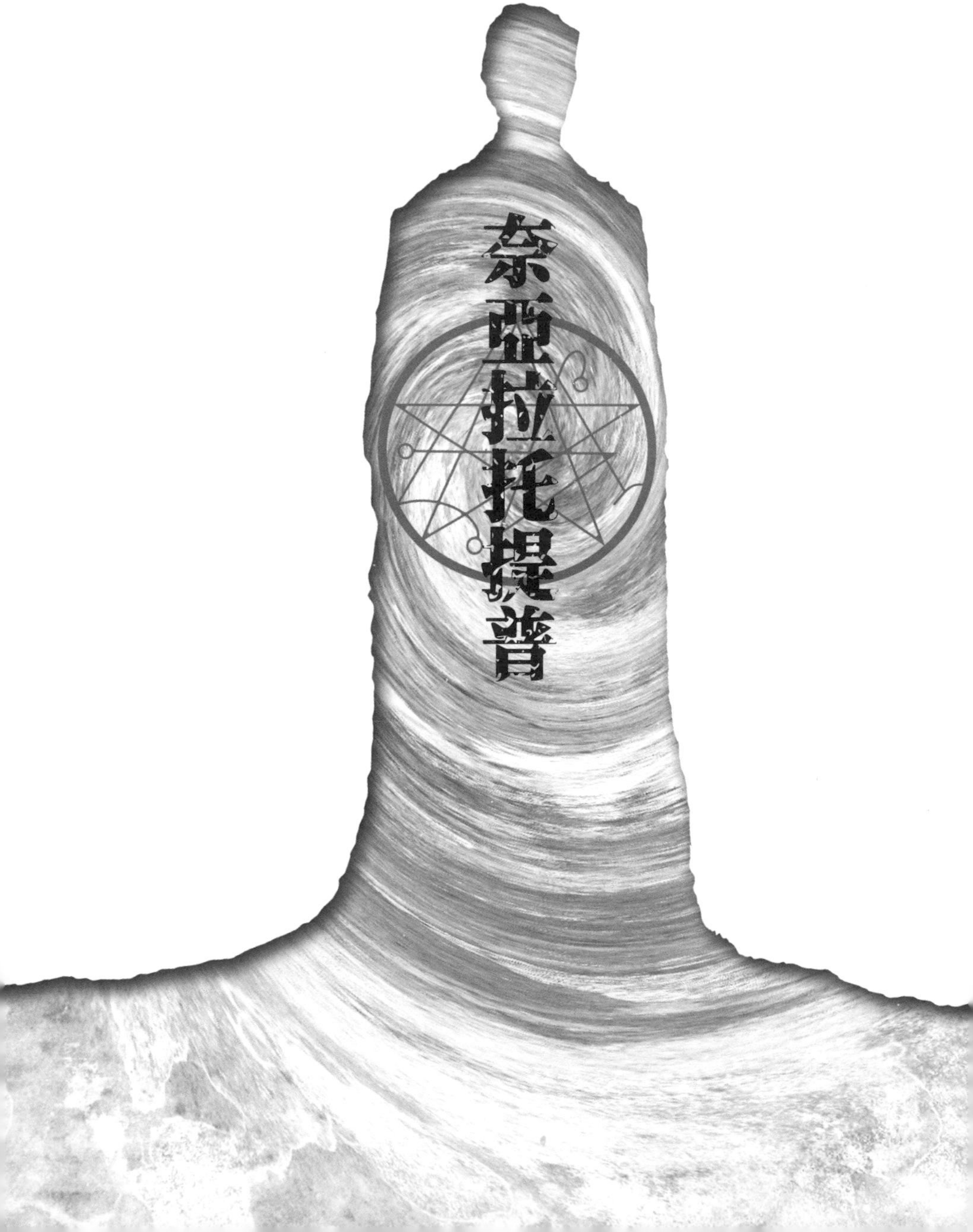
奈亞拉托提普

奈亞拉托提普……蠕行的混沌……我在最後……我將向傾聽的虛空訴說……

我無法清晰地記得事情是從何時開始的，但應該是幾個月以前。大眾的緊張情緒強烈得可怕。正值政治與社會劇變之時，對駭人切身危險的奇特憂懼更是籠罩在所有人頭上；那種危險無所不在、無所不包，那種危險只有在深夜最恐怖的幻夢中才有可能被想像出來。我記得來來去去的人們都臉色蒼白、充滿擔憂，小聲唸叨著誰也不敢有意識地重複或向自己承認曾聽到過的警告和預言。怪異的罪惡感降臨在這片土地上，從群星間的深淵最底下吹來冰寒的氣流，使得人們躲在黑暗而偏僻的角落裡瑟瑟發抖。季節輪換發生了惡魔般的改變——炎熱在秋天令人畏懼地逗留，所有人都覺得這個世界乃至於整個宇宙已經脫出已知神祇或力量的支配，落入了未知神祇或力量的掌控之中。

就在這段時間裡，奈亞拉托提普走出了埃及。沒有人說得出他的身分，但肯定有著源遠流長的當地人血統，他的外貌彷彿法老。法拉欣（注）見到他都會跪拜，但誰也說不出為什麼。他說自己從長達二十七個世紀的黑暗中覺醒，他聽到過的訊息並非來自這顆星球上的任何一個地方。奈亞拉托提普來到文明的國度，他膚色黝黑，身材纖瘦，帶著惡意的氣息，經常購買玻璃和金屬製造的奇異器具，將它們組合成更加奇異的器具。他經常談論科學，尤其是電學和心理學，他舉辦有關能量的展覽，觀眾離開時往往連話也說不出來，但他的名聲很快就達到了顯赫的高度。人們一方面顫慄不已，一方面又慫恿其他人去看奈亞拉托提普。無論奈亞拉托提普去什麼地方，安寧就會因此消失，因為夜闃人靜的時辰往往充滿被噩夢激起的尖叫聲。被噩夢激起的尖叫聲從沒像這樣成為一個社會問題，如今智者幾乎希望能禁止人們在夜闌人靜的時辰睡覺，免得城市裡此起彼伏的叫聲驚擾了憐憫眾生的蒼白月亮，就讓月光照得橋下悄然流動的綠色河面閃閃發亮，古老的教堂尖頂在病態的天空下默默地崩裂瓦解吧。

我記得奈亞拉托提普來到我所在城市的情形，那座城市巨大而古老，充滿了不計其數的犯罪。我的朋友向我講述他的事情，說他的啟迪有著無可抗拒的魅力和吸引力，我的內心燃起渴望，迫不及待地想探索他最終極的祕密。我的朋友說它們極為可怕和扣人心弦，超出了我最狂熱的夢想。黑暗的房間裡，投射在螢幕上的圖像是除奈亞拉托提普之外沒有人膽敢預言過的東西，他噴吐出的火花懾服了從未被懾服過的聽眾，你能從他們的眼神中看得出來。我還聽說國外有傳聞稱認識奈亞拉托提普的人能見到其他人看不到的景象。

在那個炎熱的秋天，我和躁動不安的觀眾一起前去觀看奈亞拉托提普，我們走過令人窒息的夜晚，爬上似乎沒有盡頭的樓梯，來到那個密不透風的房間裡。螢幕上影影綽綽，我看見戴兜帽的人影行進在廢墟之中，黃色的邪惡面孔在坍塌的墓碑後窺視。我看

注 埃及在古埃及文明被基督教文明和阿拉伯文明取代以後，仍繼續在尼羅河沖擊河谷及中東其他地方耕耘的，主要帶著古埃及血統的佃農。

見世界抵抗黑暗，抵抗來自無盡空間的毀滅波動。盤旋，翻攪。在黯淡冷卻的太陽周圍搏殺。火花環繞著觀眾的頭頂驚人地閃耀，毛髮根根豎起，怪異得我無法用語言形容的陰影冒出來，踞伏於眾人的頭頂上。我比其他人更加冷靜和講求科學，用顫抖的聲音喃喃揭穿：「騙術」、「靜電」，奈亞拉托提普於是趕我們出來，我們走下高得令人眩暈的臺階，來到潮溼、炎熱、空無一人的午夜街道上。我大喊說我不害怕，我絕對不會害怕，其他人和我一起喊叫以尋求安慰。我們彼此信誓旦旦地說這座城市依然如故，仍然充滿生機；見到電燈開始熄滅，我們一遍又一遍咒罵供電公司，互相嘲笑對方的詭異表情。

我相信我們感覺到從發綠的月亮中降下來了某些東西，因為當我們開始依靠月光行走時，不知不覺地逐漸組成了古怪的隊形，而且似乎知道我們將要去往何處，儘管我們誰也不敢細想這個問題。我們一度望向人行道，看見磚塊已經鬆動，被野草頂得離開了原位，生鏽的金屬軌道隱約可見，顯示出電車曾經運行的路線。我們又看見一輛電車，孤零零的，沒有窗戶，破舊不堪，幾乎側翻。我們環視地平線，卻找不到河畔的第三幢摩天高樓，而且第二幢的剪影頂端也殘缺不全。我們分成幾列縱隊，每個小隊似乎都被拉向不同的方向。一個消失在左手邊的狹窄小巷裡，只留下令人震驚的呻吟聲久久迴蕩。另一個魚貫走進雜草叢生的地鐵入口，號叫間的笑聲只能用瘋狂形容。我所在的隊伍被吸引著走向開闊的鄉野，很快感覺到了與炎熱秋季格格不入的寒意。我們大踏步走進黑暗的荒地，見到周圍的邪惡白雪在月光下閃閃發亮。沒有任何足跡、難以解釋其存在的白雪，中間只分出了一條通道，儘管兩側的雪牆反射著月光，那條溝壑卻比夜色還要黑暗。我們像夢遊似的走進那條深溝，相比之下隊伍顯得微不足道。我在末尾踟躕不前，因為被月光染成綠色的白雪中的黑色溝壑讓我害怕，隨著同伴的身影依次消失，我覺得我聽見了令人不安的哀號的迴響，然而我停止前進的意志力非常薄弱。就彷彿已經進去的那些人在召喚我，我渾身顫抖，膽顫心驚，半飄半走地進入了龐然雪垛之間那視不見物、無法想像的漩渦。

感官敏銳得歇斯底里，精神錯亂得喪失反應，只有諸神才能說清那是一種什麼體驗。讓人噁心、有感知力的黑影在不是手的手中翻騰，盲目地盤旋經過腐爛造物的恐怖午夜，死亡世界的屍體長滿曾是城市的潰瘍，陰森的狂風掃過蒼白的群星，它們的閃耀隨之變暗。世界之外存在著恐怖生物的模糊鬼魂，不潔神殿那若隱若現的廊柱坐落在太空下無可名狀的岩石之上，直插光明與黑暗的領域以外令人眩暈的虛無真空。就在這催人嘔吐的宇宙墳場之中，從超越時間的不可思議、沒有光亮的密室中，傳來了使人瘋狂的沉悶鼓聲、褻瀆神聖的長笛吹出的尖細單調的嗚咽聲。隨著這可憎的敲擊聲和吹笛聲，緩慢、笨拙而荒謬地跳起舞蹈的是龐大、陰鬱的終極神祇——這些盲眼、無聲、無意識的畸形怪物，它們的靈魂就是奈亞拉托提普。

潛伏的恐懼

煙囪上的陰影

我去風暴嶺山頂那座荒棄古宅追尋潛伏的恐懼，那個夜晚天空中雷聲滾滾。我並非單獨一人，儘管我對怪誕和恐怖的熱愛使得我的職業生涯成為了接連不斷的在文學與生活中求索奇異可怖之物的旅程，但我沒有讓這種感情把我變得有勇無謀。兩個肌肉發達的忠誠壯漢跟著我，機會到來時我就叫來了他們。在我那些可怕的探索活動中，他們已經與我合作很久了，因為他們格外適合做這些事。

我們悄悄地離開村莊，因為自從一個月前的可怖恐慌事件——噩夢般令人毛骨悚然的死亡——發生後，直到現在仍有記者在此逗留。後來我想到他們或許能夠幫助我，但我當時並不想見到他們。上帝啊，若是我允許他們一同參加探索行動，我大概就不需要獨自背負這個祕密如此之久了。我之所以獨自背負祕密，是擔心世人會說我發瘋或被潛藏其中的可怖寓意逼瘋。然而現在我無論如何都要開口了，否則堆積在內心的思緒會讓我發狂，真希望我從一開始就沒有隱匿真相。因為我，也只有我，知道是什麼樣的恐怖之物潛伏在那座幽冥般的荒涼山峰上。

我們搭乘一輛小型汽車在原始森林和丘陵地帶穿行了數英哩，直到被林木覆蓋的陡坡擋住去路。夜色之下，沒有了平時鬧哄哄的成群調查人員，這片鄉野在我們眼中顯露了險惡得異乎尋常的一面，我們時常不顧有可能會引來注意而使用乙炔頭燈。天黑後，這裡看上去不怎麼安全，即便我對潛行於此的恐怖之物茫然無知，也會感覺到瀰漫此處的病態氣氛。這裡沒有野生動物，死神窺伺之時，牠們比人類更加睿智。被閃電打得傷痕累累的古樹變得逆反自然地龐大和扭曲，其他植物變得逆反自然地濃密和躁動，雜草叢生、遍布雷擊熔岩的地面上隆起了古怪的土堆和圓丘，讓我想起等比例放大無數倍的毒蛇和骷髏頭。

恐懼已經在風暴嶺潛伏了一個多世紀。災難使得全世界第一次注意到了這塊區域，我也是在閱讀新聞報導時才知道具體情況的。此處是卡茨基爾山脈裡一塊荒涼而偏僻的高地，荷蘭文明曾短暫而無力地滲透進來過，敗退後只留下了幾幢近乎廢墟的宅邸和一些墮落退化的後代，他們住在與世隔絕的山坡上的幾個可鄙的小村莊裡。州警隊伍設立之前，普通人極少造訪這片地區，但即便到了現在，警察也極少在巡邏時來到此處。另一方面，那種恐懼在附近所有的村莊裡都是個歷史悠久的傳統，這些可憐的雜交種偶爾會離開他們居住的山谷，用手工編織的籃子交換他們無法透過狩獵、養殖或製造得到的基本生活必備物品。

潛伏的恐懼居住在人們避而遠之、荒棄多年的馬滕斯宅邸中，這座建築物位於坡度漸緩的最高處，由於時常遭遇雷暴襲擊，因而得名風暴嶺。一百多年以來，這座樹木環繞的古老房屋始終是極其瘋狂和異常恐怖的民間故事的題材。這些故事聲稱有某種無聲無息、體型龐大、蠕行的致死魔物每逢夏季就會肆虐鄉里。定居者會啜泣著堅稱有惡魔會在天黑後抓走落單的旅行者，他們或者就此失蹤，或者遭到肢解啃噬後令人驚恐地被棄屍荒野。定居者偶爾還會悄聲說有滴血的行跡一直通向山頂宅邸。有人說雷聲能將潛伏的恐懼召喚出棲身之處，也有人說雷聲就是它的吼聲。

除了這片窮鄉僻壤的居民，誰也不會相信那些五花八門、互相矛盾的故事，尤其是人們對只被瞥見半眼的魔物描述總是支離破碎、過度誇張。然而，絕對不會有哪個農夫或村民懷疑馬滕斯宅邸不是食屍惡鬼的出沒之地。本地歷史妨礙如此懷疑的存在，但是儘管上述調查人員在聽取定居者講述一些格外栩栩如生的故事後，也曾探訪過那座建築物，卻從未發現過任何值得恐懼的證據。老祖母們講述馬滕斯幽魂的怪異傳說，這些傳說涉及到馬滕斯家族本身、家族遺傳的奇特異色雙瞳、反常的漫長家族史和詛咒了這個家族的凶案。

帶我來到事發現場的恐怖事件突然不祥地印證了此處山民最瘋狂的傳奇故事。夏天的一個夜晚，一場猛烈得前所未有的雷暴雨過後，定居者鬧出的喧雜聲響吵醒了附近鄉間的所有人，普通的噩夢絕對不可能製造出這種響動。可憐的當地人聚在一起尖叫哀號，稱不可名狀的恐怖降臨在他們頭上，人們沒有懷疑他們。他們沒有看見它，但聽見了從一個小村莊傳來的慘叫聲，因此知道蠕行的死神已經來了。

天亮後，民眾和州警跟著顫抖不已的山民來到他們所謂死神降臨的地方。死神確實來過。閃電打得一個定居者村落的地面凹陷，幾間散發惡臭的棚屋被摧毀；然而與有機體遭受的毀滅性打擊相比，財產損失簡直無足輕重。原本應該有七十五人居住在這裡，但放眼望去連一個活物都看不到。地面一片狼藉，遍布血液和人類遺體的碎塊，它們過於生動地展示了惡魔般利齒和尖爪的摧殘痕跡，可是人們卻沒有看見離開屠殺現場的明顯足跡。大家迅速達成一致的意見，認為罪魁元凶是某些可怖的動物。當時沒有人再次提到那個早已有之的指控。如此看似神祕莫測的死亡事件僅僅是墮落退化社群中常見的齷齪殘殺。人們發現估計人口中有大約二十五人並非死亡而是失蹤後，這個指控再次被提了出來，卻依然難以解釋五十個人如何能被數量僅有一半的二十五人殺害。但事實仍舊是事實：夏天的一個夜晚，閃電從天而降，留下一個無人生還的村莊，而屍體遭到了可怕的摧殘、撕咬和抓撓。

激動的鄉村居民立刻將這起恐怖事件與鬧鬼的馬滕斯宅邸聯繫在了一起，儘管兩者之間相距超過3英哩。州警對此表示懷疑，只是漫不經心地將宅邸納入調查範圍之內，發現宅邸已經徹底空置後就完全放棄了這條線索。鄉間和村莊的居民卻極為仔細地搜查了那座建築物，把屋子裡的東西翻了個遍，探到池塘和溪流的底部，夷平灌木叢，翻查附近的森林。然而一切努力都徒勞無功；除了毀滅生命，死神來去無蹤。

調查進入第二天，報紙大肆渲染這個事件，記者蜂擁而至風暴嶺。他們非常細緻地描述這起慘案，大量訪談當地的老祖母，用她們講述的內容闡明恐怖魔物的歷史。剛開始我只是沒精打采地閱讀那些報導，因為我是一名恐怖事物的鑑賞家；但一週過後，我覺察到事件中有某種氣氛奇異地讓我感到不安，於是一九二一年八月五日，我來到勒弗茨角村——離風暴嶺最近的一個村莊，公認的調查人員大本營——住進記者雲集的一家旅館。三週後，記者逐漸散去，我可以基於這段時間內細緻詢問和勘察得到的結果，自由自在地展開一場可怖的探險了。

就這樣，在今天這個夏季的夜晚，聽著隆隆雷聲從遠處傳來，我停車熄火，帶著兩位全副武裝的同伴，徒步爬上風暴嶺最後一段遍地土丘的山坡，將手電筒的光束投向逐漸出現在前方大橡樹之間猶如鬼魅的灰色牆壁。在這個病態的黑夜裡，孤單而無力的搖曳照明之下，巨大的箱形建築物呈現出了白晝難以揭示的恐怖的隱晦徵兆，但我沒有猶豫，因為我帶著堅定不移的信念而來，想要確認一個想法。我認為是雷聲將死亡惡魔從某個可怖的祕密場所召喚而來的，而我想查明的則是這個惡魔究竟屬於有形實體還是氣態瘟疫。

我先前已經徹底查探過這片廢墟，因此非常清楚我的計畫。我選擇揚．馬滕斯的舊臥室充當守夜地點，他的凶案極大地影響了鄉野傳說。我隱約覺得這位多年前的受害者的居所，最適合實現我的目標。這個房間的面積約為20平方英呎，和其他房間一樣，也裝著曾經是家具的垃圾廢物。房間位於二樓的東南角，有一扇面向東方的大窗和一扇面向南方的窄窗，兩者都沒有了玻璃和百葉窗。大窗正對著巨大的荷蘭式壁爐，用瓷磚拼貼出浪子回頭的聖經畫，窄窗正對著嵌入牆壁的大窗。

經過枝葉過濾的雷聲越來越響，我開始安排計畫的細節。首先，我將隨身帶來的三副繩梯並排拴在大窗的窗臺上。我知道它們通往外面草叢中一個合適的位置，因為我親自測量過距離。然後我們三個人從另一個房間拖來一張四柱大床，將它橫放在窗前。我們在床上鋪滿杉樹的枝條，然後拔出槍躺在床上，兩個人休息，第三個人放哨。無論惡魔從哪個方向來，我們都有可用的逃生路徑。假如它從宅邸內部來，我們可以爬窗口的繩梯逃跑，假如從外面來，則是房門和樓梯。根據先前的案例判斷，即便在最不妙的情況下，它也不會追趕我們到太遠的地方。

我從午夜到凌晨1點放哨，儘管置身於險惡的老宅之中，身旁是毫無遮擋的窗戶，雷鳴和閃電離我們越來越近，但我奇異地感覺非常疲倦。我躺在兩名夥伴之間，喬治．本奈特靠近窗戶，威廉．托比靠近壁爐。本奈特睡著了，對我造成影響的異乎尋常的瞌睡感顯然也捕獲了他，儘管托比的腦袋也耷拉下去了，但我還是指定他值下一輪班。說來奇怪，我竟然極其專注地盯著壁爐看個不停。

越來越響的雷聲肯定影響了我的夢境，因為在我入睡的短暫時間裡，啟示錄般的可怖幻象進入了我的腦海。有一會兒我半夢半醒，多半是因為靠近窗口睡覺的人不太安穩，把一條胳膊壓在了我的胸口上。我沒有清醒得足以看見托比是否在履行擔任哨兵的職責，但對此事產生了罕有的焦慮感。邪惡之物的存在從未如此強烈地折磨著我。後來我肯定又睡著了，因為當超乎我過去全部經驗和想像的尖叫聲將夜晚變得無比可怖時，我的意識陡然跳出了一片幽魂般的混沌。

那種尖叫能讓人類恐懼與痛苦的靈魂絕望而瘋狂地抓撓通往遺忘的烏木大門。我在赤紅的瘋狂和魔性的嘲笑中驚醒，越來越深地跌進病態恐懼和切骨痛苦在其中無窮重複與迴蕩的不可思議的景象。房間裡沒有一絲光，但我右手邊空蕩蕩的，因此我知道托比不見了，只有上帝才知道他的去向。我左手邊那位沉睡者的胳膊還沉甸甸地擱在我的胸口上。

就在這時，毀滅性的雷霆震撼了整座山峰，閃電照亮了古老森林裡最黑暗的地穴，劈裂了扭曲樹木中最年長的元老。一顆恐怖的火球爆發出魔怪般的閃光，沉睡者忽然驚醒，強光從窗外照進來，將他的影子清晰地投在火爐上方的煙囪上，我的視線再也沒有轉開。我依然還活著，而且沒有發瘋，這是個我無法理解的奇蹟。我無法理解，因為煙囪上的黑影絕對不屬於喬治·本奈特或任何一名人類，而是褻瀆神聖的畸形怪物，來自地獄最底層的深淵。這個無可名狀、沒有定形的可憎魔物，任何一個意識都不可能完全記住它，任何一枝妙筆都不可能清晰描述它。下一秒鐘，我就孤零零地待在這座受詛咒的宅邸裡了，渾身顫抖，胡言亂語。喬治·本奈特和威廉·托比沒有留下任何蹤跡，甚至都沒來得及反抗，從此下落不明。

暴風雨中的過路者

在森林環繞的宅邸中經歷過那場駭人事件後，我緊張而疲憊地在勒弗茨角旅館的房間裡躺了好幾天。我不記得我是如何回到車上、啟動引擎和不為人知地溜回村莊的，因為我的腦海裡沒有留下任何清晰的印象，只記得伸展狂野手臂的參天巨樹、惡魔般嘀嘀咕咕的雷聲和映在那附近隨處可見的低矮土丘上的冥府幽影。

我顫抖著思索是什麼投下了那足以讓大腦崩裂的黑影，我知道我終於挖出了世間最無可比擬的恐怖魔物——它是來自外部虛空的無可名狀的災害，我們偶爾能聽見它在空間最偏僻的角落發出的惡魔般的微弱抓撓聲，但我們有限的視覺仁慈地免除了我們目睹它的機會。我見到的黑影，我幾乎不敢分析或辨認它的形狀。那天夜裡有某種東西躺在我和窗戶之間，每次我無法遏制本能去識別它的本源，身體就會開始顫抖。要是它發出了一聲嘶吼、吠叫或竊笑該多好啊，即便是這些異響，也能減緩那宛若深淵的醜惡感覺。然而它卻是那麼沉默。它將一條沉重的手臂或前腿壓在了我的胸口上……顯然它是有機生物，至少曾經是……揚·馬滕斯。我侵入了他的房間，他埋葬在宅邸附近的墓地裡……我必須找到本奈特和托比，假如他們還活著……它為什麼先挑選了他們，把我留到最後？……睡意如此濃重，而夢境如此恐怖……

沒過多久我就意識到我必須把這段經歷告訴其他人，否則肯定會徹底精神崩潰。我已經下定決心，絕對不會放棄探尋潛伏的恐懼，因為無知讓我焦躁不安，無論事實證明真相有多麼恐怖，我都認為不確定比直面真相更令人痛苦。我相應地在腦海裡構思了最合理的策略：我該選擇誰來託付我的信任，我該如何尋找那個抹去了兩條壯漢、投下噩夢般黑影的怪物。

我在勒弗茨角的熟人主要是親切友善的記者，他們中間有幾位還留在村裡，搜集那場悲劇的最終迴響。我決定在他們裡面選擇一名同伴，我越是思考，就越是覺得我屬意一個名叫亞瑟·芒羅的男人，他膚色黝黑、身材瘦削，年約三十五歲，他的教育背景、品位、智力和脾氣全都證明他這個人不會受到傳統觀念和經驗的束縛。

九月初的一天下午，亞瑟·芒羅聽我講述那段經歷。我從一開始就發覺他既表示出了興趣又對我感到同情，我講完以後，他用敏銳的思維和明智的判斷分析和討論整件事情。更有甚者，他的提議極其講求實際，因為他認為我們應該推遲在馬滕斯宅邸的行動，先用更充實的歷史和地理資料武裝頭腦。在他的主導下，我們走遍鄉間，搜尋有關可怖的馬滕斯家族的情報，最終發現一名鄉民的祖輩的日記具有無與倫比的參考價值。山裡有些混血兒在那起恐怖和混亂的慘劇後沒有逃往更偏僻的山坡，我們花了大量時間與他們交談。我們的終極目標是在其詳盡歷史的指引下，毫無遺漏、明確仔細調查整幢宅邸，在此之前我們同樣要毫無遺漏、明確仔細調查與定居者傳說中各種慘劇存在關聯的所有地點。

調查的結果剛開始談不上有什麼啟發性，但製作成表格後，它們似乎揭示出了一個頗為顯著的趨勢；簡而言之，恐怖經歷的紀錄大體而言集中在某幾個區域內，它們或者相對靠近人們避之不及的那幢房屋，或者透過營養病態過剩的森林與其相連。然而也存在例外；是的，吸引了全世界目光的那起恐怖事件就發生在沒有樹木的開闊空間內，它和那幢宅邸還有與其相連的森林毫無相似之處。

至於潛伏的恐懼是什麼和長得像什麼，我們從驚恐而愚蠢的棚屋居民那兒一無所獲。他們會在一句話裡稱之為一條蛇和一個巨人、一個雷霆惡魔和一隻蝙蝠、一隻禿鷲和一棵會行走的樹。然而，我們依然認為我們有正當理由認為它是活生生的有機生命，對雷暴極為敏感，即使部分故事提到了翅膀，但根據它厭惡開闊空間的特徵，陸生動物的推測更有可能成立。與後者不相容的事實只有一點，那就是敏捷性，這個怪物的動作必須極為敏捷，才能完成被歸咎於它的所有惡行。

熟悉那些定居者之後，我們覺得他們在許多方面奇異地討人喜歡。他們是淳樸的生靈，由於不幸的血脈和導致頭腦僵化的與世隔絕，他們從演化角度來說正在逐漸墮落。他們害怕外來者，但慢慢地習慣了我們的存在。後來在搜尋潛伏的恐懼時，我們砍掉了宅邸周圍的所有灌木叢，拆毀了所有分隔牆，他們給了我們巨大的幫助。我們請他們幫我們尋找本奈特和托比，他們卻表現出了由衷的哀傷，因為他們想幫助我們，但知道這兩位受害者和他們失蹤的族人一樣，也已經徹底從這個世界上消失了。事實上，他們有大量人員遭到了殺害和無故失蹤，本地的野生動物同樣早已滅絕，我們對此當然已經深信不疑，滿懷憂懼地等待著新的悲劇來臨。

十月中，毫無進展使得我們陷入了迷茫。最近的夜晚總是晴天，阻止了惡魔侵襲的發生，我們對宅邸和鄉野的搜索完全徒勞無功，幾乎逼得我們要將潛伏的恐懼視為某種非物質的存在了。我們擔心天氣轉冷會妨礙我們的調查，因為所有人都贊同惡魔到冬天通常會暫時蟄伏。因此，我們懷著匆忙和絕望的心情，趕在夏令時的最後一週前去搜查恐怖之物造訪過的小村莊。由於定居者的恐懼情緒，這個小村莊如今已經無人居住。

命運多舛的定居者小村莊沒有名稱，但在缺少樹木但有山峰遮風擋雨的谷地中已經存在了很久，兩側的高地分別叫錐山和楓丘。村莊更靠近楓丘一側，有些粗糙的住所就是在楓丘的山坡上挖出來的窯洞。從地理角度說，小村莊位於風暴嶺山腳西北2英哩之處，離橡樹圍繞的宅邸大約3英哩。就小村莊和宅邸之間的路程而言，從小村莊出發有足足二又四分之一英哩完全走在開闊的鄉野中，除了一些彷彿盤蛇的低矮土丘，地面頗為平整，植被只有牧草和零散的雜草。考慮到這樣的地形，我們最終得出結論，惡魔肯定來自錐山的方向，錐山是一道遍覆林木的南向狹長山體，終點與風暴嶺最西頭的突出部相距不遠。我們跟隨蛛絲馬跡最終找到了地形突變之處，楓丘上一起滑坡的發生地點，一棵單獨生長、參差斷裂的高大樹木，召喚出邪魔的那道閃電就落在它的樹身上。

亞瑟・芒羅和我第二十次甚至更多次仔細搜查被侵襲的村莊的每一吋土地後，氣餒的情緒夾雜著另一種模糊而全新的恐懼充滿了心頭。此處發生了堪稱無與倫比的血案，我們卻沒有找到任何線索，這一點本身就極為反常，即便是可怖和反常在此處已經殊為普遍。我們在烏雲密布、越來越暗的天空下行動，一方面覺得做什麼都是徒勞，另一方面又覺得必須做些什麼，兩者結合產生了一種可悲的漫無目標的狂熱情緒。搜查變得更加細緻，我們重新走進每一間村舍，再次在每一個窯洞裡尋找屍體，翻遍了附近山坡上每一叢荊棘的根部，查看有沒有巢穴或洞窟，但一切努力均告失敗。可是，就像我說過的，某種新產生的模糊憂懼凶險地在我們的頭頂上盤旋，就彷彿有長著蝙蝠肉翅的龐大獅鷲不可見地蹲伏於山巔，用看慣了泛宇宙深淵的妖魔巨眼睨視我等。

下午的時間悄然過去，光線越來越暗，我們逐漸看不清東西了。雷暴雲在風暴嶺上空聚集，隆隆雷聲傳入我們的耳朵。在這麼一個地方響起的雷聲自然讓我們心驚肉跳，還好此刻不是夜晚，否則比它更輕微的聲音也會造成同樣的效果。話雖如此，但我們衷心希望暴雨能持續到黑夜完全降臨之後。懷著這樣的希望，我們結束了在山坡上毫無目標的搜尋，準備趕往最近一個有人居住的小村莊，召集一批定居者協助我們進行調查。他們儘管生性膽小，但還是有幾個年輕人受到了我們關懷備至的領導風範鼓舞，答應提供幫助。

可是，我們剛改變前進的方向，足以阻擋視線的滂沱大雨就落了下來，找地方躲雨變得迫在眉睫。天空極度黑暗，幾乎像是深夜，害得我們淒慘地磕磕絆絆，藉著頻繁劃破天空的閃電的光亮和我們對小村莊的詳盡了解，我們很快找到了最不漏雨的一間小木屋，這間小木屋是用原木和木板胡亂釘成的，依然完好的房門和唯一的小窗都面對楓丘。我們插上門閂，抵擋狂風暴雨，然後又裝上粗糙的窗板，我們先前已經搜索了許多次，因此知道窗板放在何處。木屋裡伸手不見五指，坐在搖搖晃晃的木箱上，這種處境令人沮喪，但我們還是點燃了菸斗，偶爾用手電筒照一照周圍。我們時不時能從牆上的裂縫中看見閃電，下午的天空暗得難以置信，每一道閃電都極為清晰。

暴風雨中的等候讓我顫抖著想起了風暴嶺上那個恐怖的夜晚。自從經歷了那場噩夢，一個怪異的問題就一直在我心中迴蕩，此刻這個問題又跳進了我的腦海，我再次陷入沉思，無論惡魔是從窗口還是從室內摸近我們三個人的，在被那個巨大的雷霆火球驚走之前，它為什麼會先抓走左右兩邊的兩個人，卻把中間的一個人留到最後呢？不管從哪個方向摸近，我都應該排在第二個，它為什麼不按照自然順序下手呢？它難道是用什麼長長的觸手掠食的嗎？或者莫非它知道我是首領，打算讓我面對比那兩位同伴更可怖的命運？

就在這些紛亂的思緒中，老天像排戲似的存心想讓這些念頭變得更加恐怖，一道極其強烈的閃電落在附近，山崩滑坡的巨響隨之而來。與此同時，狂風的狼嚎聲噩夢般地越來越響。我們確定楓丘上那棵孤零零的大樹又被擊中了，芒羅從木箱上起身，走向小窗去確認損傷的程度。他取下窗板，風雨震耳欲聾地撲進室內，我完全聽不見他在說什麼。我望著他探出身去，試圖想像已經化為萬魔殿的大自然。

風勢漸漸平息，異乎尋常的黑暗開始消散，說明雷暴雨正在過去。我原本希望這場雨能一直下到夜裡，幫助我們探究真相，然而一絲微弱的陽光從我背後牆板上的節孔照進房間，這種可能性因此消失。我向芒羅建議，我們不妨把房間裡弄得光亮一點，稍微淋淋雨也在所不惜，我提起門閂，拉開簡陋的木門。室外的地面一片狼藉，布滿了爛泥和積水，那場小型滑坡給山坡增加了許多個新鮮的土堆。然而我並沒有看見任何東西值得我的同伴探身在窗外默不作聲地注視。我走到他所在的窗口，拍了拍他的肩膀，但他一動不動。我開玩笑地搖了搖他，拉著他轉過來，一時之間只覺得猶如癌病的恐怖用觸手纏住了我，這種恐怖扎根於超越時間存在的無限遙遠的過去和深不可測的黑夜深淵。

因為亞瑟·芒羅已經死了。**他的頭部遭到啃咬和挖鑿，面部已經蕩然無存。**

紅色光芒的含義

一九二一年十一月八日，一個被暴風雨蹂躪的夜晚，在一盞投下陰森暗影的提燈幫助下，我像白痴似的獨自挖掘揚．馬滕斯的墳墓。我是從下午開始挖掘的，因為當時有一場雷暴雨正在醞釀，此刻天已經黑了，風雨已經在密實得癲狂的枝葉之上爆發，我感到非常愉快。

我認為自從八月五日的慘劇過後，我的意識就有一部分脫離了正軌。古宅裡魔鬼般的影子，努力探究真相卻屢屢碰壁，十月那場暴雨中在小山村發生的慘劇。事後我為我無法理解其死因的同伴挖了一個墓穴。我知道別人同樣不可能理解，就讓他們以為亞瑟．芒羅迷路失蹤了吧。他們組織過搜索，卻一無所獲。當地定居者也許能理解，但我不敢進一步驚嚇他們了。我本人似乎冷淡得不近人情。我在宅邸裡受到的震撼影響了我的大腦，我現在只剩下了一個念頭，那就是查明這個已經在我腦海中變得無比巨大的恐怖魔物的真相，使得我發誓堅持沉默和單獨行動的亞瑟．芒羅之厄運的真相。

光是我挖墳的景象就足以讓任何一個普通人心驚膽顫了。巨大和古老得褻瀆神聖、奇形怪狀的可憎古樹在頭頂睨視我，就像地獄般的德魯伊神廟的立柱。它們讓雷聲變得發悶，風聲變得安靜，只允許極少的雨點落向地面。宅邸後院疤痕累累的樹木之間，枝葉間漏下的微弱閃光照耀下，荒棄古宅爬滿潮溼藤蔓的石牆拔地而起，無人照看的荷蘭式花園離我比較近，某種白色真菌狀、過度營養、從未見過充足陽光的惡臭植物已經徹底汙染了步道和花壇。離我最近的是墳場，畸形的樹木肆意伸展瘋狂的枝杈，根系頂開了不潔的石板，從沉睡其下的物事中汲取毒液。在極其古老的黑暗森林中腐爛和衰敗的棕色枯葉覆層之下，我時不時能看見一些低矮土丘的險惡輪廓，它們是這片閃電肆虐之地的標誌性地貌。

歷史帶領我找到這個古老的墳墓。是的，其他一切都結束於惡魔般的嘲諷之中，我擁有的只剩下了歷史。現在我認為潛伏的恐懼沒有實體，而是一個長著狼牙的幽靈，乘著午夜閃電來去。從我和亞瑟·芒羅一起挖掘出的大量當地傳說來看，我認為這個幽靈就是死於一七六二年的揚·馬滕斯。這就是我像白痴似的挖掘他墳墓的原因。

馬滕斯宅邸由亥赫特·馬滕斯修建於一六七〇年，他是一位富裕的新阿姆斯特丹商人，對英國治下的地位變動感到不滿，於是找了一塊偏僻林地的山頂，修建了這座宏偉的住所，此處的杳無人煙和非凡風景都讓他喜悅。這個地點只有一個不足之處，那就是每逢夏季就常常遭到猛烈的雷暴雨襲擊。在選擇此處山頂修建宅邸時，馬滕斯先生以為這種頻繁爆發的自然現象只是那一年的特殊情況。然而隨著時間過去，他發覺這種事在當地極為常見。後來他更發現這種雷暴雨對他的健康有害，於是他增建了一間地下室，在暴風雨最猛烈的時候入內躲藏。

亥赫特．馬滕斯的後代不如他那麼為人所知，因為他們都在對英國文明的仇恨氛圍中被撫養長大，得到的教導是盡量避開願意接受英國文明的殖民者。他們的生活極度與世隔絕，人們聲稱孤立導致他們的語言和理解能力都出現了偏差。從外貌上說，他們所有人都具有雙瞳異色的遺傳特徵，一隻眼睛往往是藍色，而另一隻是棕色。他們與社會的接觸變得越來越少，到最後只能和莊園內眾多的奴僕家庭通婚。這個繁茂家族中有很多人表現出墮落和退化，搬到山谷的另一頭居住，融入混血兒人群之中，如今這些可憐的定居者就是他們的後代。剩下的那些人陰鬱地抱著祖傳的宅邸不放，變得越來越排外和寡言，對頻繁爆發的雷暴雨養成了一種神經質的反應方式。

外界對這些事情的了解主要來自年輕的揚．馬滕斯，奧爾巴尼會議的新聞傳到風暴嶺，他在某種躁動情緒的驅使下加入了殖民地軍隊。在亥赫特的子孫中，他是第一個出去見世面的。六年的軍旅生涯結束後，他於一七六〇年返鄉，儘管他也有馬滕斯家族的異色雙瞳，但他的父親、叔伯和兄弟都像憎恨外來者一樣憎恨他。馬滕斯家族的怪癖和偏見不再能夠打動他，山中的雷暴雨也不像以前那樣毒害他的心靈了。恰恰相反，周圍的環境使他感到抑鬱，他時常寫信給奧爾巴尼的一位朋友，說他計畫捨棄家族的庇蔭。

一七六三年春，喬納森．吉福德，揚．馬滕斯在奧爾巴尼的朋友，因為通信夥伴的沉默而擔憂，考慮到馬滕斯宅邸的氣氛和揚與家人的不和，他就更加著急了。他決定親自去探望揚，於是騎馬進入山區。根據他的日記，他於九月二十日來到風暴嶺，發現宅邸的情況極為衰敗。長著古怪眼睛的馬滕斯家族性格陰沉，他們汙穢的動物性一面讓他震驚，他們用斷斷續續的喉音說話，聲稱揚已經死了。他們堅稱他在去年秋天被閃電劈死了，就葬在現已無人打理的下沉式花園背後。他們領訪客去看墳墓，墳頭毫無標記，連墓碑都沒有。馬滕斯家族的舉止中有些地方讓吉福德感到厭惡和懷疑，一週後他帶著鐵鍬和鋤頭回來，挖開了朋友的墳墓。不出所料，他發現了被蠻力砸爛的顱骨，返回奧爾巴尼後，他公開指控馬滕斯家族謀殺了他們的血親。

儘管缺少法律證據，但消息在鄉野地區迅速傳開，從那時起，馬滕斯家族受到了外部世界的放逐。沒有人願意和他們打交道，民眾像對待像受詛咒之地似的避開他們偏僻的莊園。他們不知怎的想辦法靠領地內的物產堅持了下來，遠處山上時常能看見燈光，象徵著他們還活著。最後一次有人看見那些燈光是一八一〇年，但到最後燈光出現得越來越不頻繁。

另一方面，宅邸和所在的山峰逐漸成了惡魔傳說的孕育之地。人們加倍不肯靠近那個地方，悄聲流傳的每一種民間奇談都在給傳說添磚加瓦。一八一六年之前，再也沒有人去過那裡，直到定居者發覺宅邸的燈光消失了很長一段時間。人們組織隊伍前去調查，發覺老宅早就荒棄，部分已坍塌成廢墟。

莊園裡沒有發現白骨，因此人們猜測他們並沒有死，而是離開了。整個家族似乎早在幾年前就遷走了，臨時搭建的閣樓顯示出他們在搬家前已經繁衍了多少人口。他們的文明水平跌落到了極低的程度，朽爛的家具和散落的餐具在其主人離開前已被棄用多年就足以證明這一點。然而即使令人害怕的馬滕斯家族不復存在，但鬧鬼古宅造成的恐懼依然如故。隨著新的怪異故事在退化墮落的山民之間開始流傳，這種恐懼變得更加劇烈了。古宅屹立在山頂上，一個激發恐懼的荒棄場所，與揚·馬滕斯的復仇鬼魂聯繫在一起。我挖開揚·馬滕斯墳墓的那天夜裡，它依然屹立在我身旁。

先前我用「像白痴似的」形容我漫長的挖掘過程，無論目標還是方法，我這麼說都非常恰當。揚·馬滕斯的棺材很快就重見天日了，裡面只有塵土和硝石，然而我還在氣頭上，恨不得把他的鬼魂挖出來，於是我毫無理性而笨拙地挖開了棺材底下的土地。上帝才知道我希望能找到什麼——我只知道我在挖向一個人的墳墓深處，而他的鬼魂每到夜晚就會出來遊蕩。

我的鐵鍬挖穿了腳下的土地，我的腳很快也陷了下去，很難說此刻我究竟挖到了何等駭人的深度。在眼前的環境下，這種事情當然極為恐怖，因為地下空間的存在可怕地證明了我的瘋狂猜想。跌下去的一小段距離熄滅了提燈，不過我立刻掏出手電筒，開始觀察這條朝兩個方向無限水平延伸的狹窄隧道。隧道足夠讓一個人在其中匍匐穿過，換一個神智健全的人，在此時此刻肯定不會這麼做，然而我陷入狂熱，早已把危險、理性和潔淨拋諸腦後，一心只想揭開潛伏的恐懼的祕密。我選擇了宅邸的那個方向，不顧一切地鑽進狹窄的隧道。我盲目而迅速地向前蠕動，偶爾用我放在身前的手電筒照一照前方。

該用什麼語言形容一個人迷失在深不可測的地底的景象呢？他手足並用，扭曲身體，氣喘吁吁。他瘋狂地穿行於永恆黑暗籠罩下彎曲盤繞的通道之中，完全忘記了時間、安全、方位和目標的存在。這其中有一些令人毛骨悚然之處，然而當時我的情況就是如此。我爬了不知道多久，過去的生活褪色變成久遠的記憶，我成了幽暗深淵中拱動的鼴鼠和蛆蟲的夥伴。事實上，我只會在漫長的蠕動爬行後偶爾打開已經被我遺忘的手電筒，讓光明怪異地照亮前方或直線或彎曲的隧道中塊狀黏土。

我這麼爬了不知道多久，手電筒的電池行將耗盡，隧道忽然向上形成陡峭的坡度，改變了我的前進方式。我抬起眼睛，毫無準備地看見我即將熄滅的手電筒在前方一段距離外照出了兩團魔鬼般的反光。這兩團反光閃耀著惡毒但明確的光芒，激起了我模糊得逼人發瘋的記憶。我不由自主地停下，但大腦做不出讓我後退的反應。那雙眼睛開始迫近，但我看不清它長在一個什麼樣的身體上，只能勉強分辨出一隻爪子。但那是一隻什麼樣的爪子啊!?這時我聽見頭頂上傳來了遙遠的轟隆一聲，我立刻認了出來。那是山區的狂野雷聲，已經達到了癲狂的強度——我肯定向上爬了不少時間，因此地表離我不遠。發悶的雷聲隆隆作響，那雙眼睛帶著空洞的惡意注視著我。

謝天謝地，當時我並不知道那是什麼，否則我大概已經死了。召喚出怪物的雷霆救了我，駭人的對峙持續了一段時間，外面看不見的天空中爆發出一道閃電，閃電在這附近時常劈向山嶺，被犁開的土地和大小不一的閃電熔岩隨處可見，那就是它留下的痕跡。這道閃電以神話般的狂怒撕開這條可憎隧道上方的土壤，讓我什麼也看不見、什麼也聽不到，還好我沒有昏過去。

山崩地裂，泥土滑坡，周圍一片混亂，我絕望地掙扎亂扒，直到雨點落在頭上才鎮定下來，這時我發現我從一個熟悉的地點爬出了泥土：風暴嶺西南山坡上一片沒有森林的陡峭空地。接連不斷的片狀閃電照亮了坍塌的地面和從較高處林木覆蓋的山坡向下延伸的怪異矮丘的殘骸，然而周圍過於混亂，我找不到我是從何處鑽出那致命的地下墓穴的了。我的大腦和土地一樣混亂，我忽然看見南方遠處爆發出一團紅色火光，這時我幾乎忘記了我剛才經歷的那種恐怖感覺。

然而兩天後當定居者告訴我那團紅色火光代表著什麼時，我感覺到的恐怖超過了肥土隧道、那隻爪子和那雙眼睛帶給我的恐怖，之所以更加恐怖，是因為它猶如驚濤駭浪的寓意。20英哩外的一個小村莊裡，那道幫助我重返地面的閃電造成了一場恐懼的騷亂，一隻無可名狀的怪物從一棵低垂的大樹上掉進了一座房頂難以承重的小木屋。怪物企圖肆虐，但狂亂的定居者在它找到計畫逃跑前點燃了小木屋。它掉下去的時候，恰好就是大地砸在長著那隻爪子和那雙眼睛的不可知之物身上的那個瞬間。

眼睛裡的恐怖

假如一個人像我一樣了解風暴嶺的可怖之處，卻依然堅持獨自追查潛伏於此的恐懼，那麼這個人的精神只怕絕對稱不上正常。恐懼的化身至少被摧毀了兩頭，然而這點成就在棲息著各種惡魔的冥國依然無法保障人們的身心安全。即使發生的事情和揭示的真相變得越來越駭人，我卻在以更強烈的熱忱繼續探究真相。

在恐怖的爬行中遭遇有著那雙眼睛和那隻爪子的怪物後過了兩天，我得知就在那雙眼睛盯著我的同一個瞬間，另一個怪物懷著惡意爬上了一戶人家的房頂，當時我體驗到了真正的因驚嚇而起的抽搐。不過，伴著驚嚇而生的還有好奇和誘人的怪異感，它們夾雜在一起，最終的產物幾近愉悅的騷動情緒。有時候在最駭人的噩夢中，不可見的力量抓著一個人掠過陌生的死亡城市的屋頂，飛向尼斯的猙獰巨口，你會覺得連狂叫著主動跳進可憎的朦朧漩渦、投入在底下等待的無底深淵都是一種快樂。風暴嶺這個清醒時置身其中的噩夢亦是如此，發現有兩個怪物同時在此處肆虐，我最終產生了一種瘋狂的渴望，想刨開那片被詛咒區域的地面，徒手從每一英吋遭到毒害的土壤中挖出在其中睨視我們的死亡。

我以最快速度回到揚．馬滕斯的墳墓，重新挖開以前挖掘過的地方，但卻一無所獲。大面積塌方抹去了地下隧道的所有痕跡，豪雨又把大量泥土衝回坑洞之中，因此我無法判斷那天我到底挖了多深。我還艱難地去了一趟燒死那頭帶來死亡的怪獸的小村莊，然而收穫完全比不上我的付出。我在那座倒楣的小木屋的灰燼裡找到了幾塊骨頭，但顯然都不屬於那隻怪物。定居者稱怪物只殺死了一個人，但根據我的判斷，他們弄錯了，因為除了一名人類的完整顱骨，我還找到了另一些骨骼碎片，它們無疑在某個時候屬於一名人類的顱骨。怪物落到房頂上僅僅是一眨眼的事情，儘管有人目擊，但沒有人能說清它的模樣；匆忙間瞥見一兩眼的人只是稱之為惡魔。我檢查了它潛伏的那棵巨樹，卻沒有分辨出任何明顯的痕跡。我嘗試尋找道路進入幽暗森林，但我實在難以忍受那些病態的龐然樹幹和惡毒地扭曲盤繞直到鑽進地面的蛇形巨大樹根，因此最後放棄了這個念頭。

我的下一步行動是像顯微鏡一樣仔細地重新檢查那個荒棄的小村莊，死神曾在這裡收割了大量生命，亞瑟．芒羅見到了某個東西，卻沒能活下來描述它的模樣。儘管先前徒勞的搜索已經極為細緻，但現在我有了新的證據需要驗證：恐怖的地下爬行讓我相信，這種醜惡怪物至少有一個發育階段是地下生物。十一月十四日，這次我將探索範圍集中在錐山和楓丘俯瞰不幸村莊的山坡上，尤其是後者的滑坡區域的鬆軟泥土。

下午的調查沒有得到任何收穫，黃昏降臨時，我站在楓丘上，望著底下的小村莊和山谷對面的風暴嶺。絢麗的日落過後，即將滿月的月亮升上天空，將銀光灑向平原地帶、遠處的山巒和隨處可見的怪異低矮土丘。何等靜謐的田園牧歌景象，然而我憎恨它，因為我知道它隱藏著什麼。我憎恨嘲諷的月亮、虛偽的平原、潰膿的山峰和那些險惡的土丘。在我眼中，一切都帶著某種讓人噁心的傳染惡疾，受到扭曲的暗藏力量結成的敗壞同盟的影響。

我心不在焉地望著月光下的這一切，某種地形要素的性質與排列方式之中的怪異特徵逐漸吸引了我的視線。我對地理學缺乏深入了解，但從一開始就覺得附近地區的古怪土堆和圓丘很不尋常。我注意到它們廣泛分布於風暴嶺周圍，在平原地帶比較少，在山頂附近比較多，史前冰川在演奏它驚人的幻想曲時，無疑發現山頂附近的阻力比較小。此時此刻，月亮低垂，月光投下長長的怪異陰影，一個極有說服力的念頭忽然躍入腦海：土丘構成的點線系統與風暴嶺的山頂有著某種奇異的關係。山頂無疑是中心，從它無定形、無規則地輻射出了一排排、一行行的點，彷彿衰敗的馬滕斯宅邸投出了無數條肉眼可見的恐怖觸手。關於觸手的念頭讓我難以解釋地顫慄起來，我停下來，轉而分析我為什麼會認為土丘是冰川活動的現象。

我越是分析，就越是不這麼認為，我打開了思路，怪誕而恐怖的類比基於地表面貌和我在地下的恐怖經歷如泉水般湧了出來。我不由自主地喃喃自語，吐出支離破碎的瘋狂詞句：**「我的上帝啊！……鼴鼠丘……該詛咒的地方就像個蜂窩……多少個……宅邸的那天夜裡……它們先擄走了本奈特和托比……從左右兩邊……」**我衝向離我最近的土丘，癲狂地挖了起來。我不顧一切地挖掘，身體在顫抖，但歡欣鼓舞。我不停地挖，最後由於某種難以命名的情緒而大聲尖叫，因為我挖到了一條隧道或通道，與那個惡魔般的夜晚我爬過的那條幾乎一模一樣。

在此之後，我記得我在奔跑，一隻手拎著鐵鍬。一場可憎的奔跑，穿過月光照耀下土丘歷歷可見的草場，穿過鬧鬼的山坡叢林下敗壞而陡峭的深淵，跳躍、驚叫、喘息，跑向恐怖的馬滕斯宅邸。我記得我毫無理性地挖開長滿荊棘的地下室的每個角落，只為了找到土丘構成的邪惡宇宙的核心。後來我記得我在偶然發現那條通道時發出了何種的笑聲。這個洞窟位於古老的煙囪底部，濃密的雜草在那裡簇生，我帶在身邊的唯一一根蠟燭投射出怪異的陰影。我不知道究竟是什麼依然潛伏於那地獄般的蜂巢中，等待雷霆將其喚醒。怪物已經死了兩隻，也許沒有更多的了。然而我燃燒的決心依然還在，我要揭開恐懼最隱祕的真相，此刻我再次確信那是某種有定形、有實體的有機生物了。

我猶豫起來，考慮是應該立刻拿出手電筒，單獨探索這條通道，還是應該回去召集一群定居者再踏上征程，然而外面忽然吹來一陣狂風，熄滅了蠟燭，將我置於徹底的黑暗之中，同時也打斷了我的思路。月光不再透過頭頂的裂隙和空洞照進地下室，隆隆雷聲險惡地越來越近，大難臨頭的惶恐感覺襲上心頭。互相纏結的紛亂念頭占據了我的大腦，帶領我摸索著躲進地下室最深處的角落。但我的眼睛從頭到尾都沒有離開過煙囪根部的恐怖洞口。閃電刺穿外面的森林，照亮頂壁上的裂縫，微弱的光芒落進室內，我瞥見了崩裂的磚塊和病態的雜草。混合了恐懼和好奇的感覺每一秒都在吞噬我。暴風雨會喚醒什麼怪物？還有沒有怪物能夠被召來？藉著一道閃電的亮光，我在一叢茂密的植物背後藏好，這裡能看見洞口又不會被發現。

假如上天還有一絲慈悲心，那就遲早會從我的意識中抹掉我見到的景象，讓我平靜地安度餘生。如今我夜不成寐，打雷時必須服用鴉片。事情發生得非常突然，毫無徵兆。難以想像的遙遠洞窟深處響起了彷彿大老鼠奔跑的噩夢般的腳步聲，隨著一陣地獄般的喘息和悶哼聲，從煙囪下的洞口迸發出了痲瘋鱗屑般不計其數的生物，令人作嘔的黑暗子嗣彷彿腐爛有機物的洪流，凡人的瘋狂和病態最陰森的結合再怎麼醜惡也不可能與其萬一相提並論。它們猶如毒蛇身上的黏液，沸騰著、混雜著、湧動著、翻滾著，從敞開的洞口噴發而出，像傳染病似的蔓延開，擠出地下室的每一個開口——它們湧出宅邸，散入被詛咒的午夜森林，前去散播恐懼、瘋狂和死亡。

只有上帝才知道它們的具體數量——肯定以千計算。在明滅閃爍的閃電光芒下看著那道洪流，我震驚得無以復加。洪流逐漸稀疏，足以看清單獨的個體了，我發現它們都是矮小、畸形、多毛的怪物或猿類，是猴類族群的醜惡而魔異的諷刺變形。它們可憎得毫無聲息，落在最後的掉隊者之一轉過身，以經過長期磨練的嫻熟動作抓住一隻比較弱小的同伴，習以為常地把後者變成了一頓飯食，從頭到尾發出的聲音充其量不過一聲尖叫。其他個體搶奪剩下的殘渣，塞進嘴裡吃得津津有味。儘管恐懼和厭惡令我頭暈目眩，但我病態的好奇心最終占據了上風。最後一隻畸形怪物單獨爬出醞釀未知噩夢的深淵世界，我掏出自動手槍，在雷聲的掩蓋下向它開槍。

血紅色黏稠的瘋狂洪流，尖嘯著、蠕動著，彼此追逐，在閃電叢生的紫色天空下穿過遍地鮮血的無盡通道……記憶中那個鬼怪狂歡的場景，無定形的幻覺和萬花筒般的變異；過度營養的畸形橡樹連成森林，巨蛇般的樹根扭曲著，從棲息著幾百萬食人惡魔的土地中汲取無可名狀的汁液；山丘狀的觸手從水蛭般悖逆自然的地下源頭向外摸索……瘋狂的閃電照亮了爬滿惡意藤蔓的牆壁、遍覆真菌植被的魔異拱廊……感謝上帝讓喪失意識的我憑本能回到人類居住的地方，回到在晴朗夜空和靜謐群星下沉睡的小山村。

我花了足足一個星期才恢復，然後從奧爾巴尼請了一群人來，用炸藥摧毀馬滕斯宅邸和風暴嶺的整個山頂，堵死能找到的所有土丘下的地洞，伐倒一些營養過剩、僅憑其存在就足以侮辱理性的巨樹。他們做完這些事之後，我稍微能睡一會兒了，但只要我還記得潛伏的恐懼背後是何等無可名狀的祕密，真正的安眠就永遠不會到來。這件事將日夜糾纏我，誰敢保證滅絕措施是徹底的，世界上的其他地方不存在類似的現象呢？知道了我腦子裡的那些事情，誰想到地下的未知洞窟會不對未來的某些可能性產生噩夢般的恐懼？我見到井口或地鐵口都會忍不住顫抖……醫生為什麼不能給我一劑猛藥，幫助我的睡眠，在打雷時讓大腦保持平靜？

開槍打死無法用語言形容的落單怪物後，我在手電筒的光芒下見到的景象實在太平常了，過了將近一分鐘，我才醒悟過來，精神陷入狂亂。那東西令人噁心，有點像一隻骯髒的白毛猩猩，有著尖利的黃牙和纏結的毛髮。這是哺乳動物退化的終極產物，是在與世隔絕的環境下交配繁衍、在地上和地下靠吃人保證營養的可怖結果，是潛伏在生命背後的嚎叫混沌和邪笑恐懼的化身。它死去時看著我，這雙眼睛喚起了我混亂的記憶，它和在地下隧道裡瞪著我的那雙眼睛一樣，也擁有某種怪異的特徵。**一隻眼睛是藍色**，**另一隻是棕色**。它們是古老傳說中馬滕斯家族的異色雙瞳，無聲的恐懼頓時吞噬了我，我知道了那個消失的家族後來的命運，因雷聲而發狂的可怕馬滕斯家族。

魔鬼迷惑人心，扭虛幻為現實。

——拉克坦提烏斯

我遠離家鄉，東方海洋的魔咒落在我身上。暮光時分，波浪拍擊岩石的聲音傳入耳中，知道它就在山丘的另一側，晴朗的夜空和最早出現的幾顆晚星映襯著山丘上七扭八歪的柳樹。由於父輩的召喚，我正在前往一個古老的小鎮，我踩著剛落下不久的淺薄積雪走在小路上，這條路沿山坡向上延伸，指向在樹枝間閃爍不定的畢宿五，通往我從未見過但經常夢到的古老小鎮。

時值耶魯節，人們稱之為耶誕節，儘管大家心裡都知道這個節日早於伯利恆和巴比倫的時代，早於孟菲斯的建立甚至人類的誕生。耶魯節當天，我終於來到了東方海邊的這個古老小鎮。古時代節日慶典被禁止之後，我的族人來到這裡定居，私下裡繼續舉行儀式。他們還命令子孫後代，每個世紀都必須舉行一次節日慶典，以免遠古祕密的記憶在歲月中遺失。我的族人歷史悠久，早在三百年前這片土地有人定居前就已經有了悠久的歷史。他們是異邦人，因為他們是黑皮膚的鬼祟遺民，來自南方令人陶醉的芝蘭花園，說的是另一種語言，後來才學會了藍眼漁民的語言。如今他們分散各方，唯一共同擁有的就是沒有其他活人知曉的神祕儀式。那天晚上，只有我一個人在傳奇故事的引誘下回到這個古老漁村，為的僅僅是可憐而孤獨的緬懷而已。

踏上山丘的頂端，黃昏時分的金斯波特冷冰冰地出現在眼前；白雪皚皚的金斯波特，老舊的風向標和尖頂、屋脊大樑和煙囪管帽、碼頭和小橋、柳樹和墓地；陡峭、狹窄、彎彎曲曲的街道構成的無窮曲徑，頂端屹立著教堂、連時間都不敢侵襲的鎮中央的險峻山峰；殖民時代房屋以各種角度和高度或堆積或分散，彷彿孩童雜亂無章的積木塊一般搭成了無盡的迷宮；古代的遺物展開灰色的翅膀，梭巡於被冬天染白的山牆和復斜屋頂之上；扇形窗和小拼格窗戶在寒冷的暮色中一扇接一扇點亮燈光，與獵戶座和遠古的群星交相輝映。海浪拍打著朽爛的碼頭木板，隱祕而永恆的大海，我的族人在多年前跨越它來到了這片土地上。

來到山頂的坡道旁，還有一個地勢更高的山頭，淒涼陰冷，暴露在寒風中，我知道那裡是墳場，黑色墓碑在白雪下可怖地探出頭來，彷彿龐大屍體身上腐爛的指甲。小路上連一個腳印都沒有，非常偏僻，有時候我覺得我能聽見遠處傳來風吹過絞架的可怕的吱嘎聲響。一六九二年，他們吊死了我的四名族人，但我不知道死刑具體在何處執行。

我走向蜿蜒通向海邊的坡道，豎起耳朵尋找傍晚時分村鎮的歡快響動，然而我什麼都沒有聽見。我想到目前的時節，心想這些老派清教徒說不定有著非同尋常的聖誕習俗，從頭到尾都是聚在火爐旁默然祈禱。想到這裡，我不再尋找歡聲笑語和街頭行人，而是徑直走過亮著燈光但靜悄悄的農舍和陰影籠罩的石牆，古老商店和海邊酒館的標牌在帶鹹味的微風中吱嘎擺動，空無一人的泥土道路兩旁，窗簾拉緊的窗戶裡射出燈光，照得廊柱之間大門上奇形怪狀的門環閃閃發亮。

我看過小鎮的地圖，知道我的族人住在哪兒。我被告知稱他們會認出並款待我，因為村裡有著歷史悠久的傳統。因此我加快步伐，穿過後街，來到環形廣場，踏上全鎮唯一一條完全鋪上了石板的人行道，踩著新雪走向市集背後綠巷的起點。舊地圖依然準確，我沒有遇到任何麻煩。他們在阿卡姆找到我的時候聲稱鎮上已經通了電車，那肯定是在騙我，因為我在頭頂上連一條架空電線都沒看見。不過就算有電車，軌道肯定也會被大雪蓋住。我很慶幸我選擇了步行，因為在山頂上看見的白色村莊確實非常美麗。此刻我迫不及待地想敲開我的族人的家門，那是綠巷左手邊的第七幢屋子，這幢房屋落成於一六五〇年之前，有著古老的尖屋頂和突出的二層樓。

我來到門前，屋子裡亮著燈光，從菱形的窗格看來，它肯定基本上保持了古舊的狀態。向外突出的二樓懸在長滿青草的狹窄街道之上，幾乎碰到了對面房屋的突出部分，我就彷彿置身於隧道之中，位於低處的石板門階上沒有任何積雪。小街沒有人行道，許多房屋的大門卻建得很高，需要爬上兩端有鐵欄干的臺階才能摸到。這是個古怪的場面，不

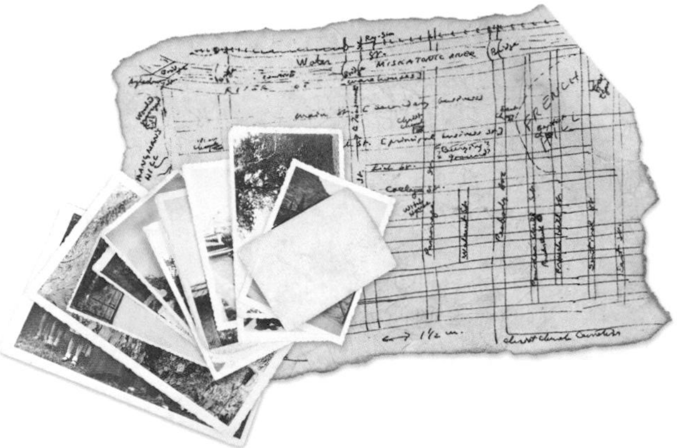

過新英格蘭對我來說很陌生，我本來就不知道這裡會是什麼樣子。儘管景色宜人，但若是積雪上能有幾個腳印、街上能多幾個行人、房屋能少幾扇拉緊窗簾的窗戶，我肯定會感到更加愉快。

我扣響古老的鑄鐵門環，心裡懷著幾分畏懼。恐懼感一直在我胸中積累，也許是因為我繼承的遺產的怪異性、這個傍晚的淒涼感覺和有著奇特習俗的古鎮的怪異寂靜。我的敲門得到了回應，這時我完全害怕了起來，因為在門吱吱嘎嘎打開之前，我沒有聽見任何腳步聲。然而我的害怕沒有持續多久，因為出現在門口的是一位穿睡袍和拖鞋的老先生，他淡漠的面容讓我安心。他打著手勢告訴我他是啞巴，用鐵筆在隨身攜帶的蠟板上寫下古老而不尋常的歡迎字句。

他帶領我走進一個點著蠟燭的低矮房間，粗大的房樑裸露在外，只有幾件黑乎乎的十七世紀的死板家具。歷史在這裡是鮮活的現實，沒有缺少任何一點特質。房間裡有個洞窟般的壁爐，還有一臺手搖紡車，一個駝背的老婦人背對我坐在紡車前，身穿寬鬆的罩衣，闊邊女帽壓得很低，儘管已是節慶季節，但她依然在紡線。房間裡潮溼得無法形容，我不明白為什麼沒有生火。左側放著一把高背椅，面對拉著窗簾的成排窗戶，上面似乎有人，但我不敢確定。我不喜歡我見到的所有東西，再次感覺到了先前的恐懼。使得恐懼感愈加強烈的正是先前讓它消退的東西，因為我越是看老人那張淡漠的臉，那張臉上滲透出的淡漠就越是讓我害怕。那雙眼睛從不轉動，皮膚與蠟也過於相似。最後我斷定那根本不是他的臉，而是一張精巧得彷彿出自惡魔之手的面具。他軟弱無力的手古怪地載著手套，在蠟板上用親切的口吻寫字，請我稍等一段時間，然後領我去節日慶典舉行的地點。

老人把椅子、桌子和一堆書指給我看，然後轉身離開房間；我坐下看書，發現那是一些年代久遠的發霉古籍，其中有老摩利斯特狂放的《科學奇蹟》、約瑟夫·格蘭維爾可怖的《撒都該教徒的挫敗》，出版於一六八一年、雷米吉烏斯令人震驚的《惡魔崇拜》，一五九五年出版於里昂，其中最可怖的無疑是阿拉伯瘋人阿卜杜·阿爾哈茲萊德的《死靈之書》，被查禁的奧洛斯·沃爾密烏斯的拉丁文譯本；我從未見過這本書，但聽說過一些與它相關的怪誕傳聞。沒人和我說話，我只能聽見外面招牌在風中晃動的吱嘎聲，還有戴著女帽的老婦人默然勞作時紡車轉動的呼呼聲。我覺得整個房間、這些古籍和這些人都異常病態和令人不安，然而既然我遵從古老的傳統，接受父輩的召喚，前來參加陌生的祭典，那麼我早就準備好了見到一些怪異的事情。於是我靜下心來讀書，沒多久就顫慄著沉浸在了我在那本該詛咒的《死靈之書》裡發現的某些內容；那種觀念和傳說對精神和意識來說都過於醜惡。這時我覺得我聽見了高背椅所面對的一扇窗戶關閉的聲音，難道先前有人悄悄地打開了那扇窗戶？我非常不喜歡這種感覺。緊接著響起的嗚嗚聲迥異於老婦人轉動紡車發出的聲音。不過這個聲音非常輕微，因為老婦人在非常用力地轉動紡車，而古老的掛鐘剛好敲響。在此之後，我不再能夠感覺到有人坐在高背椅上了。老人回來的時候，我正在專注而顫慄地讀書，他換上了長靴，身披寬鬆而古樸的服裝，坐在先前那把高背椅上，因此我看不見他的身影。接下來的等待讓我精神緊張，我手裡那本褻瀆神聖的古籍更是如此。時鐘敲響11點，老人站起身，飄也似的走到角落裡巨大的雕花木櫃前，取出兩件帶兜帽的斗篷，他自己穿上一件，老婦人放下了手裡單調的紡線工作，老人把另一件斗篷披在她身上。兩人走向通向室外的大門，老婦人一瘸一拐地緩緩前行，老人拿起我剛才在讀的那本書，拉下兜帽蓋住他一動不動的臉或面具，示意我跟他走。

我們走進古老得難以想像的小鎮，天上沒有月亮，曲折的街道織成羅網。窗簾遮蓋的窗戶裡，燈光一盞接一盞熄滅，天狼星睥視戴兜帽披斗篷的人影悄無聲息地流淌出每一個門洞，在這條或那條街道上組成一個個怪異的隊伍，經過吱嘎作響的招牌和極為古老的山牆、茅草覆蓋的屋頂和菱形窗格的窗戶。隊伍穿行於陡峭的巷弄之中，朽敗的房屋在兩旁層疊交錯、風化坍塌。隊伍悄然穿過開闊庭院和教會墓地，晃動的提燈拼出怪誕的星座圖案。

我置身於默不作聲的人群之中，跟隨著我一言不發的嚮導。他們推擠著我的手肘似乎柔弱得異乎尋常，壓迫著我的胸膛和腹部似乎軟漲得悖反自然。我沒有見到任何一張面孔，聽見他們說出哪怕一個單詞。怪誕的隊伍沿著山坡向上蠕行，我注意到所有人正在朝同一個地方匯聚，瘋狂巷弄的焦點是鎮中央那座高丘的頂端，那裡屹立著一座龐大的白色教堂。先前在路上爬到坡頂俯瞰黃昏時的金斯波特時我見過這座教堂，當時我不禁心生寒意，因為畢宿五有一瞬間彷彿懸在了陰森尖塔的最頂端。

教堂周圍有一片開闊地，部分是教堂墓地，豎著一塊塊光怪陸離的墓碑，部分是半鋪石板的廣場，風幾乎掃掉了所有的積雪，旁邊林立著一些可憎的古老房屋，都有尖屋頂和突出的山牆。鬼火在墳墓上跳舞，照亮了駭人的景象，卻怪異地沒有投下陰影。墓地的另一側沒有房屋，我的視線越過山頂，能看見海港上空的閃爍群星，然而小鎮卻完全隱沒在黑暗中。偶爾有一盞提燈恐怖地起伏穿過長蛇般的小巷，前來追趕此刻正在無聲無息走進教堂的人群。我在旁邊等，看著人群流淌進黑洞洞的大門，等到最後幾個掉隊者也進去為止。老人屢次拉我的袖子，但我下定決心要走在隊伍的末尾。然後我走進了教堂，給我以險惡感覺的老人和紡線的老婦人走在我前方。跨過門檻進入在未知黑暗中擠滿了人的教堂之前，我最後扭頭看了一眼外部世界，見到墓地的磷光將病態光芒照在山頂的鋪路石上。這時我不禁顫慄，因為儘管寒風吹走了絕大部分積雪，但靠近門口的小徑上還留著幾小塊。在回望的這個瞬間之中，我倉皇的雙眼似乎看見經過的人群沒有在雪地上留下任何足跡，連我自己也不例外。

先前進入教堂的那些人的提燈是僅有的照明，但光線昏暗，因為大部分人已經消失了。隊伍順著高背白色長凳之間的過道走向在講壇前張開可憎大嘴的翻板活門，悄無聲息地蠕動著進入地下室。我呆呆地跟著他們走下已經被鞋底磨平的臺階，來到陰冷潮溼、令人窒息的地下室。夜晚遊行者隊伍的蜿蜒末尾顯得異常恐怖，我看著他們扭動著鑽進一個古老的墓穴，眼前的景象變得更加恐怖。然後我注意到墓穴的地面上有個洞口，隊伍像泥漿似灌進洞口。沒過多久，我們就沿著粗糙的不祥臺階向下走了，這條狹窄的螺旋樓梯溼漉漉的，瀰漫著一股特殊的氣味，它無窮無盡地盤旋著伸向山丘的深處，滴水的石塊和剝落的灰泥構成了單調的牆壁。這是一場寂靜而令人膽寒的下降，走了長得可怕的一段時間，我注意到牆壁和臺階的材質逐漸改變，現在像是直接從岩石中鑿刻出來的了。更讓我不安的是，如此之多的腳步落下，卻沒有發出任何聲音和激起任何回聲。經過了漫長如萬古的下降後，我發現有一些旁道或隧洞從不知名的黑暗深處連通了這條充滿了暗夜神祕的巷道。這種通道很快變得為數眾多，彷彿是不潔的地下墓窟，滲透出無可名狀的凶險感覺，腐敗的刺鼻惡臭漸漸濃烈得難以忍受。我知道我們肯定走出了那座山的範圍，已經來到了金斯波特的地下，想到一個如此古老的小鎮的地下竟被邪惡之物蛀得千瘡百孔，我就忍不住要顫抖。

這時，我看見了蒼白的光輝在駭人地閃耀，聽見不見天日的暗河在陰森地流淌。我再次顫抖，因為我不喜歡這個夜晚帶來的這些事物，痛苦地希望父輩沒有召喚我參加這個原始的儀式。臺階和通道變得寬闊，這時我聽見了另一種聲音：**長笛無力地吹奏出的尖細而嘲諷的嗚咽樂聲**；忽然間，地下世界廣闊無邊的景象在我面前展開——噴湧而出的病態綠色焰柱照亮長滿真菌的岸邊，油膩膩的大河從恐怖深淵不為人知地流淌而來，拍打著河岸奔向最黑暗的裂隙，匯入古老得難以記憶的海洋。

我頭暈目眩，沉重地喘息著望向這褻瀆神聖的陰陽交界：泰坦般的傘菌、醜惡如痲瘋病的火焰和黏稠的河水，我看見披著斗篷的人們在焰柱旁圍成半圓形。這是耶魯節的儀式，比人類更古老，注定要比人類更長久。這個原始的儀式獻給冬至和白雪過後春季必將到來的約定。這個儀式屬於烈火和不衰、光明與音樂。我在冥界般的洞窟裡看著他們舉行儀式，他們跪拜病態的焰柱，挖出黏糊糊的植物扔進河水，植物在萎黃色的火光中閃爍綠光。我望著這一切，看見一個無可名狀的生物遠離光源蹲伏於地上，用力地吹奏令人厭惡的嘈雜音樂。它吹笛的時候，我覺得我還聽見了某種足以毒害心靈的發悶的振翅聲，這種聲音從我看不清的惡臭的黑暗深處傳來。然而最讓我害怕的還是那道焰柱，它像火山似的從深得難以想像的地底噴射而出，不像正常的火焰那樣投出陰影，給上方的硝石塗上一層噁心、有毒的銅綠色。儘管火焰在劇烈地沸騰，但沒有帶來任何暖意，有的只是溼冷黏膩的死亡和腐敗。

領我來的老人蠕動著擠到醜惡火焰的旁邊，面對圍成半圓形的人群，僵硬地做出儀式性的動作。儀式進行到某幾個階段，人群頂禮膜拜，尤其是當老人將他帶在身邊的可憎《死靈之書》舉過頭頂的時候。既然父輩特地用信件召喚我來參加節日慶典，那麼我也只好跟著人群膜拜了。老人朝黑暗中半隱半現的吹笛手打個手勢，無力的嗚咽笛聲改變音階，聲音也稍微響亮了一些；隨之而來的恐怖既無法想像也出乎意料。我被如此的恐怖所震懾，趴在長滿苔蘚的地面上幾乎不能動彈，恐懼的源頭不屬於這顆星球或任何一顆星球，只可能來自群星之間的瘋狂太空。

從冰冷火焰的腐敗光芒以外無法想像的黑暗之中，從無聲無息、無人知曉地向前湧動的不可思議油膩大河所流經的冥國淵藪之中，一群溫順、經過訓練的混種有翼生物有節奏地拍打著翅膀飛向眾人，健全的眼睛無法看清它們，健全的大腦無法記住它們。它們絕對不是烏鴉、鼴鼠、禿鷲、巨蟻、吸血蝙蝠或腐爛的人類，而是一種我無法也絕對不能記住的生物。它們無力地撲騰前行，半是用長蹼的腳，半是用肉膜翅膀。它們來到祭祀人群之中，戴兜帽的人抓住它們騎上去，順著沒有光照的大河離開，投入孕育驚恐的深淵和通道，有毒的源泉在那裡滋養未知的可怕瀑布。

紡線的老婦人已經隨著人群離開，只剩下老人站在那裡，因為他示意我抓住一頭動物，和其他人一樣騎上去，但我拒絕了。我掙扎著站起身，看見無可名狀的吹笛手已經不在視線內了，但有兩頭那種動物耐心地等在一旁。我不肯從命，老人掏出鐵筆和蠟板，用文字說他代表我的祖輩，正是他們在這個古老的地方建立了耶魯崇拜，說天意要我返回故鄉，而最祕密的儀式還沒有舉行呢。他用非常古老的手寫下這些文字，看見我依然猶豫不決，他從寬鬆的長袍裡取出印章戒指和懷錶，兩者都有我的家族紋章，以此證明他的身分。然而這是多麼恐怖的證據啊，因為我從古老的文件中得知，我的曾曾曾祖父在一六九八年下葬時就戴著這塊懷錶。

這時，老人掀開兜帽，把臉上的家族特徵指給我看，但我除了顫抖再沒有其他反應了，因為我確定那張臉只是一個惡魔般的蠟製面具。撲騰而行的動物不耐煩地抓撓苔蘚，我注意到老人也同樣焦躁不安。一隻動物蹣跚著慢慢走開，他連忙轉身去拉住它；這個突然的動作使得蠟製面具脫離了他應該是頭部的部位。噩夢般的處境阻擋了我沿著來時的石階跑回去，於是我投向了那條泛著泡沫流向海底洞穴的油膩的地下大河，我主動跳進了地心恐怖匯集而成的腐爛汁液，以免我瘋狂的叫聲引得藏在病害滋生的深淵中的魔怪大軍撲向我。

後來我在醫院裡得知，黎明時分，有人在金斯波特港發現了幾乎凍僵的我，我抱著一根命運派來拯救我的漂流圓木。他們說我昨晚在山丘小路上拐錯了彎，掉下了奧蘭治角的沿海峭壁，這是他們根據積雪上的腳印推斷出來的。我無話可說，因為所有事情都不對勁。所有細節都是錯誤的，因為寬闊的窗戶外是連綿如海洋的屋頂，其中只有五分之一看上去很古老，而底下的街道傳來了電車和汽車的聲音。他們堅持說這就是金斯波特，我當然無法否認。得知醫院就在中央山丘上的舊墳場旁之後，我陷入了癲狂的譫妄。他們將我轉入阿卡姆的聖瑪麗醫院，我在那裡可以得到更好的照顧。我也更喜歡這家醫院，因為醫生的思路更開闊，他們甚至允許我借用他們的影響力，從米斯卡托尼克大學圖書館借來了館方妥善保管的《死靈之書》抄本。他們說「精神錯亂」如何如何，認為我應該從腦海中掃除所有惱人的強迫念頭。

於是我再次閱讀那個可憎的章節，我不禁加倍地感到毛骨悚然，因為這些內容對我來說並不新鮮。無論腳印顯示我去了哪兒，我都親眼見過那一切；我最好完全忘記我是在哪裡見到那些東西的。清醒的時候，沒有人能逼我想起那段經歷，但我的夢境充滿了恐懼，原因是某些我不敢引用的篇章。我只敢引用一個段落，是我從複雜難懂的中古拉丁文勉強翻譯出來的。

最深的洞窟，不允許眼睛的窺視，因為那裡的景象奇異而恐怖。受詛咒的土地，死者的思想復活並怪異地附體，邪靈占據的肉身沒有頭部。伊本·斯查卡巴歐曾睿智地說，沒有巫師沉睡的墳墓是幸福的。因為古老的傳聞稱，被魔鬼收買者的靈魂不會匆忙離開他的屍骸，而是會滋養和使喚啃咬屍體的蛆蟲，直到可憎的生命最終從腐敗中誕生，愚鈍的地洞變得越來越挑鮮、折磨它。原本是足夠的地洞食腐生物狡詐地多，本該爬行的動物學會了走路。

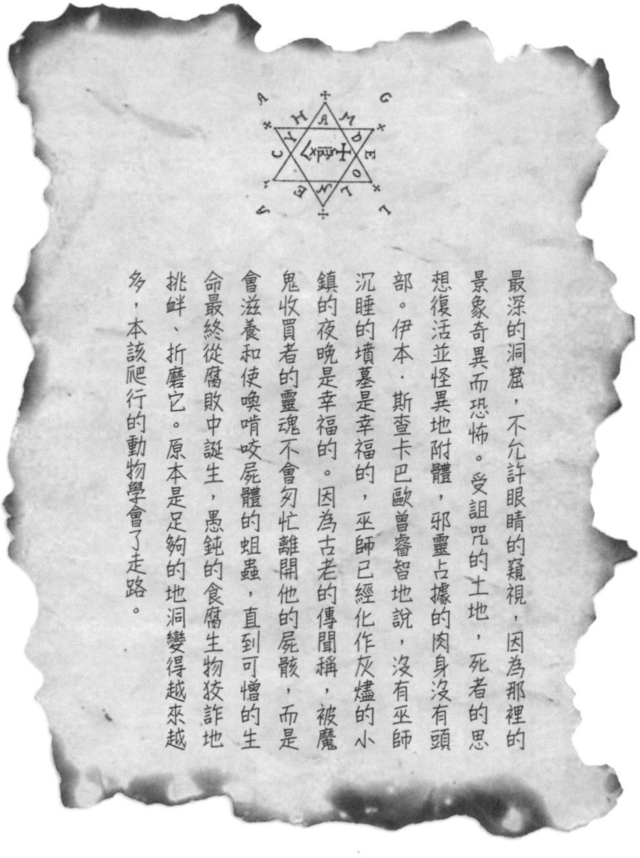

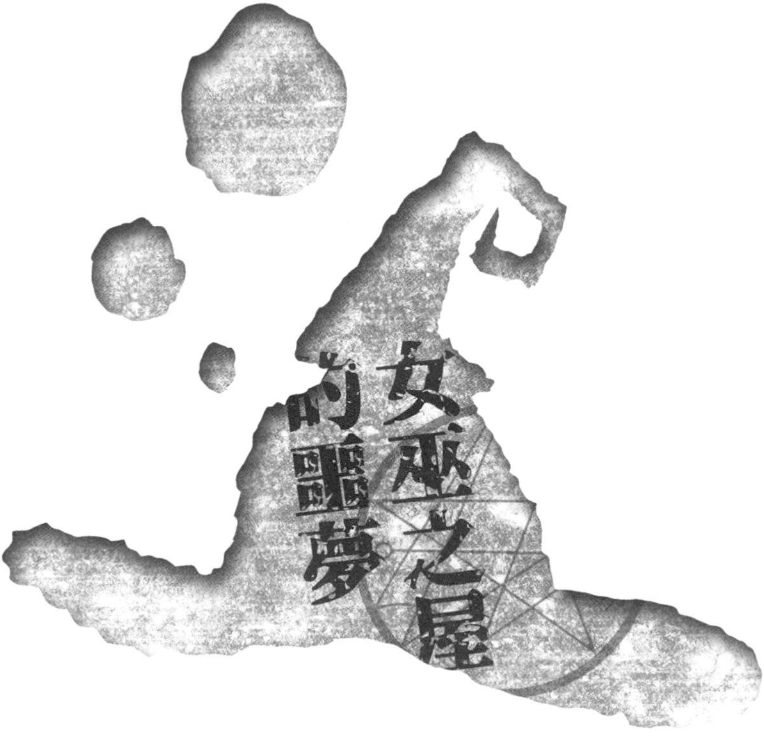
女巫之屋的噩夢

究竟是噩夢造成了高燒還是高燒帶來了噩夢，沃爾特・吉爾曼並不知道。陰沉、鬱結的恐懼潛伏在一切背後，恐懼的對象既是這座古老的城市，也是屋頂山牆下散發著霉味、褻瀆神聖的這個閣樓房間。房間裡，他不是在單薄的鑄鐵小床上輾轉反側，就是寫作和研究、與數字和公式較勁。他的耳朵變得越來越敏感，達到了異乎尋常和難以忍受的地步，他早就不給壁爐架上的廉價擺鐘上發條了，滴答聲在他聽來就像炮兵部隊的齊射轟鳴。入夜之後，外面那黑暗城市的微弱響動、蟲蛀牆板裡老鼠險惡的匆匆足音和百年老屋裡不見天日的櫟木的吱嘎聲就足以讓他覺得像是墜入了喧囂的萬魔殿。黑暗似乎永遠伴隨著無法解釋的怪聲——然而某些時候他更害怕噪音會忽然平息，他因此聽見某些他懷疑潛伏在它們背後更詭祕的其他聲音。

他住在一成不變、充滿傳說故事的阿卡姆市，簇生的復斜屋頂在閣樓之上晃動、沉降，附近教區更黑暗和古老的日子裡，女巫藏在閣樓上躲避國王的鷹犬。在這座城市裡，沒有其他地點比他這個山牆下的閣樓房間擁有更加陰森恐怖的記憶，因為這幢房屋和這個房間曾經是長者凱夏・梅森的棲身之處，她最後逃離賽勒姆監獄的經過始終無人能夠解釋。那是一六九二年的事情，獄卒發瘋了，胡言亂語說有個滿嘴黃色尖牙的毛皮小動物飛快地竄出凱夏的牢房，連科頓・馬瑟也說不清楚用某種紅色黏稠液體塗畫在灰色石牆上的曲線和折角到底是什麼。

也許吉爾曼不該學習得這麼勤奮。非歐幾何、微積分和量子物理已經足以耗盡任何人的腦力，而假如一個人把它們與民間故事混在一起，企圖追尋潛藏在哥德神話和壁爐邊流傳的瘋狂傳聞背後的多維世界怪異知識，那麼他就不太可能完全免於精神壓力的折磨了。吉爾曼來自黑弗里爾，但在進入阿卡姆的大學後才開始將數學知識和古老而怪誕的魔法傳說聯繫在一起。米斯卡托尼克大學的教授勸他放慢步伐，主動減少了他在某幾個方面的課程。他們甚至禁止他查閱記載了禁忌祕密的古籍，這些古籍存放在大學圖書館一個上鎖的保險庫裡。然而所有的預防措施都來得太遲，吉爾曼已經從阿卜杜·阿爾哈茲萊德令人恐懼的《死靈之書》、《伊波恩之書》的殘卷和馮·容茲被查禁的《無名祭祀書》裡得到了某些可怖的線索，他將這些線索與他研究的有關空間屬性和已知與未知次元之間聯繫的抽象方程式聯繫在了一起。

他知道他的住處是古老的女巫之屋，事實上，這正是他租下這裡的原因。埃塞克斯縣的檔案裡有大量的檔案記錄了凱夏·梅森的審判經過和她在壓力下向刑事裁判庭吐露的情況，這些內容對吉爾曼的吸引力超越了一切理性。她向霍桑法官承認，直線和曲線可以用來確定方向，從而穿過空間之牆去往其他空間，她暗示說這種直線和曲線經常用於女巫的午夜集會，牧場山另一頭白色石壁中的黑暗山谷和河中間無人居住的荒島都是集會的舉行地點。她還提到了黑暗之人、她發誓效忠的誓言和她新得到的祕密名字「納哈布」。後來她在牢房牆上畫出那些圖案，最終消失得無影無蹤。

吉爾曼相信和凱夏有關的那些怪事，得知她的居所在二百三十五年之後仍舊屹立，他感覺到了一種異樣的興奮。他還聽說了阿卡姆市一些悄然流傳的風言風語，例如凱夏直到今天依然偶爾出沒於老屋和狹窄街道上，例如睡在這幢那幢屋子裡的人身上會出現不規則的人類牙印，例如五朔節和萬聖節前後人們會聽見孩童的哭叫聲，例如這些可怖時節過後瀰漫在老屋閣樓上的臭味，例如有一隻滿嘴尖牙的毛皮小動物糾纏著那幢破敗的屋子和這座城市，會在黎明前最黑暗的時間拱醒人們，他下定決心要不惜代價地住進這個地方。他很容易就搞到了一個房間，因為這幢房屋不受人歡迎，很難租出去，業主用它經營最廉價的寄宿生意。吉爾曼說不清他覺得能在那兒發現什麼，但他知道他想待在這麼一幢建築物裡，此處的環境天曉得怎麼忽然讓十七世紀一個普普通通的老婦人擁有了極其深邃的數學洞見，很可能超過了普朗克、海森堡、愛因斯坦和德西特等大師鑽研出的最新成果。

他踏遍了人力能達到的每一個角落，在壁紙剝落的地方研究木料和石膏壁板，尋找神祕圖案的蛛絲馬跡。他在一週內想方設法租下了東頭的閣樓房間，據說凱夏就是在那裡練習巫術的。這個房間本來就是空置的，因為沒人願意在那裡長久地停留，但波蘭房東非常謹慎，不怎麼願意把它租出去。然而在發燒之前，吉爾曼沒有碰到任何怪事。沒有鬼魂般的凱夏穿行於暗沉沉的走廊與房間之中，沒有毛皮小動物鑽進他陰森的居所拱他，他堅持不懈的搜索也沒有找到女巫魔咒的任何紀錄。有時候他會漫步於未鋪石板、散發霉味、彼此糾纏的陰暗小巷之中，年代未知的怪異的棕色房屋或斜倚或搖搖欲墜或用小窗格的窄窗譏諷地睨視眾生。他知道怪異的事情曾在此處發生，他能在表象下覺察到一絲微弱的暗示，恐怖的過去未必已經徹底消亡，至少在最黑暗、最狹窄、最曲折的小巷裡肯定沒有。他兩次划船登上河中央被視為不祥的小島，繪製了苔蘚覆蓋、起源隱晦而古老的成排灰色立石構成的奇特夾角的草圖。

吉爾曼的房間很寬敞，但形狀怪異而不規則。北牆從外向內肉眼可見地傾斜，低矮的天花板向著同一個方向朝下和緩地傾斜。傾斜的牆壁和房屋北側筆直的外牆之間肯定存在一定的空間，不過除了一個明顯的老鼠洞和另外幾個老鼠洞已被堵死的痕跡，他在室內找不到通往這個空間的出入口，然而從室外看能見到一扇很久以前被木板釘死的窗戶。天花板以上的空間同樣無法進入，不過那片空間的地板肯定是傾斜的。吉爾曼從閣樓的其他部分順著豎梯爬上遍布蛛網的頂層空間，發現了多年前曾經存在的洞口的殘存痕跡，但這個洞口被古老的沉重木板封得死死的，而且用殖民時代常見的結實木釘再次加固。無論吉爾曼如何勸誘，固執的房東都不允許他調查這兩個已被封死的空間。

隨著時間過去，他對房間裡不規則的牆面和天花板的興趣越來越強烈，因為他開始從怪異的角度中領悟到了某種數學意義，這種意義似乎能夠為其存在目的提供一些隱晦的線索。他想到，老凱夏選擇這個有著怪異角度的房間肯定有她無懈可擊的理由，因為她不是聲稱過她透過某些特定的夾角穿越出了我們所知的世界空間的邊界嗎？他的興趣逐漸從傾斜表面背後難以探測的虛空轉開，因為現在覺得這些表面的用途與他所在的這部分空間關係更大。

大腦發熱的感覺和怪夢是從二月初開始的。一段時間以來，房間的怪異角度似乎對吉爾曼造成了近乎催眠的奇特效果。隨著淒冷的冬天向前推進，他發現自己時常越來越專注地盯著向下傾斜的天花板與向內傾斜的外牆之間的夾角。在這段時間裡，他開始難以集中精神完成日常的學業，他對此非常煩惱，期中考試給他帶來的擔憂變得極為強烈。然而聽覺超常造成的痛苦幾乎不遑多讓。生活成了持續不斷、幾乎不堪忍受的噪音折磨，他還一直有某種令他膽顫心驚的印象：另外存在一些聲音在聽力範圍的邊緣顫動，它們很可能來自生命之外的疆域。就清晰可辨的噪音而言，目前最討厭的莫過於耗子在老舊牆板裡弄出來的響動。牠們的抓撓聲有時候顯得不只鬼祟，而且心懷不軌。聲音從北面傾斜的牆壁裡傳來時，往往夾雜著某種單調的嘰嘎聲，聲音從傾斜的天花板上封死了一個世紀的屋頂空間傳來時，吉爾曼總是會繃緊神經，像是準備迎接某些正在等待時機的恐怖之物跳下來徹底吞噬他。

怪夢完全超出了精神健全的定義範圍，吉爾曼覺得它們肯定是他研究數學和民間傳說的共同結果。他花了太多時間思考方程式告訴他的、在我們所知的三次元空間之外必然存在的晦暗地帶，思考老凱夏．梅森有沒有可能在某種超乎一切想像的力量引導下發現了通往這些地帶的大門。泛黃的縣法院檔案裡有她和指控者雙方的證詞，可憎地暗示著存在某些超出人類經驗的事物——至於那個四處亂竄的毛皮小動物，也就是她的魔寵，檔案裡對它的描述儘管有著各種難以置信的細節，卻也栩栩如生得令人難受。

那東西不比一隻大老鼠更大，市民奇異地稱之為「布朗．詹金」——似乎是一起不平常的群體共感妄想症的產物，因為一六九二年有不少於十一個人作證見過它的身影。時間較近的傳言同樣為數不少，相似之處多得令人困惑和惶恐。證人稱它渾身長毛，形如老鼠，但滿嘴尖牙和鬍鬚叢生的面孔卻邪惡地酷似人類，爪子也像極小的人手。它在老凱夏和魔鬼之間傳遞消息，糧食是女巫的鮮血——它像吸血鬼似的吸血為生。它會發出可憎的嗤嗤竊笑聲，會說各種各樣的語言。在吉爾曼那些光怪陸離的怪夢裡，最讓他感到驚恐和噁心的莫過於這個褻瀆神聖的混血小怪物了，它的形象在他的幻覺中飛掠，比清醒的意識從古老檔案和近期傳聞中推測出的模樣還要醜惡一千倍。

構成吉爾曼那些怪夢的主要是墜入充滿了無法解釋的多彩微光，和令人困惑的雜亂聲響的無底深淵。這些深淵的物質組分和重力特性以及它們與他自身本體的關係，他甚至都無從猜測。夢中他從不走路或攀爬、飛行或游泳、爬行或蠕動，但總感覺他在以部分自主、部分不自主的方式運動。他無法良好地判斷他自身的情況，因為每次望向手臂、腿部和軀幹，視線似乎總會被某些怪異的透視關係所擾亂，但他能感覺到他的肉體器官和生理機能發生了一些奇特的轉變和扭曲的投射——然而與正常的比例與性質之間依然不無某種怪誕的聯繫。

那些深淵絕非真空，其中擠滿了難以用語言形容的稜角物體，構成它們的是顏色異乎尋常的物質，一部分似乎是有機物，其他的似乎是無機物。一些有機物組成的物體往往會喚醒他意識深處的模糊記憶，然而他無法在意識裡形成概念，確定它們究竟在嘲諷地模仿或暗示什麼。在後來的夢境中，他逐漸辨別出了將那些有機體區分開來的不同種類，每個種類似乎都有截然不同的行為模式和基本運動方式。在這些種類中，他覺得有一類所包含的物體比其他種類的成員稍微不那麼不合邏輯和毫無意義一點。

所有物體，無論是有機物的還是無機物的，都完全超越了語言能夠描述的範圍，甚至不可能被他理解。吉爾曼有時候將無機物組成的物體比作稜柱、迷宮、簇生的立方體與平面和碩大無朋的建築物，而有機物組成的物體讓他想到成堆的氣泡、章魚、蜈蚣、有生命的印度神像和活過來像毒蛇一般蠕動的錯綜複雜的阿拉伯蔓藤花紋。他看見的所有東西都無法言喻地險惡和可怕。每次有某個有機物個體似乎注意到他，因而改變了動作方式，他就會感覺到一種駭人的極度恐懼，通常會因此驚醒過來。至於那些有機物個體是如何運動的，他說不出個所以然來，就像他難以說清他自己是如何運動的一樣。隨著時間的過去，他注意到了一個潛伏得比較深的謎團——某些個體時常會陡然從空無一物的空間裡冒出來，或者以同等突兀的方式徹底消失。呼嘯、咆哮的混亂噪音充斥深淵，他無論如何都不可能分析清楚它們的音調、音質和節奏；但噪音似乎與所有難以定義的物體——無論是有機物的還是無機物的——在視覺中出現的隱約變化有著同步關係，吉爾曼一直害怕噪音的強度會這一次或下一次難以理解、無休無止又無可避免的起伏中，提高到讓他無法忍受的地步。

但吉爾曼並不是在這些極度陌生的幻夢漩渦中見到布朗．詹金的。那個駭人的恐怖小怪物專門出現在更淺更清晰的夢境之中，這種怪夢會在他即將落入夢鄉最深處時對他發動襲擊。他躺在黑暗中努力保持清醒，百年老屋的房間裡悄然亮起微弱的搖曳輝光，陰險地占據了他大腦的傾斜平面的匯聚點冒出紫色迷霧。那個恐怖怪物似乎從牆角的老鼠洞裡鑽出來，踩著沉陷的寬幅木板地面，啪嗒啪嗒地跑向他，毛髮叢生的人類小臉上寫滿了邪惡的期待——還好上帝仁慈，這個噩夢總在怪物走近到足夠用鼻子摩挲他之前就會消散。它長著惡魔般的尖利犬牙。吉爾曼每天都企圖堵死老鼠洞，但無論他用什麼東西堵洞，隔板背後的真正房客每到夜裡都能啃開障礙。有一次請房東用鐵皮釘死了那個窟窿，但第二天夜裡，老鼠又啃出了一個新的洞口，並且或推或拽地把一小塊古怪的骨頭從這個洞口弄了出來。

吉爾曼沒有向醫生透露他發燒的情況，因為他知道若是醫生命令他去大學醫務室看病，他就絕對不可能透過考試了，現在的每分每秒都需要用來突擊複習。即便如此，微積分D和高等普通心理學這兩門課程他依然沒能過關，幸好在學期結束前還有一絲彌補失誤的希望。三月，新要素進入了他比較淺的前期夢境，布朗．詹金那噩夢般的形象往往伴隨著一個猶如星雲的模糊身影出現，而這個身影一天比一天更像一個彎腰駝背的老婦人。如此變化給他造成的不安超過了他能解釋的範疇，不過最後他認為這個身影很像他在廢棄碼頭附近彼此糾纏的黑暗小巷裡，遇到過兩次的一個醜陋老太婆。每一次相遇，老太婆邪惡、挖苦和似乎無緣無故的注視都讓他幾乎顫慄——尤其是第一次，恰好有一隻大得畸形的老鼠跑過旁邊一條小巷被陰影籠罩的入口，導致他荒謬地想到了布朗·詹金。此刻他心想，那些神經質的恐懼肯定反映在了我錯亂的夢境之中。

老屋造成的影響只能用不健康來形容，這是他無法否認的事實，然而早先那些病態興趣留下的心理痕跡使得他不肯離去。他認為夜復一夜的怪夢僅僅是發燒的結果，等他退燒就可以免於那些恐怖幻象的折磨了。然而，那些幻象卻可憎地栩栩如生和具有說服力，每次醒來，他都有一種模糊的感覺：他經歷的事情要比他記得的多得多。他駭人地確定在一些他不再記得的噩夢中，他和布朗·詹金以及老婦人都交談過，兩者慫恿他和他們去某個地方見能力更為強大的第三個生物。

臨近三月末，他在數學方面越來越得心應手，但其他科目一天比一天讓他煩惱。他能夠以幾近本能的技法解黎曼幾何的難題，對四次元空間和攔住了班上其他同學的各種艱深知識的理解震驚了厄普漢姆教授。一天下午，他們討論空間中有可能存在什麼樣的怪異曲面、宇宙中我們所在區域與其他區域之間是否存在理論上的較近點甚至接觸點，所謂其他區域指的是最遙遠的恆星和星系之間的無垠深淵，還有遙遠得異乎尋常、存在於愛因斯坦時空連續體之外、只在假說中能夠勉強設想的宇宙天體。吉爾曼對這個題目的掌握贏得了所有人的欽佩，但他的某些假說例證使得有關他神經質和孤僻性情的流言蜚語在原本就很多的基礎上更上一層樓。讓學生們尤其大搖其頭的是他嚴肅地聲稱一個人若是擁有了超越全人類認識的數學知識，就有可能在自主意識的決定下從地球走向任何一個天體，只要這個天體位於宇宙模型中無數個特定點位中的某一個就行。

如他所說，這種跨越只需要兩個階段：首先，經過一條通道離開我們所知的三次元領域，其次，經過一條通道在另一個點位返回三次元領域，這個點位有可能極度遙遠。完成這種跨越不需要像在許多其他情況下那樣地喪失生命。來自三次元空間任何一處的任何生命體應該都能在四次元空間繼續存活，是否能在第二階段繼續存活取決於它選擇在何處返回三次元空間。有些星球的居民也許能在另外一些星球上生存，即便後者屬於其他的銀河系或其他時空連續體內類似次元的相空間，但肯定也有為數眾多的星球不適合前者的居民生存，雖說從數學上說兩者是毗鄰的天體或來自鄰接的空域。

一個特定的次元空間內的居民同樣有可能活著進入許多未知和不可思議的更高甚至無窮次元的空間，無論後者位於特定的時空連續體以內還是以外，反之亦然。這些想法僅僅是推測而已，但大體而言可以確定，從任何一個特定次元遷移前往相鄰的更高次元而產生的那一類形變並不會損毀我們所知的生物完整性。吉爾曼無法明確解釋最後這個假設的理由，不過他在其他複雜問題上的明確足以彌補他在此處的不明確。他還論證了高等數學與魔法學知識某些特定方面的聯繫，這些知識從不可言喻的遠古——人類時代和人類出現前的時代——傳承至今，先人對宇宙及其法則的了解要遠遠超過我們，厄普漢姆教授尤其喜歡這部分的觀點。

四月初，吉爾曼非常苦惱，因為他的慢性熱症毫無消退之意。同樣讓他煩惱的還有夢遊，這幢屋子裡的另外幾位租客都說他有這個問題。他似乎經常不在床上睡覺，樓下的租客屢次在深更半夜聽見吉爾曼房間的地板吱嘎作響。那位先生還聲稱在夜裡聽見鞋跟踩出的腳步聲，但吉爾曼認為他肯定聽錯了，因為鞋和其他物品到早晨總是還在原處。住在這麼一幢病態的古老屋子裡，一個人有可能產生各種各樣的幻聽——比方說吉爾曼本人，哪怕是大白天，近來不是也很確定傾斜牆壁之外和傾斜天花板之上的黑暗虛空中時常傳來並非老鼠抓撓的怪聲嗎？他病態敏感的耳朵開始在早已封死多年的屋頂空間裡尋找微弱的腳步聲，有時候這種響動的幻覺真實得令人痛苦。

然而，他知道他確實成了夢遊症患者；別人曾兩次在半夜發現他的房間空無一人，但衣物都擺在原處。向他證實這件事的是法蘭克．艾爾伍德，他的這位同學家境貧寒，不得不住進這幢不受人歡迎的骯髒房屋。艾爾伍德經常在深夜學習，曾經上樓找吉爾曼請教微分方程的問題，卻發現吉爾曼不在房間裡。艾爾伍德的敲門沒能得到回應，他直接推開沒有上鎖的房門，這麼做確實有些冒昧，然而他非常需要幫助，覺得房間的主人不會介意被他輕輕推醒。但兩次他都發現吉爾曼不在房間裡，得知此事之後，吉爾曼思考過他光著腳、只穿睡衣有可能去什麼地方遊蕩。他決定，若是別人再發現他在夢遊，他就必須查明真相，他考慮要在走廊的地面上灑些麵粉，看一看腳印會通向何方。房門是唯一可能的出口，因為窄窗外不存在落腳之處。

隨著四月逐漸過去，吉爾曼被發燒磨尖的耳朵捕捉到了喬．馬澤爾維奇哀怨的祈禱聲，這位迷信的織布機修理工在底層有個房間。馬澤爾維奇曾前言不搭後語地講述過老凱夏的鬼魂和喜歡拱人的尖牙毛皮小動物的漫長故事，聲稱有些時候它們鬧騰得過於厲害，只有他的銀十字架能夠賜他安寧，十字架是聖斯坦尼斯拉斯教堂的伊萬尼奇神父為此特地給他的。此刻他祈禱是因為巫妖狂歡日越來越近了。五朔節前夕，也就是瓦爾普吉斯之夜，地獄裡最黑心的惡魔在人間漫遊，撒旦的所有奴僕聚集起來舉行無可名狀的儀式和祭典。這段時間對阿卡姆來說總是很難熬，儘管米斯卡托尼克大道、高路和薩爾頓斯托爾街的好市民會假裝一無所知。壞事總會發生——往往會有一、兩個孩子失蹤。喬了解這些事情，因為他的祖母在舊大陸聽她祖母講過這方面的往事。在這個季節，最明智的做法就是祈禱和數念珠。凱夏和布朗．詹金有三個月不曾靠近喬、保羅．考延斯基或任何人的房間了，它們這麼安靜可絕對不是好事。它們肯定在策劃什麼陰謀。

四月十六日，吉爾曼拜訪了一位醫生的診所，驚訝地發現體溫不像他擔心的那麼高。醫生仔細詢問他的情況，建議他去看神經科的專家。回想起來，他很高興他沒有去找更愛刨根問底的大學校醫。老瓦爾德隆先前就限制過他的活動，這次肯定會強迫他休息——但現在他不可能休息，因為他那些方程式離推導出了不起的結果只有一步之遙了。他非常確定已經接近已知宇宙和第四次元之間的邊界，誰敢說他不能走得更遠呢？

然而即便滿腦子都是這些念頭，他卻對這種怪異信心的來源有所懷疑。危險臨近的迫切感覺難道僅僅來自他日復一日寫滿紙張的方程式嗎？封死的屋頂空間裡那些輕柔、鬼祟、想像出來的腳步聲讓他提心吊膽。最近他還多了一種感覺，那就是有人堅持不懈地勸說他去做某些他不該做的可怕事情。夢遊症又怎麼解釋？深更半夜他去了哪兒？哪怕在大白天和完全清醒的狀態下，偶爾也會在喧鬧得令人發瘋的熟悉聲音之中悄然滲入他耳朵的隱約聲音又是怎麼一回事？除了一、兩種不能提及的巫妖狂歡聖歌的韻律，它的節拍在世間找不到對應之物，有時他擔憂它對應的是他夢境的陌生深淵中那些模糊的呼嘯或咆哮聲的某些特性。

另一方面，夢境本身也越來越凶暴了。在較淺的前期夢境中，邪惡的老婦人已經清晰得令人膽寒，吉爾曼知道在貧民窟驚嚇他的正是她。他不可能認錯她佝僂的脊背、畸長的鼻子和皺縮的下巴，她破爛的棕色衣物與他記憶中的毫無區別。她臉上的表情帶著可憎的惡毒和喜悅，他醒來時還記得有個沙啞的聲音曾勸誘和威脅他。他必須拜見黑暗之人，並和他們一起去終極混亂中心的阿撒托斯王座。這就是她的原話。他必須用自己的鮮血在阿撒托斯之書上簽字，他一個人已經在探究之路上走了那麼遠，現在他必須領取一個新的祕密名字了。他之所以不跟她、布朗．詹金和第三者前往毫無意義的尖細笛聲永遠鳴響的混沌王座，是因為他在《死靈之書》裡見過阿撒托斯這個名字，知道它代表著一個恐怖得無法用語言形容的遠古惡魔。

老婦人總是在向下斜面與向內斜面的交角附近的稀薄空氣中陡然出現。她顯形的位置比較靠近天花板而不是地面，每天夜裡在夢境變遷之前，她都會比前一晚更靠近他和更加清晰。布朗．詹金也一樣，每晚都比前一晚更靠近一點，泛黃的長牙在超自然的紫色磷光中閃爍駭人的寒光。它可憎的尖細竊笑越來越深地烙印在吉爾曼的腦海裡，早晨醒來他依然記得它唸出「阿撒托斯」和「奈亞拉托提普」時的發音。

更深的夢境中的所有事物同樣變得更加清晰，吉爾曼覺得包圍他的微光深淵就處於第四次元。那些動作顯得極為缺乏意義和規律的有機物個體很可能只是我們這顆星球上包括人類在內的生命體的投影。其他個體在各自的次元空間內是什麼樣子？他不敢思考這個問題。有兩個動作不那麼缺乏規律的物體——一個比較大，是彩虹色橢球形泡泡的聚集體，另一個小得多，是個陌生色彩的多面體，表面之間的角度總在快速變幻——似乎注意到了他。他在龐大的稜柱、迷宮、簇生的立方體與平面和類似建築物的物體之間改變位置時，這兩個物體會跟著他飄浮遊動。另一方面，模糊的呼嘯和咆哮聲在持續變響，就好像即將到達某種恐怖的頂點或他絕對不可能承受的強度。

四月十九至二十日夜間，怪夢有了新的發展。吉爾曼半不由自主地在微光深淵中移動，泡泡聚集體和小多面體跟著他飄浮，他注意到附近一些巨型稜柱集簇的邊緣構成了非常特別的規則夾角。下一個瞬間，他離開了深淵，顫抖著站在怪石嶙峋的山坡上，無所不在的強烈綠光籠罩著山坡。他光著腳，身穿睡袍，企圖行走，卻發現雙腳幾乎抬不起來。水氣的漩渦遮蓋了所有東西，他只能看見身旁的山坡地面，想到什麼樣的聲音有可能從水氣中噴湧而出，他不禁畏縮。

這時他看見兩個身影費力地爬向他——老婦人和毛皮小怪物。老太婆跪著勉強挺直身體，以奇異的方式抱起雙臂，布朗．詹金明顯非常艱難地抬起恐怖地酷似人類的前爪，指著某個方向。衝動不知從何而來，吉爾曼在它的驅策下拖著身體前進，老婦人雙臂的夾角和畸形小怪物的爪子所指的方向決定了他所走的路線，他才挪動三步就回到了微光深淵之中。幾何形狀在他周圍翻騰，他感覺眩暈和時間無比漫長。最後他終於在可怕老屋有著瘋狂夾角的頂層房間裡自己的床上醒來。

那天上午，他什麼都做不了，無法去上任何一門課。某種未知的吸引力將他的視線拉向一個似乎毫無意義的方向，他忍不住要盯著腳下一塊空蕩蕩的地方看。白晝向前推進，他茫然雙眼的焦點隨之改變，中午前後，他克服了盯著虛無看個不停的衝動。下午兩點左右，他出門去吃午飯，他穿行於城市的狹窄街巷之間，卻發現他一次又一次地轉向東南方。在經過教堂街的時候，他強迫自己走進了一家小餐館，吃過飯，他感覺那種無名的吸引力變得更加強烈。

看來他終究還是要去看神經科的專家了——這次的事情或許和他的夢遊症有關聯——但另一方面，他至少可以嘗試一下自行打破這病態的魔咒。毫無疑問，他依然能夠從吸引力要他去的方向轉開，因此他以極大的意志力背對吸引力而行，拖著身軀沿加里森街走向北方。走到米斯卡托尼克河上的大橋時，他渾身冷汗，抓住鑄欄干，望著河流上游那個聲名狼藉的小島，午後陽光陰鬱地勾勒出島上那些古老立石的規則輪廓。

這時他忽然一驚。因為他在荒蕪的小島上清清楚楚地看見了一個活動的身影，仔細再看，他發現它無疑就是那個怪異的老婦人，她險惡的面貌災難性地侵入了他的夢境。她身旁的高稈草也在擺動，就好像還有另一個活物在貼近地面的高度爬行。老婦人開始轉向他，他逃命似的跑下大橋，衝進河畔彷彿迷宮的街巷以尋求庇護。儘管小島離他很遠，但他感覺有某種他無法匹敵的恐怖邪惡從彎腰駝背、身穿棕色衣袍的年邁身影那彷彿魔鬼的視線中流淌了出來。

東南方向的吸引力依然如故，吉爾曼憑藉極大的毅力拖著自己走進老屋，爬上年久失修的樓梯。他一言不發、漫無目的地坐了幾個小時，眼睛一點一點轉向西方。下午6點，他被磨尖的耳朵隔著兩層樓捕捉到了喬．馬澤爾維奇哀怨的祈禱聲，他在絕望中抓起帽子，走上被落日染成金色的街道，讓已經毫不掩飾的吸引力帶著他朝南走向它要他去的地方。一小時後，黑夜在絞刑溪另一側的開闊地吞沒了他的身影，春季的星塵在前方閃爍明滅。步行的衝動漸漸變成躍入虛空的神祕衝動，忽然間他意識到了吸引力的源頭何在。

是天空。是群星中一個特定的點控制了他、在召喚他。這個點似乎位於長蛇座和南船座之間的某個位置，他知道自從黎明時分醒來後不久，吸引力就在催促他向它靠近。

上午它位於腳下，下午它在東南方升起，此刻它大約在正南方，但正在轉向西方。這個新發展有什麼意義？他發瘋了嗎？這種事會持續多久？他再次堅定了意志力，轉身拖著自己返回險惡的老屋。

馬澤爾維奇在門口等他，急於向他報告一些新出現的迷信傳言，但似乎又不怎麼情願。事情和女巫魔光有關。昨晚喬在外參加慶祝活動，那天是麻薩諸塞州的愛國者日，午夜之後他才回家。他在室外抬頭向上看，吉爾曼的窗戶剛開始一片漆黑，但隨即他見到裡面有一絲微弱的紫色亮光。他想提醒先生當心那亮光，因為阿卡姆的居民都知道那是凱夏的女巫魔光，總是伴隨著布朗·詹金和老太婆的鬼魂出現。他以前沒提過這件事，但現在他必須說清楚了，因為魔光意味著凱夏和她的長牙魔寵纏上了年輕的先生。有時候他、保羅·考延斯基和房東多姆布羅夫斯基，會覺得他們見到了那種魔光從年輕先生房間之上封死的屋頂空間的縫隙滲漏出來，但他們一致同意對此絕口不提。然而，先生最好還是換個房間居住，找伊萬尼奇神父這樣的好修士要個十字架。

聽著他絮絮叨叨說個不停，吉爾曼覺得被無可名狀的驚恐攥住了喉嚨。他知道喬昨夜回家時肯定喝得半醉，但他提到閣樓窗口出現紫光有著令人害怕的重要意義。在他墜入未知深淵前比較淺和清晰的夢境中，老婦人和毛皮小動物身邊總是圍繞著這種微妙的光霧，清醒的旁觀者也能見到他夢中的景象，這個念頭完全超出了健全神智的容忍範圍。然而那傢伙是從哪兒得到這麼一個古怪念頭的呢？難道他睡著了不但會在屋子裡遊蕩，還會說夢話？不，喬說，你沒有——但他必須深究此事。儘管他不願開口詢問，但也許法蘭克．艾爾伍德能給他一些答案。

發燒——狂野的怪夢——夢遊——幻聽——天空中某個位置的吸引力——現在又多了疑似精神失常的夢囈！他必須停止研究，向神經科專家求助，重新掌握自己的生活。他爬到二樓，在艾爾伍德的門口停下腳步，卻發現這位年輕同伴不在家。他不情願地走向自己的閣樓房間，在黑暗中坐下。他的視線依然被拉向西南方，但他同時發現自己豎起了耳朵，尋找從上面封死的屋頂空間傳來的聲音，他彷彿看見了邪惡的紫色光霧從低矮而傾斜的天花板上的一條細微縫隙中滲漏而出。

那天夜裡，吉爾曼入睡時，籠罩他的紫色魔光變得越加強烈，老巫婆和毛皮小動物來到了前所未有的近處，用非人類的吱吱叫聲和惡魔般的手勢嘲笑他。他很高興自己能墜入隱約咆哮的微光深淵，儘管彩虹色泡泡聚集體和萬花筒般的小多面體的追趕讓他既感到威脅又覺得惱怒。隨後情況陡變，他的上方和下方隱然出現了許多個彼此匯聚的巨大平面，它們由某種看似很光滑的物質構成——這個轉變結束於一閃而過的譫妄幻象和一道炫目而陌生的未知強光，黃色、洋紅色和靛青色在這道強光中瘋狂而不可救藥地混合在一起。

他半躺在一塊臺地上，臺地邊緣奇妙地築著欄干，底下是難以想像的怪異尖峰、平衡表面、圓頂、宣禮塔、橫向置於尖塔頂端的圓盤和不計其數、更加巨大的狂野物體構成的無垠森林，它們有些是石質的，有些是金屬的，多色的天空投下混雜而近乎酷烈的光芒，照得它們綻放耀眼的強光。向上望去，他看見了三個大得驚人的火焰圓盤，顏色各不相同，以不同高度懸掛在遙遠得不可思議的彎曲地平線上的低矮群山之上。他背後是一層又一層更高的臺地，堆積著延伸到他看不見的地方。底下的城市向四面八方鋪展到視野的盡頭，他希望不要有聲音從城市洶湧撲向他。

他輕而易舉地從地上爬起來，地上鋪著帶脈絡的拋光石塊，辨認其質地超出了他的能力範圍，地磚切割成角度怪異的形狀，他感覺它們並非不對稱，而是遵從著某種他無法理解的怪異的對稱法則。欄干齊胸高，精緻典雅，鍛造的技法堪稱絕妙，沿著欄干每隔一小段距離安放著一個小雕像，雕像的形狀光怪陸離，做工極為優美。它們和整個欄干一樣，質地似乎是某種閃閃發亮的金屬，原本的顏色在混雜的輝光之中無從猜測，用途就更是徹底超乎想像了。它們刻畫的是某種有脊的桶狀生物體，細長的水平肢體像輻條似的從中央圓環向外伸展，桶體的頭部和底部各垂直鼓出一個節瘤或鱗莖。每個節瘤都是五條平坦、細長、錐形收束的肢體的匯聚點，肢體圍繞節瘤排列，就像海星的觸手——近乎水平，但彎曲得稍微偏離中央桶體。底部節瘤的根部與欄干融接在一起，接觸點非常精細，有幾個小雕像已經折斷失蹤。小雕像高約4英吋半，尖刺般的肢體使得直徑約有2英吋半。

吉爾曼站起身，赤足踩在地磚上覺得很燙。他完全獨自一人，第一反應是走到欄干前，頭暈目眩地俯視底下足有兩千英呎開外、看不見盡頭的龐然巨城。他側耳細聽，覺得他聽見某種音域寬廣、節奏混亂、彷彿音樂的笛聲從底下狹窄的街道飄了上來，他希望他能親眼見到這座城市的居民。過了一段時間，眼前的景象讓他感到頭暈，要不是他本能地抓住了有金屬光澤的欄干，只怕會重重地跌倒在地。他的右手落在一個凸出的小雕像上，觸感使得他稍微鎮定了一點。然而他的體重超出了精緻的異域金屬工藝的承受範圍，帶刺的小雕像被他掰了下來。暈眩還沒有過去，他一隻手依然抓著雕像，另一隻手抓住了一段光滑的欄干。

然而此刻他過度敏感的耳朵捕捉到了背後的異常響動，他順著平坦的臺地向後望去。五個身影正在輕輕地接近他，但動作並不顯得鬼祟，其中兩個是險惡的老婦人和長牙的毛皮小動物。另外三個嚇得他魂不附體——因為它們是活生生的個體，高約8英呎，模樣與欄干上的那些帶刺小雕像如出一轍，它們用身體底部彷彿海星觸手的肢體像蜘蛛似蜿蜒爬行。

吉爾曼在床上驚醒，冷汗浸透了整個身體，面部、雙手和雙腳都有一種刺痛感。他跳到地上，發瘋般地匆忙洗漱更衣，就好像他必須以最快速度離開這幢房屋。他不知道他想去什麼地方，但感覺今天只能再次犧牲他的課業了。來自天空中長蛇座和南船座之間某個位置的怪異吸引力已經消退，但另一種更強大的力量取代了它的位置。此刻他感覺他必須向北走——無限遙遠的北方。他不敢走米斯卡托尼克河上能看見荒涼小島的那座橋，於是改走皮博迪大道過河。他屢次磕絆，因為他的眼睛和耳朵都被拴在了浩渺碧空中一個極高的地方。

大約一個小時過後，他稍微控制住了自己一些，發現他已經遠離了城區。他周圍全是綿延不斷的空曠鹽沼，前方狹窄的道路通往印斯茅斯——一個半荒棄的古老小鎮，阿卡姆人極為古怪地不願前往那裡。儘管向北的吸引力沒有減退，但他像抵抗以前那種吸引力一樣抵抗它，最終發現他幾乎能用這股吸引力平衡先前那股吸引力。他艱難地跋涉回城裡，在一家飲料店喝了杯咖啡，拖著自己走進公共圖書館，漫無目標地翻閱比較輕鬆的雜誌。其間他遇到幾個朋友，他們說他臉上有奇異的曬傷，但他沒有說出他步行去了那麼遠的地方。下午3點，他找了家餐廳吃午飯，注意到吸引力既沒有減退也沒有自行分化。吃過午飯，他在一家廉價電影院消磨時間，一遍又一遍觀看那些乏味的表演，卻沒有投射任何注意力。

晚上9點，他遊蕩著踏上回家的路，跌跌撞撞地走進古老的房屋。喬・馬澤爾維奇又在哀怨地說著他聽不懂的祈禱詞，吉爾曼快步上樓，鑽進他的閣樓房間，途中沒有停下來看艾爾伍德在不在家。他打開光線微弱的電燈，震驚就在此刻降臨。他立刻看見桌上有一件不屬於此處的東西，第二眼則打消了任何懷疑的可能性。這件東西側放在桌上，因為它本身無法立起來，正是他在怪誕夢境中從精緻的欄干上掰下來的那個帶刺的奇特小雕像。所有的細節都完全相同。有脊的桶狀身軀，細長的輻條狀肢體，上下兩端的節瘤，節瘤上伸展出的輕微向外彎曲的海星觸手狀平坦肢體——全都歷歷在目。電燈的光線下，它的顏色似乎是一種閃耀虹光的灰色，帶著綠色的脈絡，吉爾曼在驚恐和困惑中看見它一端的節瘤上有個參差不齊的斷口，與它在他夢中欄干上的連接點恰好能夠對應起來。

若不是他行將陷入茫然和暈眩，吉爾曼恐怕會大聲尖叫。夢境與現實的融合超出了他的承受範圍。頭暈目眩之際，他抓起帶刺的小雕像，踉踉蹌蹌地下樓，走向房東多姆布羅夫斯基的住處。迷信的織布機修理工的嗚咽祈禱還在散發霉味的走廊裡迴蕩，但吉爾曼此刻已經無暇顧及。房東在家，愉快地招待了他。不，他從沒見過這件東西，對此也一無所知。但他妻子說她中午打掃房間時在一張床鋪上發現了一個古怪的鐵皮東西，很可能就是它。多姆布羅夫斯基喊他妻子進來。對，就是這東西。她在年輕先生的床上找到的——靠近牆壁的那一側。她覺得這東西看上去非常古怪，但年輕先生的房間裡本來就有很多古怪東西——書籍、古董、照片和紙上的符號。她對它自然一無所知。

於是吉爾曼回到樓上，腦海裡亂成一鍋粥，他認為他要麼還在做夢，要麼夢遊症發展到了難以想像的極端境界，使得他劫掠了某些未知的場所。這個異乎尋常的東西究竟來自何方？他不記得他在阿卡姆的任何一個博物館裡見過它。但它肯定有個出處；他在夢遊時抓住它，導致他夢到了欄干臺地的怪異一幕。明天他必須非常謹慎地打聽一下——也許還要向神經科專家尋求幫助。

另一方面，他要搞清楚他的夢遊路徑。他找房東借了些麵粉，對其用途直言不諱，然後上樓把麵粉灑在閣樓的走廊上。路上他去了一趟艾爾伍德的門口，發現屋裡黑漆漆的。他回到自己的房間，將帶刺的小雕像放在桌上，他的精神和肉體都非常疲憊，連衣服都沒脫就躺下了。他覺得從傾斜天花板以上封死的屋頂空間，傳來了微弱的抓撓聲和肉墊行走的腳步聲，但他的思維已經混亂得懶得在乎了。北方的神祕吸引力再次變得異常強大，但此刻似乎來自天空中一個較低的地方。

老婦人和長牙的毛皮小動物再次走出夢中炫目的紫色光霧，今天比以往任何時候都要清晰。這次它們真的碰到了他，他感覺到老太婆的枯瘦手爪抓住了他。他被拖下床，拽進虛空，一瞬間聽見了有節奏的咆哮聲，看見模糊而無定形的微光深淵在他四周沸騰。但這個瞬間非常短暫，因為一轉眼他就待在了一個簡陋而沒有窗戶的狹小空間之中，粗糙的桁條和木板在剛過他頭部的高度搭成尖頂，腳下的地板奇異地傾斜著。許多個矮箱子平放在地板上支撐桁條和木板，裝滿箱子的是年代和解體程度各不相同的書籍。空間中央是桌子和長凳，兩者似乎都固定在那兒。箱子上擺著不明形狀和用途的各種小東西，吉爾曼覺得他在火焰般的紫色光霧中看見了另一個曾讓他困惑得可怕的帶刺小雕像。地板在左側突兀地斷開，留下一個三角形的黑色洞口，片刻單調的嘰嘎聲過後，長著黃色利齒和人類鬍鬚面龐的可憎的毛皮小動物從裡面爬了出來。

邪惡獰笑的老太婆依然抓著他，一個他從未見過的身影在桌子的另一側站了起來——一個高大瘦削的男人，皮膚是毫無生氣的那種黑色，但相貌沒有黑色人種的任何特徵。他沒有頭髮和鬍鬚，只披著一件厚實的黑色織物做成的醜陋長袍。桌子和長凳擋住了視線，所以吉爾曼看不見他的腳，但他肯定穿著鞋，因為每次他改變站姿，就會發出咔噠咔噠的聲音。男人沒有說話，稜角分明的瘦臉上沒有一絲表情，只是指著桌上一冊攤開的巨大書籍，老太婆把一枝特大號的灰色鵝毛筆塞進他的右手。強烈得令人發瘋的恐懼籠罩了一切，而巔峰則是毛皮小怪物攀著做夢者的衣服跑到肩頭，然後順著左臂跑下去，惡狠狠地一口咬在手腕緊靠袖口的地方。鮮血噴湧而出，吉爾曼昏了過去。

他醒來時已是二十二日，手腕劇痛難當，他看見已經變乾的鮮血將袖口染成了棕色。他的記憶非常混亂，未知空間和黑暗之人那一幕卻異常鮮明。他睡著後肯定被老鼠咬了，恐怖噩夢因此被推向高潮。他打開門，發現走廊地板上的麵粉幾乎沒有動過，只多了住在閣樓另一頭那位粗漢的巨大腳印。因此這次他沒有夢遊。然而他必須想辦法處理那些老鼠。他要找房東談一談這個問題。他再次嘗試堵住傾斜牆壁底部的窟窿，找了一根差不多尺寸的蠟燭架插進去。他的耳朵可怕地嗡嗡作響，夢中聽見的恐怖怪聲似乎還在久久迴蕩。

洗澡換衣服的時候，他努力回想他在紫光照亮的空間那一幕後還夢到了什麼，但意識中無法形成任何清晰的印象。那一幕本身肯定與被封死的屋頂空間有關聯，最近它在極為猛烈地攻擊他的想像力，然而後續的印象微弱而模糊。他隱約記得朦朧的微光深淵和在此之外更浩瀚和黑暗的深淵——任何形體都不存在固定狀態的深淵。總是跟著他的泡泡聚集體和小多面體帶著他來到那裡，但它們和他一樣，也在這更遙遠的終極黑暗的虛空化作了幾乎不可見的乳白色絲縷光霧。前方還有另一個存在物——一團更大的絲縷光霧，偶爾凝結成無可名狀的類似實體的東西——他覺得他們的路線並非直線，而是沿著某種無形漩渦中的怪異曲線或螺線前進，這個漩渦所遵循的法則不為任何可想像的宇宙的物理和數學所知。後來似乎還有許多不斷躍動的龐大陰影、半聲學的可怖搏動、不可見的笛子吹奏出的單調聲音——但也只有這些了。吉爾曼認為最後一個概念來自他在《死靈之書》中讀到的無智個體阿撒托斯，它在混沌中心被怪異之物包圍的黑色王座統治所有時間和空間。

洗掉血跡之後，他發現手腕上的傷口其實很小，吉爾曼看著被刺破的兩個小孔陷入沉思。他發現他身下的床單上並沒有血跡，考慮到他手腕和袖口的凝血數量，這一點非常奇怪。他莫非在房間裡夢遊走動，老鼠咬他的時候，他莫非坐在椅子上或待在某個不那麼合理的地方？他在房間裡的每個角落尋找棕色血滴或血漬，卻一無所獲。他心想，他不但該在門外灑麵粉，房間裡也必須灑——即使現在他已經不需要用證據來證明他的夢遊了。他知道他確實夢遊，現在要做的是中止這種行為。他必須向弗蘭克．艾爾伍德尋求幫助。今天上午，來自天空的奇異吸引力似乎有所減弱，但取而代之的是另一種更加難以解釋的感覺。那是一種模糊而頑固的衝動，他想飛離目前所在之處，但絲毫不知他希望能夠飛往哪個方向。他拿起桌上那怪異的帶刺雕像，覺得較早出現的向北吸引力變得稍微強烈了一點，然而即便如此，新出現的那種更加令人困惑的衝動依然完全占據了上風。

他拿著帶刺雕像走向樓下艾爾伍德的房間，織布機修理工的哀怨祈禱聲順著樓梯井從底層傳來，他硬起心腸不去理會。謝天謝地，艾爾伍德在家，似乎正在踱來踱去。在出門吃早飯和去大學之前還有一小段時間可供交談，因此吉爾曼以最快速度講出了他最近的夢境和恐懼。房間的主人非常同情他，也認為必須採取一定的措施。客人憔悴而枯槁的面容讓他大吃一驚，他旋即注意到了過去一週內其他人已經眾說紛紜的怪異灼傷。然而他能說得準的事情畢竟有限。他沒見過夢遊外出時的吉爾曼，也不清楚那個怪異雕像有可能是什麼。但某天晚上他聽見住在吉爾曼樓下的法裔加拿大人和馬澤爾維奇聊天，他們彼此感嘆他們是多麼擔憂即將到來的瓦爾普吉斯之夜，再過幾天就是這個可怕的日子了。兩人都對厄運臨頭的年輕先生表示惋惜和同情。戴爾歐謝，也就是住在吉爾曼樓下的那個人，他說他在夜裡聽見過腳步聲，有時穿鞋，有時不穿鞋，某天晚上他滿懷恐懼地爬上樓，打算從鎖眼偷窺吉爾曼的房間，結果見到了紫色的光霧。他對馬澤爾維奇說，他瞥見光霧從房門四周的縫隙洩漏出來，因此喪失了看鎖眼的勇氣。他還聽見了輕而又輕的交談聲——講到這裡，他壓低聲音，艾爾伍德沒聽清他到底說了什麼。

艾爾伍德無法想像這些迷信的低等人在傳播什麼樣的謠言，但他猜測激起他們想像力的一方面是吉爾曼的深夜夢遊和說夢話，另一方面則是傳統上備受恐懼的五朔節前夜的臨近。吉爾曼說夢話是顯而易見的事實，戴爾歐謝從鎖眼裡偷聽到的內容使得他產生了紫色光霧擴散的虛妄念頭。這些人心思單純，聽說不尋常的事情，很容易就會想像他們也親眼見過。至於行動計畫——吉爾曼最好搬進艾爾伍德的房間，盡量避免一個人睡覺。若是他說夢話或在睡夢中起身，艾爾伍德只要醒著就可以立即制止他。他還必須盡快去看神經科的專家。在此期間，他們要把帶刺雕像拿給各個博物館和某幾位教授看，聲稱這是他們在公共垃圾箱裡發現的，希望能夠鑑別一下它究竟是什麼。還有，他們必須敦促多姆布羅夫斯基毒死牆板裡的老鼠。

艾爾伍德的陪伴給了吉爾曼勇氣，當天他出現在課堂上。奇異的衝動依然在牽引他，但他能夠在一定程度上成功地忽視它們了。課間休息的時候，他向幾位教授展示那尊怪異的雕像，他們全都表現出濃烈的興趣，但對於它的本質和起源，誰也說不出個所以然來。那天晚上，艾爾伍德請房東搬了一張沙發到他的二樓房間，吉爾曼在沙發上睡覺，幾週來的第一次，令人不安的怪夢完全沒有打擾他。然而發燒依然如故，織布機修理工的哀怨祈禱聲使得他精神緊張。

接下來的幾天，吉爾曼幾乎完全遠離了那些病態現象的滋擾。艾爾伍德說。他在睡夢中沒有說夢話和起身的徵兆；與此同時，房東把老鼠藥灑遍了整幢房屋。唯一令人不安的因素是在迷信的外國移民之間傳播的流言，他們的想像力受到了極大地激發。馬澤爾維奇總想說服吉爾曼去弄一枚十字架來，最後乾脆塞給他一枚，聲稱它經過好神父伊萬尼奇的祝福。戴爾歐謝也有話想說——事實上，他堅稱他頂上已經空置的房間在吉爾曼搬出後的第一和第二個夜裡曾經響起小心翼翼的腳步聲。保羅．考延斯基認為夜間他聽見走廊和樓梯上傳來過異響，聲稱有人輕輕地嘗試開他的房門，而多姆布羅夫斯基夫人發誓說她從去年萬聖節以來第一次見到了布朗．詹金。然而這些幼稚的故事無法說明任何問題，吉爾曼漫不經心地把廉價金屬數位鏈掛在了房間主人衣櫃的抽屜把手上。

接下來的三天，吉爾曼和艾爾伍德跑遍當地所有的博物館，想鑑別一下那尊怪異的帶刺雕像究竟是什麼，可惜每一次都失望而歸。然而，無論他們去哪兒，雕像總能引來強烈的興趣；因為這東西太異乎尋常了，對科學家的好奇心構成了無比巨大的挑戰。他們折斷了一根輻條狀的肢體進行化學分析，其結果到現在依然是學院圈子裡的討論話題。艾勒里教授在這奇特的合金裡發現了鉑、鐵和碲，但另外還有至少三種用化學手段完全無法鑑別的高原子量元素。它們不但不符合所有已知元素的特性，甚至無法嵌入元素週期表給有可能存在的元素保留的空位。謎題直到今天依然未被解開，那尊雕像陳列在米斯卡托尼克大學博物館裡。

四月二十七日清晨，吉爾曼做客的房間出現了一個新老鼠洞，多姆布羅夫斯基當天就用鐵皮封死了洞口。老鼠藥收效甚微，因為牆板裡的抓撓聲和奔跑聲毫無減退之意。那天夜裡艾爾伍德回來得很晚，吉爾曼坐在那兒等他。他不想一個人在房間裡入睡，尤其是他覺得他在暮靄中見到了那個可憎的老婦人，其形象恐怖地轉移進了他以往的夢境之中。她身旁一個骯髒庭院的入口處有一堆垃圾，他琢磨著她究竟是誰，又是什麼在垃圾堆裡弄得罐頭盒叮噹作響。老妖婆似乎注意到了他，朝他露出邪惡的獰笑——不過後者也許僅僅是他的想像而已。

第二天，兩個年輕人都覺得非常疲憊，知道今晚他們會睡得活像兩塊木頭。傍晚時分，他們睡意朦朧地討論徹底占據了吉爾曼心神，甚至有可能對他造成傷害的數學問題，推測古代魔法與似乎陰森地確有其事的民間傳說之間的關聯。他們談到老凱夏・梅森，艾爾伍德同意吉爾曼的推測有著堅實的科學依據，也就是她很可能在偶然間發現了某些怪異而重要的知識。這些女巫所屬的神祕異教往往守護並傳承著來自早已被遺忘的遠古時代的驚人祕密。凱夏確實掌握了穿越次元之門的技藝也並非絕對不可能的事情。傳說總是強調物質障礙無法阻隔女巫的行動，誰能說清騎掃帚飛越夜空的古老故事背後究竟隱藏著什麼真相呢？

一名現代學生能否僅僅透過研究數學就獲得類似的力量，這個猜想還有待證實。吉爾曼又說，成功或許會導致難以想像的危險局面，因為誰能準確預測一個相鄰但通常無法接觸的次元的所有情況呢？然而另一方面，奇異的可能性也多得數不勝數。時間在特定的空間地帶中根本不存在，進入並在這種地帶停留，你或許能夠長生不老和永葆青春；新陳代謝和衰敗老化將再也不是問題，它們只會在你重新探訪原本或類似位面時才會少量發生。舉例來說，一個人或許能夠進入一個不存在時間的次元，在地球歷史的另一個遙遠時代現身，卻和從前一樣年輕。

是否有人真的做到這些，你恐怕無法以任何可信度進行猜測。古老的傳說含糊而模稜兩可，歷史上所有企圖跨越禁忌天塹的努力似乎都在外來個體或信使的怪異而可怖的盟約影響下變得混亂難解。隱祕的恐怖力量有個古老得無法想像的代理人或信使——女巫異教稱之為「黑暗之人」，《死靈之書》稱之為「奈亞拉托提普」。另外還有一些次等的信使或媒介——準動物或怪異的混血種，傳說故事將其描述為女巫的魔寵。吉爾曼和艾爾伍德疲憊得無法繼續討論了，正準備休息時聽見喬．馬澤爾維奇醉醺醺地回來，他哀怨的祈禱聲中飽含近乎瘋狂的絕望，使得兩人不寒而慄。

那天夜裡，吉爾曼再次見到了紫色光霧。在夢中，他聽見牆板裡傳來抓撓聲和啃咬聲，還覺得有人在笨拙地摸索門鎖。隨後他看見老婦人和毛皮小怪物踩著地毯走向他。老太婆的面孔洋溢著非人類的狂喜，黃牙的病態小魔鬼嘲弄地竊笑，指指點點房間對面在另一張沙發上沉睡的艾爾伍德。恐懼讓吉爾曼動彈不得，扼殺了他叫喊的全部企圖。和上次一樣，可憎的老太婆抓住吉爾曼的肩膀，把他拽下床，拖進虛空之中。呼嘯的無窮微光深淵再次在他身旁掠過，然而再一瞬間，他似乎身處於一條黑暗、泥濘、散發惡臭的未知小巷之中，左右兩邊都聳立著古老房屋的腐朽牆壁。

穿長袍的黑色男人站在他前方，吉爾曼在另一個夢裡的尖頂空間中見過他；老婦人站在更近一些的地方，滿臉傲慢的獰笑，招呼他跟他們走。布朗・詹金繞著黑色男人深陷爛泥之中的腳踝，以懷著愛意的嬉戲之姿蹭來蹭去。右側有一個敞開的黑暗門洞，黑色男人無聲無息地指著那裡。獰笑的老太婆走向門洞，揪著吉爾曼的睡衣袖子拖著他。散發邪惡氣味的樓梯不祥地吱嘎作響，踏上樓梯的老婦人似乎輻射出微弱的紫色光氛，臺階盡頭的樓梯平臺上有一扇門。老太婆摸索了一會兒門閂，最後推開門，示意吉爾曼在外面等著，自己消失在了門裡的黑暗之中。

年輕人過度敏感的耳朵捕捉到了從被扼住的喉嚨裡發出來的駭人叫聲，老婦人拎著一個毫無知覺的小生物走出房間，把那東西塞到夢中人懷裡，像是在命令他抱著它。見到這個小生物和它臉上的表情，夢魘的魔咒頓時被打破了。他依然暈眩得無力喊叫，只能不顧一切地跑下散發有毒氣息的樓梯，衝進外面泥濘的小巷，但他沒有跑遠，因為等在那裡的黑色男人抓住他，掐住了他的脖子。意識消失的瞬間，他聽見長牙似鼠的畸形怪物發出微弱尖細的竊笑聲。

二十九日清晨，吉爾曼在彷彿大漩渦的恐懼中醒來。睜開眼睛的那一刻，他就知道他遇到了可怕的大麻煩，因為他回到了有著傾斜牆壁和天花板的閣樓房間裡，攤手攤腳地躺在沒整理過的床鋪上。他的喉嚨難以解釋地劇痛，他掙扎著坐起來，越加驚恐地看見雙腳和睡衣下擺裹著棕色的爛泥。他的記憶剛開始還朦朧得令人絕望，但他知道他至少又夢遊了。艾爾伍德睡得太死，沒有聽見響動和阻止他。地板上有亂糟糟的泥腳印，但奇怪的是它們沒有一直延伸到門口。吉爾曼越是打量腳印，就越是覺得它們有問題。除了他能辨認出屬於自己的腳印之外，還有一些比較小、近乎圓形的印痕——就像一把大椅子或一張桌子的支撐腿會留下的那種印痕，但它們大多數都幾乎分成兩半。還有一些老鼠留下的泥爪印，從一個新老鼠洞開始，最後又回到洞口。吉爾曼陷入徹底的困惑和對自己精神狀態的擔憂，他踉踉蹌蹌地走到門口，發現外面沒有任何泥腳印。他越是回憶那個駭人的噩夢，他就越是感到驚恐，聽見喬·馬澤爾維奇在兩層樓下哀怨地祈禱，他的絕望又加深了幾分。

他下樓回到艾爾伍德的房間，叫醒還在酣睡的主人，講述他醒來時發現自己身處何方，但艾爾伍德對真正發生的事情提不出任何猜想。吉爾曼有可能去了哪兒，他如何能回到自己房間卻又不在走廊裡留下任何痕跡，酷似家具腿的泥印為何會在閣樓房間裡與他的腳印混在一起，這些問題的答案徹底超出了想像範圍。還有吉爾曼喉嚨上的青紫色手印，就好像他嘗試過掐住自己的喉嚨。吉爾曼把雙手放在手印上，卻發現兩者完全對不上。就在他們交談的時候，戴爾歐謝敲門進來，說他在最黑暗的深夜時分聽見樓上響起了可怕的咔噠咔噠怪聲。不，午夜之後沒有人上過樓梯，但午夜之前他聽見閣樓上傳來過微弱的腳步聲，還有他尤其厭惡的小心翼翼下樓的聲音。他還說，最近是阿卡姆一年裡最不好的一段時間。年輕先生最好隨身佩戴喬·馬澤爾維奇給他的十字架。連白天也不安全，因為黎明後屋裡有過一些怪異的聲音——特別是剛響起就被掐斷的彷彿孩童哭號的尖細叫聲。

那天上午，吉爾曼機械地坐在教室裡，但完全無法把精神集中在學習上。駭人的憂懼和大難臨頭的情緒占據了他的心神，他彷彿在等待足以湮滅自我的打擊重重地落下。中午，他在大學餐廳吃飯，等甜點時隨手拿起隔壁桌子上的報紙。但他根本沒有吃甜點，因為報紙上的一則消息讓他瞪大雙眼癱軟下去，只剩下了付帳和踉蹌返回艾爾伍德房間的力氣。

奧恩弄昨晚發生了一起怪異的綁架案，一位名叫安娜斯塔西婭・沃列傑科的蠢笨洗衣女工的兩歲孩子忽然消失得無影無蹤。根據調查，母親對此事的擔憂似乎已有一段時間；但她給擔憂安排的理由卻過於怪誕，沒有人願意認真看待。她聲稱自三月初起就時常在住處附近看見布朗・詹金，它的怪相和竊笑讓她知道女巫盯上了小拉迪斯拉什，孩子將在瓦爾普吉斯之夜淪為可怖的巫妖狂歡祭品。她請鄰居瑪麗・贊內克來家裡睡和保護孩子，但瑪麗不敢。她沒法去找警察，因為警察絕對不會相信這種事。從她記事以來，每年都有孩子被這麼搶走。她的男朋友彼得・斯托瓦奇也不肯幫忙，因為他就希望那孩子別留在眼前礙事。

讓吉爾曼渾身冒出冷汗的是兩名縱酒狂歡者的報告，午夜剛過的時候，他們恰好經過奧恩弄的巷口。他們承認自己喝醉了，但都發誓稱見到三個衣著怪異的人鬼鬼祟祟地走進那條黑洞洞的弄堂。他們說三個人是一個穿長袍的高大黑人、一個衣著襤褸的小個子老婦人和一個穿睡衣的年輕白人。老婦人拖著年輕人走，還有一隻被馴服的老鼠在棕色爛泥裡穿梭，挨挨蹭蹭黑人的腿腳。

吉爾曼整個下午都恍惚地坐在房間裡，艾爾伍德回家時看見他依然如此，艾爾伍德同樣看見了新聞報導，從中得出了可怕的猜想。這次兩人都毫無疑問地認為有某種駭人的龐然恐怖正在逼近。噩夢的幻象和客觀世界的真實之間，正在形成某種怪誕而難以想像的聯繫，只有以最大限度保持警醒才能避免事態變得更加糟糕。吉爾曼必須盡快去看神經科專家，但不是現在，因為報紙上全是綁架事件的消息。

事實上究竟發生了什麼？這是個令人發瘋的謎團，吉爾曼和艾爾伍德一時間只能壓低聲音，彼此訴說最稀奇古怪的狂野猜想。難道吉爾曼對空間及其次元的研究在他不知道的情況下無意識地取得了進展？那些夢見惡魔異域的夜晚，他會不會真的離開了房間，假如是真的，那麼他去了什麼地方？咆哮的微光深淵，綠色山坡，酷熱的臺地，來自星空的吸引力，終極的黑色漩渦，黑暗之人，泥濘的小巷和樓梯，年邁的女巫和恐怖的長牙毛皮小動物，泡泡聚集體和小多面體，怪異的灼傷，手腕的傷口，無法解釋的小雕像，踩過爛泥的雙腳，頸部的掐痕，迷信的外國人的傳說故事和恐懼——這些都代表著什麼？理性的法則在如此怪事上能應用到何等程度？

當晚兩人一夜無眠，但第二天都蹺課打瞌睡了。那天是四月三十日，隨著暮色降臨，所有外國人和迷信老人所恐懼的巫妖狂歡日即將到來。6點鐘，馬澤爾維奇回到家，說紡織廠工人之間有傳聞稱今年瓦爾普吉斯之夜的狂歡會在牧場山另一側的黑暗溪谷中舉行，那裡有一塊怪異地寸草不生的區域，聳立著古老的白色巨石。有些工人甚至建議警察去那裡尋找沃列傑科家失蹤的孩子，但並不認為警察會真的照他們說的做。喬堅持要可憐的年輕先生戴上鎳合金項鍊串起的十字架，為了讓他高興，吉爾曼套上項鍊，把十字架塞進襯衫裡。

深夜時分，兩位年輕人坐在椅子上昏昏欲睡，樓下織布機修理工有節奏的祈禱聲哄著他們墜入夢鄉。吉爾曼邊聽邊打瞌睡，他被磨礪得異乎尋常的聽覺似乎在古老房屋的各種聲響中尋找某種令人恐懼的喃喃低語。《死靈之書》和《黑暗之書》裡的陰森內容湧上心頭，他發覺自己在跟隨一些駭人得無法形容的節奏搖擺，這些節奏據說與巫妖狂歡日最黑暗的儀式有關，其起源超出了我們所理解的時間和空間。

很快，他意識到了他在聽什麼——遙遠的黑暗山谷中儀式上地獄般的吟唱。他為何會如此了解那些人在期待什麼？他怎麼會知道納哈布以及助手何時該在獻祭黑公雞和黑山羊後奉上那只滿溢的碗？他看見艾爾伍德已經睡熟了，他企圖喚醒朋友。但某些東西堵住了他的喉嚨。他不再是自己身體的主人了。難道他終究還是在黑暗之人的書本上簽署了自己的名字？

這時他狂熱的超常聽覺捕捉到了風帶來的遙遠音符。它們與他之間隔著數英哩的山巒、田野和街巷，但他依然輕而易舉地辨認出了它們。篝火肯定已經點燃，人們肯定已經開始跳舞。他該如何克制住自己想去參加的欲望？究竟是什麼惡魔在苦苦糾纏他？數學、民間故事、這幢屋子、老凱夏、布朗．詹金……此刻他看見靠近沙發的牆根上有個新出現的老鼠洞。在遙遠的吟唱和近處喬．馬澤爾維奇的祈禱之外，他又聽見了另一種聲音——牆板裡鬼祟但堅定的抓撓聲。他希望電燈不會熄滅。然後他在老鼠洞裡看見了那張長牙的鬍鬚小臉——那張該詛咒的小臉，他終於意識到它令人震驚、嘲諷神聖地酷似老凱夏的面容——他聽見門上響起了微弱的撥弄聲。

尖嘯的微光深淵在他眼前閃過，他感覺自己無可奈何地落入了彩虹色泡泡聚集體那無定形的魔爪。萬花筒變幻的小多面體在前方飛馳；虛空翻滾沸騰，模糊的音調模式充斥其中，變得越來越響、越來越快，似乎預示著語言無法表達、感官難以承受的某種高潮。他似乎知道即將到來的是什麼——瓦爾普吉斯之曲的恐怖爆發，一切最原始最終極的時空攪動凝聚在它浩瀚如宇宙的音色之中，那些攪動潛藏於物質匯集的天球背後，偶爾以有規律的殘響隱約穿透每一個實在層次突破而出，在所有世界為某些備受恐懼的時期賦予可憎的含義。

然而這些全都在瞬息之內消失了。他再次置身於那個紫光籠罩、逼仄狹窄的尖頂空間之內，腳下是傾斜的地板，身旁是放滿古籍的低矮書架、桌子和長凳、怪異的物品和處於一側的三角形洞口。桌上躺著一個小小的白色身影——一個小男孩，沒穿衣服，失去意識——可怖的老婦人站在桌子對面睨視著他，右手拿著一把寒光閃爍、刀柄怪誕的利刃，左手拿著一個比例奇特的慘白色金屬碗，碗身遍覆怪異的雕鏤花紋，側面裝有精緻的把手。她用沙啞的聲音吟誦某些儀式頌詞，吉爾曼聽不懂她使用的語言，但感覺它令人警惕地像是引自《死靈之書》。

眼前的景象變得越來越清晰，他看見老婦人彎下腰，隔著桌子將空碗遞給他——他無法控制自己的動作，向前伸出雙手接過空碗，發覺這東西相對而言並不重。與此同時，布朗·詹金那令人厭惡的身影爬上了他左手邊三角形黑色深洞的邊緣。老婦人示意他以一個特定的姿勢端著空碗，她盡其右臂所能在小小的白色祭品之上舉起怪誕的利刃。長牙的毛皮小怪物竊笑著持續不斷地唸誦不可知的祭文，女巫用沙啞的聲音可憎地與之應和。吉爾曼感覺到令人痛苦的劇烈厭惡感忽然刺穿了麻木的精神和情緒，金屬空碗在他手裡顫抖起來。片刻之後，匕首落下的動作徹底打破了魔咒，他扔下碗，在如鈴聲般共鳴的叮噹聲響中瘋狂地伸出雙手，企圖阻止這一幕恐怖的慘劇。

一瞬間之後，他已經順著傾斜的地板繞過桌子的一頭，從老婦人的手爪裡奪下匕首；匕首叮叮噹噹地滾過三角形深洞的邊緣。然而再一瞬間，事態陡然逆轉；那雙嗜血的手爪緊緊掐住了他的喉嚨，喪失理性的狂怒扭曲了遍布皺紋的蒼老面容。他感覺到廉價十字架的鍊子嵌進了頸部的皮膚，危急關頭他心想，不知道見到這東西會對這個邪惡的生物造成何種影響。老婦人的力量完全超過了人類，就在她繼續收緊手爪的時候，吉爾曼無力地從襯衫裡拉出那枚金屬護身符，一把扯斷鍊子，將它舉到半空中。

見到十字架，女巫似乎陷入驚恐，一時間鬆開了雙手，吉爾曼抓住機會，完全掙脫她的束縛。他把彷彿精鋼的手爪從脖子上扳開，在手爪重新獲得力量、再次收緊前，拖著老婦人走到三角形深洞邊緣。這次他決心要以牙還牙，向老婦人的喉嚨伸出雙手。她還沒來得及看清他在幹什麼，吉爾曼就已經把十字架的鍊子繞在了她的脖子上，然後勒緊鍊子，足以切斷她的呼吸。在她垂死掙扎的過程中，吉爾曼覺得有什麼東西咬住他的腳踝，低頭一看，發現布朗．詹金來幫助它的主人了。他使出蠻力，一腳把這個病態怪物踢得飛過了深洞邊緣，聽見它在底下很遙遠的地方嗚咽哀叫。

他不知道自己有沒有殺死那個老巫婆，只是任憑她跌倒在地躺在那兒。他轉過身，在桌上見到的景象抹殺了他的最後一絲理性。肌肉發達的布朗．詹金有四隻惡魔般敏捷的小手，在女巫忙著想掐死吉爾曼的時候並沒有冷眼旁觀，吉爾曼的所有努力都變得徒勞無功。他成功地阻止匕首插進祭品的胸口，褻瀆神聖的毛皮怪物的黃牙卻對手腕做了相同的事情——先前掉在地上的空碗擺在失去生命的小小軀體旁邊，已經盛滿了鮮血。

吉爾曼在譫妄夢境中聽見了從無盡遙遠之處傳來，像是來自地獄、節奏怪異的狂歡日吟唱，他知道黑暗之人肯定就在那裡。混亂的記憶與數學知識混合在一起，他相信潛意識一定知道該撐開何種角度才能引導他返回正常世界——這將是他第一次在無人協助的情況下單獨這麼做。他確定他就在自己住處之上被封死了許多年的屋頂空間內，然而無論想透過傾斜的地板還是經由早被堵住的活門逃離此處，恐怕都極為困難。另外，逃出夢境中的屋頂空間會不會只是讓他回到夢境中的屋子裡，而那僅僅是他想去的地方的一個異常投影？他這些經歷中夢境與現實的錯綜關係已經完全讓他不知所措。

穿過朦朧深淵的通道會非常可怕，因為瓦爾普吉斯之曲正在那裡震盪，他還不得不直接面對他從靈魂深處畏懼、迄今為止始終不為人知的宇宙脈動。即便是此時此刻，他也能覺察到一種怪誕的低頻震顫，他對其中的節拍熟悉得不能更熟悉了。每逢巫妖狂歡日，它就會達到高潮，擴散到所有的世界，召喚信徒，開啟無可名狀的祭拜儀式。巫妖狂歡日的吟唱中有一半是在模仿這僅能微弱聽到的搏動節奏，凡人的耳朵絕不可能毫無阻隔地直面它的完整形態。吉爾曼同樣不知道他能否相信自己的本能可以帶他返回正確的空間區域。他怎麼能確定自己不會去往某個遙遠星球上綠光籠罩的山坡、銀河系以外俯瞰觸手魔怪的城市的棋盤格臺地、無智的惡魔君王阿撒托斯統治的混沌那徹底虛無的黑色漩渦？

就在他跳進通道前的那個瞬間，紫色光霧忽然熄滅，完全的黑暗吞沒了他。女巫——老凱夏——納哈布——這個變化意味著她肯定死了。巫妖狂歡日遙遠的吟唱聲和布朗．詹金在深洞底下的嗚咽聲混雜在一起，但他覺得他又聽見了另一種更瘋狂的哀怨叫聲從不知名的深淵裡傳來。喬．馬澤爾維奇——抵禦爬行混沌的禱告變成了無法解釋的欣喜尖叫——嘲諷的現實世界與虛幻的夢境世界碰撞在了一起——

咿呀！莎布—尼古拉斯！孕育千萬子孫之黑山羊……

離天亮還很遙遠的時刻，有著怪異夾角的閣樓房間裡響起一聲恐怖的尖叫，戴爾歐謝、考延斯基、多姆布羅夫斯基和馬澤爾維奇立刻衝上樓，坐在椅子裡熟睡的艾爾伍德也醒了，他們打開房門，發現吉爾曼躺在地上。他活著，睜著眼睛瞪視前方，但似乎沒有多少意識。他的喉嚨上有企圖掐死他的爪痕，左腳踝上有非常淒慘的老鼠咬痕。他衣衫凌亂，喬給他的十字架不見蹤影。艾爾伍德不禁顫抖，他甚至不敢猜想他這位朋友的夢遊症演變出了什麼新形式。馬澤爾維奇似乎精神恍惚，因為他聲稱他的祈禱得到了一個所謂的「徵兆」回應，聽見傾斜牆板裡傳來老鼠的吱吱叫聲和哀怨呻吟，他瘋狂地在胸前畫十字。

他們把做夢者搬進艾爾伍德的房間，放在沙發上，叫來馬爾科夫斯基醫生——他在當地執業，不會造成有可能導致尷尬的任何傳言——他為吉爾曼打了兩針，幫助他放鬆下來，進入類似自然睡眠的休息狀態。天亮之後，患者數次恢復意識，斷斷續續地向艾爾伍德講述他最新的夢境。這是個令人痛苦的過程，剛開始就引出了一個令人不安的新事實。

吉爾曼的耳朵最近產生了異乎尋常的敏感性，此刻卻聾得像塊石頭。艾爾伍德連忙再次叫來馬爾科夫斯基醫生，醫生說吉爾曼的兩側耳膜都撕裂了，像是遭遇了超越人類的全部概念和承受力的巨大噪音的衝擊。如此響亮的聲音在過去這幾個小時裡震聾了他，卻沒有吵醒米斯卡托尼克山谷的任何一位居民，我們誠實的好醫生無法解釋這其中的原因。

艾爾伍德把交談中他的話語寫在紙上，兩人之間恢復了頗為順暢的交流。他們誰也不知道該如何看待這一整件混亂的事情，決定還是不要多做思考比較好。但兩人都贊成他們必須盡快安排離開這幢被詛咒的古老房屋。晚間的報紙稱警方在黎明前夕突襲了牧場山另一側溪谷中的怪異狂歡人群，並提及那裡有一塊白色巨石，多年以來圍繞其有許多迷信傳聞。無人被捕，但有人在一哄而散的逃跑者中瞥見了一名高大的黑人。另一篇專欄文章稱失蹤的小拉迪斯拉什．沃列傑科依然未曾找到任何蹤跡。

恐怖在當晚達到了頂點。艾爾伍德永遠也不會忘記這件事，它造成的精神崩潰導致他在這個學期剩下的時間裡只能休學靜養。那天晚上他一直覺得牆板內部有老鼠活動的聲音，但沒怎麼留意。他和吉爾曼睡下很久以後，房間裡響起了極為駭人的叫聲。艾爾伍德跳起來，打開燈，跑向客人睡覺的沙發。沙發上的人正在發出人類絕不可能發出的慘嚎，像是遭受了無法用語言形容的可怕折磨。他在被單下蠕動，一大塊紅色溼斑在毯子上逐漸擴散。

艾爾伍德幾乎不敢碰他，但慘叫聲和蠕動都慢慢平息了下來。這時多姆布羅夫斯基、考延斯基、戴爾歐謝、馬澤爾維奇和頂層的另一名住客都衝進了他的房間，房東派妻子回去打電話叫馬爾科夫斯基醫生。所有人都尖叫起來，因為一個彷彿大老鼠的身影突然從浸透鮮血的被單底下跳出來，順著地板跑向不遠處剛挖穿的老鼠洞。醫生趕到，掀開那塊可怕的被單，發現沃爾特·吉爾曼已經死了。

至於是什麼殺死了吉爾曼，僅僅暗示一下就足夠殘忍了。他的身體內部出現了一條真正的隧道，某種東西吃掉了他的心臟。多姆布羅夫斯基因為他毒殺老鼠的努力終告失敗而懊悔得發瘋，拋開他對房租的所有顧慮，在一週內就帶著全部租客，搬進了胡桃街一幢破敗但沒那麼古老的房屋。在很長的一段時間內，最難做到的事情就是讓喬·馬澤爾維奇保持安靜，因為這位陰鬱的織布機修理工總是喝得醉醺醺的，永遠在嗚咽地喃喃訴說各種陰森和可怖的事情。

在最後那個可憎的夜晚，喬似乎曾彎下腰仔細查看從吉爾曼所躺的沙發延伸到不遠處的老鼠洞的猩紅色鼠爪印痕。它們在地毯上非常模糊，但地毯邊緣和護壁板之間有一小段地板裸露在外。馬澤爾維奇在那裡發現了恐怖得難以置信的東西——至少他認為他見到了，因為其他人並不贊同他的看法，只承認腳印的樣子無疑很奇怪。地板上的印痕確實與一般性的老鼠爪印大相逕庭，但就連考延斯基和戴爾歐謝也不會承認它們像是四隻極小的人手留下的掌印。

這幢房屋再也沒有租出去。多姆布羅夫斯基遷出後，荒棄的命運終於降臨在了它頭上，人們對它避而遠之，既因為這幢房屋過去的名聲，也因為最近出現的惡臭氣味。或許前房東的老鼠藥畢竟還是見效了，因為他離開後沒多久，這裡就成了區域性的公害。健康部門的官員追查氣味來源，發現它來自東側閣樓房間以上和旁邊的封閉空間，認為死在裡面的老鼠肯定為數眾多。然而他們認為不值得花時間撬開牆板，清理那些封閉多年的恐懼，因為臭味很快就會散盡，而附近的居民對衛生標準本來就不怎麼吹毛求疵。事實上，當地早有語焉不詳的傳聞稱在五朔節前夕和萬聖節過後，女巫之屋的樓上會飄出無法解釋的惡臭。左鄰右舍習慣性地一邊抱怨一邊默然容忍，但臭味還是給此處又增加了一項不利因素。建築物檢查員最終將這幢房屋定為不適合居住。

吉爾曼的夢境及與其相關的種種變故一直沒能得到解釋。艾爾伍德對整件事情的看法有時逼得他自己幾乎發瘋，來年秋天他回到校園，隔年六月畢業。他發現本市那些陰森的坊間傳說減少了很多，儘管在那幢房屋尚存於世的時間裡，始終有人聲稱在荒棄的建築物裡聽見可怖的竊笑聲，但自從吉爾曼死後，就再也沒有人喃喃說起他們又見到了老凱夏和布朗．詹金。隨後的那一年，某些事情使得古老的恐怖流言再次在當地傳得沸沸揚揚，幸運的是艾爾伍德當時不在阿卡姆。事後他當然聽說了這些傳聞，陰森而紛亂的推測無法言喻地折磨著他；儘管如此，比起身處其境地親眼目睹某些景象，這依然要容易接受一些。

一九三一年四月，狂風摧毀了空置的女巫之屋的屋頂和大煙囪，風化的磚塊、苔蘚叢生的發黑木瓦、朽爛的木板與房樑塌進屋頂空間，砸穿了底下的樓板。自上方落下的瓦礫塞滿了整個閣樓，拆除這座衰敗的建築物已是不可避免之事，因此沒有人願意費工夫去收拾爛攤子。當年十二月，最終的處置步驟開工了，心懷恐懼的工人不情願地清理吉爾曼曾經居住的房間時，流言開始傳播。

在砸穿傾斜的古老天花板的瓦礫之中，有幾件物品促使工人放下手裡的事情，打電話叫來了警察。警察轉而向驗屍官和幾位大學教授求助。他們發現了一些骨頭，這些骨頭在嚴重碾壓下成為碎片，但能夠輕易辨認出屬於人類。證據表明它們屬於現時代，然而令人困惑地與它們唯一有可能的來源之處的古老年代相互矛盾，這個地方就是傾斜地板以上低矮的屋頂空間，被封死後斷絕了人類進出的所有可能性。法醫認為部分骨頭屬於一名幼兒，而另外一些屬於一名體型較小的老年女性，後者與棕色衣物的朽爛殘骸混合在一起。仔細篩查瓦礫後發現其中還混有大量的細小骨頭，有些屬於在坍塌時被壓死的老鼠，還有一些年代較為久遠的老鼠骨頭上存在尖牙啃噬的痕跡，這些痕跡在當時和現今都引發了大量爭議和思索。

同時發現的物品包括許多書籍和手稿的散亂殘片，另外還有一些泛黃的塵土，那是更古老的書籍和手稿完全解體後留下的遺骸。所有物品無一例外地都與最高等和最可怖的黑巫術有關；部分物品明顯來自較近的年代，它們和現時代的人骨一樣，到現在依然是不解之謎。一個更大的謎團是在大量紙張上發現的潦草古體字完全出自同一人之手，而這些紙張的保存情況和浮水印說明其出產時間分布於至少一百五十到兩百年之間。然而對一些人來說，最大的謎團是被發現散落於廢墟中、程度受損各異的許多物件，這些物件種類繁多、莫名其妙，其形狀、材質、工藝類型與用途難住了所有研究者。裡面有一件東西是個嚴重損壞的怪誕雕像，與吉爾曼交給大學博物館的小雕像十分相似，但這件雕像更大，材質不是金屬，而是用某種泛著藍色的特殊石塊鑿刻而成，角度怪異的底座上有一些不可解讀的象形文字。

考古學家和人類學家直到今天還在嘗試解釋鏤刻在一個被壓扁的輕質金屬碗上的怪異圖案，碗的內側掛著一些不祥的棕色汙漬。人們在瓦礫堆裡發現了一枚現時代的鎳合金十字架和它被扯斷的鍊子，喬·馬澤爾維奇顫抖著辨認出那是他幾年前送給可憐的吉爾曼的禮物，外國人和迷信的老祖母提到此事就停不下嘴。有些人認為老鼠將十字架拖進了封死的屋頂空間，還有一些人認為它一直就在吉爾曼那個房間的角落裡。包括喬在內的另一些人卻提出了過於瘋狂和離奇的看法，神志清醒的人無論如何都不可能相信。

人們挖開了吉爾曼房間的傾斜牆壁，這面牆和房屋北牆之間被封死多年的三角形空間重見天日，其中的房屋瓦礫比房間裡的要少得多，即便按照尺寸比例來衡量也同樣如此；但它的地面上恐怖地覆蓋著一層更古老的東西，負責拆毀房屋的工人嚇得癱倒在地。簡而言之，地面上密密麻麻地遍布孩童的骸骨，有些較為接近現時代，有些可以追溯到無數世代以前，歲月已經將骨頭幾乎完全化作齏粉。堆積得深不見底的骸骨上扔著一把巨大的匕首，它明顯是一件古物，造型怪誕，雕飾精美，花紋帶著異域色彩——而瓦礫壓在它們上面。

有一件物品出現在這些瓦礫之中，嵌在一塊塌落的木板和幾塊被水泥黏合在一起的煙囪紅磚之間，比起在這座被詛咒的鬧鬼建築物裡發現的其他東西，它注定會在阿卡姆引來更多的困惑、隱藏的恐懼和公開的迷信傳言。這件物品是一具患病的巨大老鼠被部分壓碎的骸骨，米斯卡托尼克大學比較解剖系的成員直到今天依然會為它的畸形體態爭論不休，同時又奇異地對外界保持沉默。這具骸骨的消息極少洩露在外，但發現它的工人曾用震驚的語氣悄聲談論連接著骸骨的棕色長毛。

傳聞稱，骸骨上細小手爪的骨骼體現出許多抓握的特徵，對小型猿猴來說更為典型，而非老鼠。而長著凶狠的黃色尖牙的頭骨則極為畸形反常，從特定的角度看去，它異常可怖地酷似嚴重退化的微型人類頭骨。工人挖出這個褻瀆神明的怪物時，紛紛充滿恐懼地在胸前畫十字，但事後都去聖斯坦尼斯拉斯教堂裡點蠟燭表示感恩，因為他們相信從今往後再也不會聽到那刺耳的陰森竊笑了。

土丘（注）

注 本篇為洛夫克萊夫特與齊里亞·畢夏普（Zealia Bishop）合著。

1

直到最近幾年，大眾才不再將西部視為新的國土。「新」的想法之所以會根深蒂固，我猜是因為我們這個特定的文明對此處來說湊巧比較新，然而當代的探索者掘開表面，挖出了信史書寫之前就在那些平原和群山之間崛起與衰落的完整的生命篇章。一個有著兩千五百年歷史的普埃布洛人村莊早已不足為奇，考古學家將墨西哥的下佩德雷加爾文明回推到西元前一萬七千至八千年，我們也幾乎不會感到驚訝。我們還聽說過更古老事物的傳聞，例如原始人類曾與已滅絕的動物同期共存，今天我們只能透過極少的骨骼碎片和古老器物知曉其存在，因此「新」這個概念很快就煙消雲散了。比起我們，歐洲人通常更擅長把握難以追溯的古老時代和前後接續之生命源流的深層積澱所帶來的感覺。僅僅幾年前，一位英國作家提到亞歷桑納時還說它是「月光下的朦朧地域，自有其可愛之處，荒涼而古老——一片有歷史的孤寂大地」。

然而我認為，我對西部那驚人甚至駭人的古老認識比任何一名歐洲人都更加深刻。這些認識完全來自一九二八年的一樁往事。我非常希望能將這件事的四分之三視為幻覺，然而它在我的記憶中留下了深刻得可怕的烙印，我無法輕易將其拋諸腦後。事情發生在奧克拉荷馬，身為一名美洲印第安人民族學家，工作時常讓我造訪此處，我在這裡接觸過一些惡魔般怪異和令人驚惶的事物。請不要誤會——奧克拉荷馬不僅是開拓先鋒和地產推廣人眼中的邊疆。這裡有一些非常古老的部落，傳承著非常古老的記憶。每到秋天，手鼓的節拍無休止地迴蕩在陰鬱的平原上，裹挾著人們的靈魂危險地接近了某些只在竊竊私語中被提及的古老事物。我是白人，出身東部，然而任何人想了解眾蛇之父伊格的祭典都會受到歡迎，無論何時何地想到這些，我都會真正的不寒而慄。這種事情我聽得太多也見得太多，已經算是「見多識廣」了。一九二八年的這件事也是如此。我很願意一笑置之，但我做不到。

我去奧克拉荷馬是為了追溯一個鬼故事並建立聯繫，它是目前在白人定居者之間傳播的諸多鬼故事之一，但在印第安部落中有著強烈的對應關係，我確定最終能查到它的印第安起源。它是極其怪異的那種野外鬼故事，儘管從白人嘴裡說出來顯得平淡無奇，卻和土著神話中某些最寓意深長和最晦澀的篇章有著明確的聯繫。這些傳說都圍繞俄州西部那些闊大、孤獨、似乎出自人工壘砌的土丘展開，故事裡的鬼魂都有著異常奇特的面貌和裝備。

在最古老的那些傳聞中，流傳最廣的那個在一八九二年曾轟動一時，一位名叫約翰·威利斯的政府法警進入土丘地帶追捕盜馬賊，回來時講述了一個瘋狂的奇談，他聲稱深夜有騎兵隊伍在半空中交戰，看不見的幽靈大軍殊死搏鬥，戰場上能聽見馬蹄和人腳衝鋒的聲音、重擊落到實處的砰然巨響、金屬撞擊金屬的鏗鏘震響、戰士模糊不清的嘶喊聲、人體和馬匹頹然倒下的聲音。這些事情發生在月光下，既驚嚇了他的馬，也讓他感到害怕。這些聲音每次持續一小時，栩栩如生，但微弱得像是被風從一段距離外送來的，而且沒有伴隨軍隊本身的任何影像。後來威利斯得知他聽見那些聲音的地方是個惡名昭彰的鬧鬼之處，定居者和印第安人都盡量避而遠之。許多人在天空中見過或隱約見過交戰的騎手，據此留下了一些不明確的模糊描述。定居者將鬼魂般的交戰者描述為印第安人，但不是任何一個眾所周知的部落，交戰者的服裝和武器都極為獨特。他們甚至更進一步聲稱不敢確定交戰者騎的是真正的馬匹。

另一方面，印第安人似乎也不承認幽靈是他們的親族。他們稱之為「那些人」、「遠古種族」或「定居其下者」，似乎對後者懷著畏懼和崇敬的心情，不敢多說什麼。沒有哪位民族學家能從任何一名說故事者嘴裡問出幽靈的詳細描述，似乎也沒有人看清楚過它們的模樣。印第安人對這種現象有一、兩個流傳已久的諺語，說什麼「人非常老，靈魂就非常大；不怎麼老，就不怎麼大；比時間都古老，靈魂會大得近乎血肉；那些遠古種族和靈魂混在一起——變得不分彼此」。

如此內容對民族學家來說當然是所謂「老生常談」，它們全都屬於在普埃布洛人和其他平原印第安人之中流傳已久的一類傳奇，這些傳奇牽扯到隱藏的奢華城市和埋葬地下的族群，幾個世紀前曾誘使科羅納多（注）徒勞無功地尋找傳說中的奎維拉。吸引我深入奧克拉荷馬西部的東西則要明白和確鑿得多，那是流行於當地的一個獨特傳說，儘管本身非常古老，對外界的研究者來說卻是全新的材料，它第一次對所涉及的鬼魂給出了明確的描述。另外還有一項事實又為它增添了一份魅力，那就是傳說源自偏僻的賓格鎮，小鎮位於喀多縣，我早已知道這裡發生過與蛇神相關的極其駭人、部分難以解釋的事情。

這個傳說從表面上看非常幼稚和簡單，圍繞著平原上一個巨大而孤獨的土丘或小山展開，這座土丘位於村莊以西三分之一英哩處，有人認為這座土丘是大自然的產物，也有人認為它是史前部落的墓地或典禮臺。村民聲稱這座土丘多年來一直有兩個印第安鬼魂作祟，他們輪流出現；首先是一名老人，無論天氣好壞，從黎明到黃昏總是在土丘頂部來回踱步，只會短暫地間歇性消失不見；其次是一名女人，她到晚上接替老人，手持藍色火焰的火把，火光一刻不停地燃燒到天亮。月光明亮的時候，你能相當清楚地看見女人的奇異形象，超過半數村民認為這個幽靈沒有頭部。

當地人對這兩個影像的行為動機和是否鬼魂的看法不盡相同。有人認為男人根本不是幽靈，而是一個活生生的印第安人，他為了黃金殘殺了一個女人並砍下後者的頭顱，將屍體埋在土丘上的某處。抱著這種看法的人認為，他在土丘頂上踱來踱去純粹是出於懊

注 西班牙探險家，1510～1554，在尋找傳說中的黃金城時曾到達亞歷桑納和新墨西哥。

悔，只在天黑後才會顯形的受害者靈魂束縛著他。但抱著鬼魂看法的人的意見更加統一，他們認為男人和女人都是鬼魂，男人在非常遙遠的過去殺死了女人和他自己。這兩種看法和另一些較少見的變體自一八八九年威奇托地區被殖民以後就開始流傳，而且根據我聽說的情況，故事裡的現象到現在依然存在，任何人都可以用自己的眼睛驗證，因此其真實性高得令人詫異。沒有多少鬼故事能提供如此豐富和不加掩飾的證據，這個不為人知的小村莊遠離人潮洶洶的道路和科學知識的無情檢視，我非常希望能去看一看那裡潛藏著什麼樣的怪異奇景。就這樣，一九二八年夏末的一天，我坐上開往賓格的火車，列車沿著單行軌道戰戰兢兢地晃動前行，外面的地貌變得越來越荒涼，我沉思著各種奇異的謎團。

賓格位於紅色塵土飛揚的多風平原地帶，只是一片叢生的簡樸木屋和店鋪。除了臨近保留地的印第安原住民，村裡有大約五百名定居者，主要產業似乎是農墾。土地相當肥沃，採油風潮還沒有颳到俄州的這片區域。我乘坐的列車在暮色中進站，列車撇下我呼哧呼哧地向南而去，切斷了我與普通的日常事物之間的聯繫，我因此感到頗為惶惑和不安。月臺上滿是好奇的閒漢，我向他們打聽我有幾封引薦信的一個人，每個人似乎都樂於給我指路。他們領著我沿著一條沒什麼特色的主街向前走，遍布車轍的路面被此處的砂岩土壤染成紅色，最終將我送到要招待我的主人家門口。為我安排各種事情的人考慮得很周到，因為康普頓先生非常聰明，在當地負責公職。他母親和他同住，人們親切地稱呼她「康普頓奶奶」，她是首批來到此處的殖民者一員，是一座奇聞異事和民間傳說的寶庫。那天晚上，康普頓一家為我介紹了在村民中流傳的所有民間故事，證明我前來研究的現象確實重要且令人困惑。賓格的全部居民似乎都接受了那兩個鬼魂的存在，將其視為理所當然的事情。在怪異的孤獨土丘和上面不肯安息的身影的陪伴下已經誕生了兩代人。土丘附近的區域自然受到畏懼和避而遠之，因此村莊和農場在四十年的墾殖之中不曾朝那個方向擴展分毫，只有一些敢於冒險的個人前去探訪過幾次。有人回來後聲稱接近那個可怖山頭時沒有看見任何鬼魂；孤獨的哨兵在他們抵達前不知怎麼躲到了他們的視野之外，任憑他們爬上陡峭的山坡，探索山頂的平地。他們說山頂什麼都沒有——僅僅是一大片亂糟糟的矮樹叢。印第安守望者能消失到哪兒去？他們一無所知。按照他們的看法，他肯定順著山坡跑到了平原上，躲在他們看不見的某個地方，然而視線內並沒有合適的隱藏地點。另一方面，土丘上似乎沒有深入地下的洞口。這個結論是在頗為細緻地搜索了四面八方的灌木叢和高稈草之後得出的。在少數幾次冒險中，更敏感的探索者聲稱他們感覺到某種不可見的抑制性障礙，但除此之外他們也無法給出更明確的描述。感覺就像他們想朝某個方向移動，空氣變得稠密，阻擋他們的腳步。不用說，這些大膽的嘗試都是在白天進行的。宇宙間沒有任何力量能讓一個人——無論是白皮膚還是紅皮膚的——在天黑後接近那片險惡的高地。事實上，哪怕在最明亮的陽光下，印第安人也絕對不想靠近這座土丘。

然而鬼魂土丘所造成的恐懼情緒卻並非來自這些神智健全、觀察力敏銳的探索者講述的故事。事實上，假如他們的經歷具有代表性，這些現象在當地傳說中不會占據如此顯赫的位置了。最凶險的一點是另有許多探索者回來時怪異地出現了精神和肉體的損傷，甚至根本沒有回來。這些事例中的第一起發生於一八九一年，一位名叫西頓的年輕人帶著鐵鏟去看看他能挖掘出什麼隱藏的祕密。他從印第安人那裡聽說了一些怪異的傳說，對去土丘後空手而歸的另一名年輕人的無趣報告冷嘲熱諷。另一名年輕人出發探險時，西頓在村裡用望遠鏡觀察土丘。隨著探險者接近目的地，他看見印第安守望者從容地鑽進了土丘，就好像山頂有個翻板活門和相應的樓梯。另一名年輕人沒有看清印第安人是如何消失的，只知道當他爬上土丘時後者已經不見蹤影。

西頓自己出發時決心要揭開這個謎團，村裡的觀察者看見他鬥志昂揚地劈砍土丘頂部的灌木叢，然後看見他的身影慢慢地消失得無影無蹤。他有好幾個漫長的小時不曾露面，直到黃昏時分無頭女人的火把在遙遠的丘頂綻放駭人的光華。夜幕降臨後兩小時，他踉踉蹌蹌地回到村裡，鐵鏟和其他物品都不在身邊。他尖叫著前言不搭後語地爆發出連珠炮般的瘋話。他號叫著說什麼駭人的深淵和怪物、恐怖的雕塑和神像、非人類的俘獲者和怪誕的折磨，還有複雜和荒謬得甚至難以記住的其他虛妄奇談。「古老！古老！古老！」他一遍又一遍地呻吟道，「偉大的上帝啊，它們比地球更古老，從其他地方來到此處——它們知道你在想什麼，使得你知道它們在想什麼——它們半人類半鬼魂——跨越了界限——融化和重新成形——變得越來越像這樣，但我們一開始全都源於它們——圖魯的子孫——所有東西都是用黃金做的——畸形的動物，半人類——死去的奴僕——瘋狂——

呷呀！莎布—尼古拉斯！——那個白人——啊，我的上帝，它們對他做了什麼！⋯⋯」

西頓當了八年村裡的傻瓜，最終死於癲癇發作。他的不幸遭遇之後，村裡還有兩起因土丘而發瘋和八起徹底失蹤的事例。西頓瘋瘋癲癲地回到村莊後不久，三個不顧一切、意志堅定的男人結伴前往孤獨土丘，他們全副武裝，帶著鐵鏟和鋤頭。觀望的村民看見印第安鬼魂隨著探險者的接近而消散，然後看著他們爬上土丘，在矮樹叢裡四處勘察。三個人突然消失得無影無蹤，再也沒有人見過他們。一名觀望者有一架倍數特別大的望遠鏡，覺得他看見另有幾幾條黑影在三個無助男人的身旁隱約現身，把他們拖進了土丘。然而沒有人能夠證實他的說法。不用說，這三個人失蹤後，村民沒有阻止隊伍前去搜索。接下來的許多年，再也沒有人前往土丘探訪。只有在一八九一年的事情被大多數人遺忘後，才有人膽敢考慮繼續探索這個地方。一九一〇年前後，有個年輕得對駭人往事毫無印象的男人去了一趟大家避而遠之的那個地方，卻一無所獲。

一九一五年，一八九一年的往事引起的激烈恐懼和瘋狂傳聞已經消散，演變成了目前流傳毫無想像力的普通鬼故事——但消散僅限於白人群體而言。相鄰的保留地裡，年長的印第安人對此依然顧慮重重，保持著自己的看法。就在這段時間前後，村民中掀起了第二波好奇和探險的風潮，幾個大膽的探索者前往土丘又順利返回。緊接著有兩個東部人帶著鐵鏟和其他工具前往土丘，這一對業餘考古學家來自一所小型大學，當時正在印第安人群中從事研究。沒有人在村裡觀望他們的行程，但這兩個人再也沒能回來。村民組織搜索隊尋找他們的蹤跡，招待我的主人克萊德·康普頓也在隊伍裡，但在土丘上未能發現任何異常之處。

接下來是老勞頓上尉的單人探險，這位頭髮花白的拓荒者在一八八九年協助開闢了這片地區，但後來一直沒有回來過。多年來他一直記掛著土丘和它的怪異傳說，如今既然已經在享受舒適的退休生活了，於是就下定決心試一試解開這個古老的謎題。他很熟悉印第安神話，因此心裡有一些比單純村民的想法要怪異許多的念頭，他為大規模挖掘活動做足了準備。一九一六年五月十一日星期四上午，他爬上土丘，超過二十人在村裡和附近平地上用望遠鏡觀看他的一舉一動。他的消失極為突兀，發生在他用砍刀清理灌木叢的時候。所有人都只知道前一瞬間他還在視線內，下一瞬間就不見了。接下來的一個多星期，賓格沒有收到他的任何消息，然後在某一天半夜，一個怪物拖著自己的身軀爬進村莊，圍繞它而起的爭論到今天依然非常激烈。

這個怪物自稱是——或者說曾經是——勞頓上尉，然而它無疑比爬上土丘的老人年輕至少四十歲。它頭髮烏黑，臉上毫無皺紋，面容因為無可名狀的恐懼而扭曲。但它確實讓康普頓奶奶驚異地想到了上尉在一八八九年的模樣。它的雙腳從腳踝處被乾淨俐落地截斷，對一個僅僅一週前還在直立行走的人來說，斷面癒合到光滑得近乎不可思議的地步。它胡亂說著誰也聽不懂的話，一遍又一遍重複「喬治·勞頓，喬治·E·勞頓」這個名字，像是要讓自己相信它本人的身分。在康普頓奶奶看來，它的胡話與已故年輕人西頓在一八九一年的譫妄狂言有著怪異的相似之處，只在一些細微之處存在區別。**「那藍光！——那藍光！……」**怪物喃喃自語，**「一直在底下，早於任何生物存在的時代——比恐龍更古老——始終如一，只會變弱——永生不死——潛伏、潛伏、潛伏——同一群人，半人半氣體——死者能行走和勞作——噢，那些巨獸，那些半人的獨角獸——黃金的房屋與城市——古老、古老、古老，比時間更古老——來自群星——偉大的圖魯——阿撒托斯——奈亞拉托提普——等待，等待……」**怪物在黎明前死去。

事後當然展開了調查，保留地的印第安人受到無情的盤問。但他們什麼都不知道，也什麼都不肯說。至少沒人願意開口，只有老灰鷹除外，他是威奇托族的一名酋長，一個多世紀的年齡使得他超脫了世俗的恐懼。唯獨他願意屈尊給出一些忠告。

「白人，不要打擾它們。不好打交道——那些人。全都在這底下，它們那些遠古種族，全都在這底下。伊格，眾蛇的大父，他在那裡。伊格是伊格。泰爾華，眾人的大父，他在那裡。泰爾華是泰爾華。不死。不老。和空氣一樣永恆。只是活著，等待著。有朝一日它們會出來，活著，征戰。用泥土建造帳篷。帶來黃金——它們有很多黃金。離開，建造新的居所。我是它們。你是它們。然後大水來了。一切改變。沒有誰出來，不讓任何人進去。進去就出不來。你不要打擾它們，你不懂壞巫術。紅人知道，他不會被抓住。白人亂來，他回不來。別靠近小山丘。沒有好事。聽灰鷹一句。」

假如喬·諾頓和蘭斯·韋洛克接受了老酋長的建議，他們多半能夠活到今天，但他們沒有。他們博覽群書，是唯物主義者，天不怕地不怕。他們認為某些印第安惡棍在土丘內部建立了祕密總部。他們去過那座土丘，現在打算再去一趟，為老勞頓上尉報仇——他們誇口說寧可把土丘夷為平地也要完成心願。克萊德．康普頓用高倍望遠鏡觀望，見到他們繞著險惡土丘的底部走向另一側。他們顯然想非常有條理和細緻地勘測這片區域。幾分鐘過去了，他們沒有出現。從此再也沒人見過他們。

土丘再次成為了驚嚇和恐慌的源泉，若不是因為世界大戰造成的波瀾，它肯定不會返回賓格地方民間傳說的背景深處。一九一六至一九一九年，無人探訪這座土丘，倘若沒有從法國服役歸來的某些年輕人的魯莽大膽，這種情況應該會保持下去。從一九一九至一九二〇年，過早變得鐵石心腸的退伍年輕軍人之間掀起了探訪土丘的風潮，隨著一個又一個年輕人毫髮無損、滿臉輕蔑笑容地歸來，這股風潮變得越來越流行。到了一九二〇年——人類是何等的健忘啊！——土丘幾乎是個笑話了。被殺女人的平淡故事重新出現，漸漸替換了人們嘴裡更陰森的傳說。這時有一對做事不計後果的年輕兄弟，克雷家特別欠缺想像力和死腦筋的那兩個小子，他們決定上山去挖出被埋葬的女人和黃金，據說印第安老人殺死她就是為了那些黃金。

他們在九月的一個下午出發——印第安人的手鼓剛好在這段時間每年一次地敲響，鼓聲不間斷地在紅土飄揚的平原上迴蕩。無人觀望他們的行動，數小時後兩人沒有回到村裡，他們的父母也並未開始擔心。過了一段時間，人們才警覺起來，組織隊伍前去搜尋，結果再一次無可奈何地輸給了充滿沉默與懷疑的謎團。

但他們其中的一個終究還是回來了。回來的是哥哥艾德，他稻草色的頭髮和鬍鬚變成了白化症般的雪白色，從根部算至少長2英吋。他的額頭有一個怪異的傷疤，狀如烙印的象形文字。他和弟弟沃克失蹤三個月後的一個夜晚，他偷偷摸摸地潛入自己家，沒穿任何東西，只裹著一條圖案怪異的毛毯，飛快地套上一身自己的衣服，立刻把毛毯塞進火爐。他告訴父母，一群奇特的印第安人——不是威奇托人或喀多人——擄獲了他和沃克，將他們關押在西邊的某個地方。沃克死於殘酷折磨，他逃了出來，但付出了極高的代價。這段經歷過於恐怖，此刻他無法詳細描述。他必須休息——再說搞得村民群情激昂、前去搜尋和懲罰那些印第安人也毫無意義。他們不是你能逮住或懲罰的那種人，另外為了賓格全村乃至於整個世界著想，還是不要把他們趕進他們的祕密巢穴比較好。事實上，你甚至不能稱他們為真正的印第安人——他以後會解釋最後這句話是什麼意思的。另一方面，他必須休息。最好不要用他回歸的消息驚擾全村老小——他要上樓睡一覺。在他爬上陳舊的樓梯回自己臥室前，他拿走了客廳桌上的記事本和鉛筆，還有他父親寫字檯抽屜裡的自動手槍。

三小時後，樓上傳來了槍聲。艾德·克雷用左手攥緊手槍，一粒子彈乾淨俐落地打穿了兩側太陽穴，一張稀稀拉拉寫了幾行字的紙放在床邊的破舊木桌上。從削得只剩下最後一截的鉛筆頭和塞滿爐膛的紙灰來看，他原本寫了許多文字，但最終決定不透露他的見聞，只留下一些語焉不詳的暗示。僅存的殘缺片段僅僅是瘋狂的警告，怪異地用反手字體潦草寫就——顯然是心智因為苦難而錯亂之下的胡言亂語——讀起來感覺也是這樣；對一個向來感覺遲鈍和講求實際的人而言，會寫出這麼一段文字委實令人吃驚：

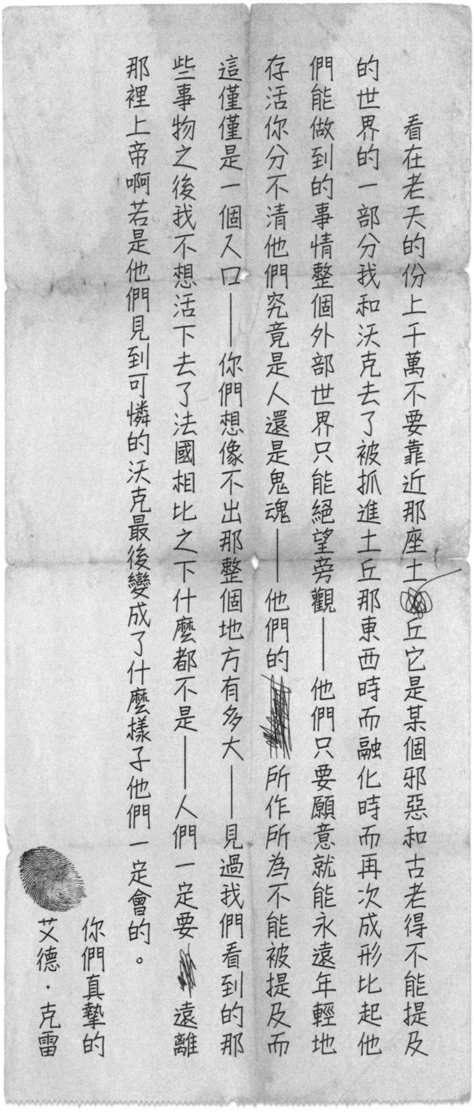

看在老天的份上千萬不要靠近那座土丘它是某個邪惡和古老得不能提及的世界的一部分我和沃克去了被抓進土丘那東西時而融化時而再次成形比起他們能做到的事情整個外部世界只能絕望旁觀——他們只要願意就能永遠年輕地存活你分不清他們究竟是人還是鬼魂——他們的所作所為不能被提及而這僅僅是一個入口——你們想像不出那整個地方有多大——見過我們看到的那些事物之後我不想活下去了法國相比之下什麼都不是——人們一定要遠離那裡上帝啊若是他們見到可憐的沃克最後變成了什麼樣子他們一定會的。

你們真摯的
艾德·克雷

法醫驗屍時發現，年輕人克雷體內的所有器官都從右到左反了過來，就好像他曾被內外調轉了一遍似的。難道他一直就是這樣嗎？當時誰也說不清，然而後來從軍方的記錄得知，一九一九年五月艾德退役時身體完全正常。究竟是什麼地方搞錯了，還是確實發生了某種前所未有的變異過程，這個問題到現在依然沒有得到解答，同樣找不到答案的還有他額頭上那個宛如象形文字的疤痕。

人們對土丘的探索到此為止。接下來到現在的八年間，再也沒有人靠近那地方，連願意拿起望遠鏡看它的人都寥寥無幾。人們時不時緊張地瞥向突兀聳立於平原上、西方天空映襯下的孤獨山丘，見到白天巡行的黑色身影和夜晚舞動的閃爍鬼火就會不寒而慄。人們不折不扣地接受了現實，認為那東西是個不該被探索的謎團，全村一致贊同對這個話題避而不談。說到底，想避開這座山丘其實很容易，因為其他各個方向都有無窮的空間可資利用，人們的社會生活只遵循既定的車軌展開。村莊朝著土丘的那一側始終連個車轍印都沒有，就彷彿那裡是水域、沼澤或沙漠。然而警告孩童和外來者遠離土丘的驚恐傳聞很快沉寂，嗜血的印第安鬼魂和被他殺死的女人的平淡故事再次抬頭，為人類這種生物的遲鈍和欠缺想像力寫下了一個古怪的注腳。只有保留地的印第安部落和康普頓奶奶這種多慮的老一輩還記得那邪惡景象背後的暗示和回來後性情大變、精神崩潰者的胡言亂語所蘊含的深刻威脅。

時間很晚了，等克萊德講完所有事情，康普頓奶奶早已上樓歇息。我不知道該如何看待這個令人恐懼的謎團，然而與理性的唯物主義相矛盾的任何想法都讓我感到厭惡。對探訪土丘的那麼多人來說，是何等力量催生了瘋狂，還有逃跑與遊蕩的衝動？這些故事給我留下了深刻的印象，卻更多地驅策了我，而不是阻擋我的腳步。我當然必須追根究底，只要我能保持頭腦冷靜和意志堅定，就應該能查明真相。康普頓讀懂了我的情緒，擔憂地搖著頭。他示意我跟他出去。

我們離開木屋，走進安靜的側街或小巷，在八月漸虧的月亮下走了一段路，來到房屋變得稀疏的地方。半輪月亮還很低，月光尚未掩住天空中的諸多星辰，因此我不但能看見西面璀璨的牽牛星和織女星，也能看見銀河那神祕的輝光，我的視線越過廣闊的大地和天空，望向康普頓指給我看的方向。忽然，我看見了一團不是星辰的亮光——這個發藍的光點在地平線附近的銀河映襯下移動和閃爍，給人以比天穹中的任何事物都更加邪惡和凶險的模糊感覺。我又看了一小會兒，確定這個光點位於遠處一片高地的頂端，這片高地聳立於一望無際、微光照耀下的平原上。我帶著疑問轉向康普頓。

「對，」他答道，「這就是藍色的鬼火——那裡就是土丘。歷史上沒有哪個夜晚我們不曾看見它——賓格沒有任何一個活人願意越過這塊平原走向它。那裡只有壞事，年輕人，你要是聰明就不會去打攪它的安寧。你還是取消你的計畫吧，孩子，在附近另找一些印第安神話去研究。老天在上，這兒有足夠多的故事可以讓你忙得不可開交！」

2

然而我無意於接受任何忠告。雖然康普頓為我安排的房間很舒服，我卻徹夜難以合眼，因為我期待著能在天亮後親眼目睹白晝出沒的鬼魂，並且去保留地向印第安人詢問情況。我打算緩慢而徹底地仔細調查整件事情，在啟動實際的考古學調查之前，先用來自白種人和紅種人雙方的所有資料武裝自己。黎明時分，我起床穿衣，但等到聽見別人的響動才下樓。康普頓正在廚房生火，他母親在食品儲藏室忙碌。康普頓看見我，對我點頭致意，隨即邀請我去初升的迷人朝陽下散散步。我知道我們要去哪兒，沿著弄堂向前走的時候，我隔著西面的平原極目眺望。

土丘就在那裡——很遠，人為的規則線條顯得非常奇異。它高約30到40英呎，按照我的估計，從北到南約長100碼。康普頓說從東到西沒這麼寬，輪廓彷彿被壓扁的橢圓形。我知道他曾數次前往土丘並全身而退。我望著西面深藍色天空映襯下的土丘邊緣，嘗試在上面尋找微小的不規則之處，產生了一種有東西沿著它表面移動的感覺。我的脈搏變得有點狂熱，康普頓默不作聲地遞給我一副高倍數望遠鏡，我迫不及待地接了過去。我飛快地對準焦距，第一眼只看見了遙遠土丘輪廓線上的一片灌木叢——這時某樣東西剛好大踏步地走進視野。

它無疑是一條人影，我立刻意識到我見到的正是白晝出沒的所謂「印第安鬼魂」。我不再懷疑前人對它的描述了，因為這是一個高大、瘦削、身披黑袍的男人，黑色的頭髮紮著羽飾，古銅色的臉上遍布皺紋，鷹隼般的面孔毫無表情，比我遇到過的任何事物都更像一名印第安人。然而我受過民族學訓練的眼睛立刻告訴我，他不屬於迄今為止我們已知的任何一種紅種人，而是劇烈種族變異的產物，並且來自迥然不同的文化源流。現代印第安人是短顱形的，也就是俗稱的圓頭，除了在兩千五百年甚至更久以前的古普埃布洛遺址中，你找不到任何一個長顱形（也就是長頭）的印第安人。然而這個人的長頭特徵非常顯著，我一眼就認了出來，連遙遠的距離和望遠鏡裡搖動的視野也沒有構成障礙。我還看見他那件長袍所遵循的裝飾傳統，與我們熟知的西南部土著藝術毫無相似之處。他身上閃閃發亮的金屬飾物和掛在側面的短劍或類似的武器也是這樣，其樣式完全不同於我聽聞過的所有事物。

他在丘頂前後踱步，我用望遠鏡盯著他看了幾分鐘，觀察他邁步時的運動特徵，和他昂著頭擺出的姿勢，這些使得我強烈而確切地認為這個男人——無論他是誰或什麼東西——絕對不是一個不開化的野人。我本能地感覺，他是文明教養的產物，但具體是哪個文明我就說不準了。過了一段時間，他消失在土丘遠離我們的另一側，就好像走下了對面我看不見的山坡；我放下望遠鏡，困惑的各種情緒怪異地混合在一起。康普頓好奇地看著我，我不置可否地點點頭。「你怎麼看？」他問我，「這就是我們在賓格從小到大每一天見到的景象。」

中午時分，我們來到印第安保留地找老灰鷹談話——出於某些奇蹟，他還活著，但我覺得他足有一百五十歲了。他是個古怪的人，給人以深刻的印象——這是一位從不妥協、毫無畏懼的領袖，打過交道的對象有穿流蘇鹿皮襯衫的歹徒和商販，也有穿馬褲戴三角帽的法國官員——我對他表現出了順從與尊重的態度，因此很高興地見到他似乎挺喜歡我。然而，當他得知我的來意之後，他對我的欣賞反而不幸地變成了障礙，因為他想做的只有勸說我放棄打算展開的調查工作。

「你年輕人——你別去打擾那座山。壞巫術。底下有許多惡鬼——你挖土就會來抓你。不挖，不傷害。去挖，回不來。我年輕的時候就是這樣，我父親和他父親年輕的時候也是這樣。他一直在白天行走，沒頭的女人她在夜裡行走。穿鐵皮衣服的白人從日落和大河下游來的時候就是這樣——很久很久以前——比灰鷹的年紀還要早三四倍——比法國人那時候早兩倍——從那時候起就是這樣。比那時候還早，沒人靠近小山和有白色洞窟的深谷。再早一些，那些遠古種族不躲藏，出來建造村莊。帶來許多黃金。我是他們。你是他們。然後大水來了。一切改變。沒有誰出來，不讓任何人進去。進去就出不來。他們不會死——不像灰鷹，臉上長出山谷，頭上積滿白雪。就和空氣一樣——部分是人，部分是鬼魂。壞巫術。有時候夜裡鬼魂騎著半人半角馬出來，在人們曾經戰鬥過的地方戰鬥。遠離他們的地方。沒好事。好孩子，你走遠些，別打擾那些遠古種族。」

老酋長願意對我說的就是這些了，其他的印第安人根本不肯開口。假如說我心生不安，灰鷹顯然更加惶恐，因為想到我即將侵入他如此卑微地畏懼的區域，明顯產生了深深的遺憾情緒。我準備離開保留地的時候，他叫住我，儀式性地和我道別，再次嘗試讓我答應放棄我的研究。他意識到他終於還是攔不住我，於是有點膽怯地從身邊的鹿皮包裡取出一樣東西，非常莊重地遞給我。這是一枚金屬圓盤，直徑約2英吋，磨得很舊但做工精美，刻著奇異的雕紋，穿孔後吊在一根皮繩上。

「你不答應我，灰鷹也說不清什麼會來抓你。但假如說有什麼能幫助你，那就是這個好巫術了。來自我父親——他父親給他的——他父親的父親給他父親的——可以一直追溯回泰爾華，眾人的父。我父親說：『你要避開那些遠古種族，避開小山丘和有岩石洞穴的山谷。假如遠古種族出來抓你，你就給他們看這個巫術。他們知道。他們很久以前製作了它。他們看見，也許不會對你行那些壞巫術。但沒人說得準。你還是別去比較好，和我們一樣。他們不做好事。說不準他們會怎麼做。』」

灰鷹一邊說，一邊把那東西掛在我的脖子上，我注意到這是個非常奇特的物品。我看得越久，就越是暗自驚嘆，不僅因為它沉重、發暗、斑駁和有光澤的材質是一種完全陌生的金屬，更因為殘存的圖案似乎極其富有藝術性，但我從未見過類似的工藝風格。

就我能看清的部分而言，它有一面鐫刻著無比精緻的長蛇圖案，而另一面描繪的是某種章魚或其他有觸手的怪物。圓盤上還有一些磨損嚴重的象形文字，沒有哪一位考古學家能夠辨認出甚至猜測其所屬種類。後來在徵得灰鷹的許可下，我請專業的歷史學家、人類學家、地理學家和化學家輪流仔細檢驗這枚圓盤，然而收穫的卻只有異口同聲的不明白。它抵擋住了一切分類和分析的努力。化學家說它是某些高原子量的未知金屬元素的合金，有一位地理學家稱它的材質肯定來自從星際間未知深淵落到地面上的隕石。它是否真的拯救了我的生命或理性或作為人類的存在，我不敢妄下結論，但灰鷹對此非常確定。現在它又回到他的手上了，我懷疑它和他非同尋常的年齡有所關聯。他所有的父輩，只要得到它的護佑，壽命就會遠遠超過世紀的界限，戰鬥變成了唯一的死因。灰鷹若是能做到不遭遇意外，會不會可以永生不滅呢？對不起，我跑題了。

我回到村莊裡，嘗試搜集與土丘有關的其他民間故事，但得到的只有小道消息和反對意見。見到人們對我的安全竟然如此關切，我實在是受寵若驚，然而我必須對他們近乎癲狂的勸告置之不理。我向他們展示灰鷹的護身符，但沒有人聽說過它的存在或見過哪怕只是稍微有些類似的東西。他們一致同意這不可能是印第安人的造物，認為肯定是老酋長的祖先從商販手上弄來的。

賓格的村民發現他們無法打消我的探險念頭，惋惜地盡其所能幫我準備行裝。我來這裡之前就知道我要完成什麼工作，因此隨身帶來了大部分裝備——用於清理灌木叢和挖掘的大砍刀和雙刃短刀、用於或許會展開的地下探險的手電筒、繩索、野外望遠鏡、捲尺、顯微鏡和用於緊急情況的各種物品——所有東西都妥貼地塞進了一個方便攜帶的旅行包。除此之外，我只加上了一把沉重的左輪手槍——這是治安官親自強迫我收下的——和我認為能夠為我的工作提供便利的鋤頭和鐵鏟。

我很快就發現我無法指望村民幫助我或與我一同探險，因此決定用一根結實的繩子拴著最後這些東西挎在肩膀上。村民無疑會用能找到的所有單筒和雙筒望遠鏡關注我的行動，但絕對不會派遣任何一個人朝著孤獨山丘的方向在平原上多走一碼。我把出發的時間定在第二天清晨，那天剩下的時間裡，村民對待我的尊重態度裡充滿了敬畏和不安，就像在款待一個即將走向注定的厄運的倒楣蛋。

早晨來臨——多雲，但並沒有險惡的感覺——全村人都出來送我穿越塵土飛揚的平原。望遠鏡裡能看見孤獨的男人依然在丘頂踱來踱去，我決心在走向山丘的途中要盡可能平穩地將他留在視野內。最後一刻，某種朦朧的恐懼感懾服了我，軟弱和異想天開一時間占據上風，使得我掏出灰鷹的護身符掛在胸口，任何有可能注意到它的生物或鬼魂都會一眼看見它。我向康普頓和他母親告別，邁著輕快的步伐走出村莊，用左手拎著旅行包，鋤頭和鐵鏟掛在背上叮噹碰撞。我用右手拿著望遠鏡，每隔一段時間就看一眼丘頂的踱步者。靠近土丘之後，我完全看清了那個男人，覺得能在他皺紋叢生、沒有毛髮的臉上辨認出一個無比邪惡和墮落的表情。我很詫異地發現他金光閃爍的武器套上有一些象形文字，與我佩戴的未知護身符上的那些非常類似。這個生靈的所有服裝和飾物都昭示著精緻的做工和發達的文明。但是，忽然之間，我看見他朝著土丘的另一側走去，很快消失在視野之外。出發大約十分鐘後，我抵達了目的地，然而丘頂已經空無一人。

考察的初期階段我是如何展開工作的就不必多說了，無非是勘測和環繞土丘並丈量尺寸，後退以從各個角度觀察整個地貌。走到近處，土丘給我留下了極為深刻的印象，它過於規則的輪廓中似乎潛藏著某種威脅。遼闊而平坦的平原上只有這麼一處高地，我連一瞬間都沒有懷疑過它不是一座人造的陵墓。陡峭的側面似乎毫無缺損，沒有人類居住或通行的痕跡。我找不到通向丘頂的道路，我身負重物，因此付出可觀的努力才爬了上去。等我來到丘頂，我發現那是一塊還算整齊的橢圓形平地，長軸約300英呎，短軸約50英呎，滿滿地覆蓋著叢生的青草和茂密的灌木叢，完全不符合永遠有哨兵在此處出現的情況。這個結果讓我大吃一驚，因為它毫無疑問地證明了所謂「印第安老人」儘管栩栩如生，卻只可能是個群體性的幻覺。

我懷著可觀的困惑和警覺環顧四周，時而愁悶地望向村莊和聚集在一起的許多黑點，我知道那是村民在觀望我的行動。我拿起望遠鏡打量他們，發現他們正在用望遠鏡急切地注視著我，為了讓他們安心，我向他們揮舞帽子以示歡騰雀躍，然而我的心情卻大相逕庭。過了一陣，我開始履行職責，我扔下鋤頭、鐵鏟和旅行包，從包裡取出大砍刀，著手清理灌木叢。這是一項令人厭煩的工作，反常的怪風時而吹起，近乎於蓄意地阻擋我的動作，奇異的顫慄感覺不禁油然而生。偶爾甚至似乎有某種半實在的力量將我向後推，彷彿我前方的空氣忽然變得稠密或者有無形的手臂在拉扯我的手腕。在沒有得到我想要的結果前，我的能量似乎就耗盡了，不過我還是取得了一定的進展。

下午時分，我清楚地注意到靠近丘頂北側盡頭樹根糾纏的泥土中有一片碗狀窪地。儘管或許並沒有任何意義，但等我進展到挖掘階段，那將是個適合開始的地點，我在腦海裡記下一筆。另一方面，我注意到另一件事情，這個細節非常特別——簡而言之：掛在我脖子上的印第安護身符在上述碗狀地貌東南約17英呎處表現得很奇怪。每次我在那個地點附近彎下腰，它的迴旋擺動模式就會發生變化，而且像是受到土壤裡的某種磁場吸引似的向下扯動。我越是留意，就越是覺得不尋常，最終我決定不再拖延，在那裡進行一些先期挖掘工作。

我用雙刃短刀挖開土地，發現地區特徵性的紅色土壤相對較薄，不禁感到驚訝。附近區域完全被紅色砂岩土壤所覆蓋，然而在此處我只挖了不到1英呎，就奇怪地見到了黑色肥土。這種土壤多見於西面和南面那些怪異的深邃山谷之中，在土丘築立的史前時代被搬運了非常可觀的一段距離來到此處。我跪在那裡挖掘，感覺拉扯我脖子上皮繩的力量逐漸越來越大，就彷彿土壤中有某種東西在越來越強烈地吸引沉重的金屬護身符。不久，我感覺工具碰到了一個堅硬的表面，心想莫非底下是堅實的岩層？我用雙刃短刀插進土壤探查，發現事實並非如此，而是挖出了一個由板結泥土覆蓋的圓柱形沉重物體，它長約1英呎，直徑約4英吋，掛在我脖子上的護身符像被膠水黏住似的貼在上面，令我感到極為驚訝，激起了我狂熱的興趣。隨著我清理掉它外殼上的黑色肥土，逐漸出現在眼前的淺浮雕讓我越來越詫異和緊張。整個圓筒，包括兩端和側面，都刻滿了圖畫和象形文字。我越發興奮地注意到這些東西和灰鷹的護身符，還有我透過望遠鏡看見的鬼魂的黃色金屬配飾，遵循著相同的未知傳統。

我坐下來，用燈籠褲粗糙的燈芯絨布料進一步清理有磁性的圓筒，發現它的質地和護身符一樣，也是那種沉重而有光澤的未知金屬——因此，毫無疑問，這就是那種獨特的吸引力的來源。雕紋與鏤刻的內容非常奇異也非常恐怖——無可名狀的怪物，充滿陰森邪惡的圖案——全都是最精緻的抛光與做工的產物。剛開始我難以確定這東西的頭尾，漫無目標地摸索了好一陣，直到在一端發現了一個裂口。然後我開始急切地尋求能夠打開它的辦法，最後發現只需要簡單地擰開那一端即可。

擰蓋子費了些工夫，但最後還是成功了，釋放出一股奇異的芬芳氣味。圓筒裡只有厚厚的一卷類似泛黃紙張的東西，上面寫著泛綠色的文字，一瞬間我懷著無比激動的心情，幻想我拿到了通往未知的遠古世界和超越時間深淵的文字鑰匙。然而展開這卷紙張的一端，我立刻就認出手稿使用的語言是西班牙文——不過是屬於一個早已逝去時代正式而華麗的西班牙文。在金黃色的落日光線下，我看著標題和開頭的段落，嘗試解讀早已消失的作者留下的斷句錯亂的難懂文字。這是一份什麼樣的文物？我碰巧做出了什麼樣的發現？最初映入眼簾的那些單詞讓我再次陷入了狂熱的激動和好奇，因為它們沒有將我從原本的征途上引開，而是令人驚詫地證明了我的努力沒有白費。

用綠色筆跡寫成的泛黃手卷始於標識性的粗體字標題，然後是隆重的絕望懇求，希望讀者能夠相信接下來揭示的不可思議的事實：

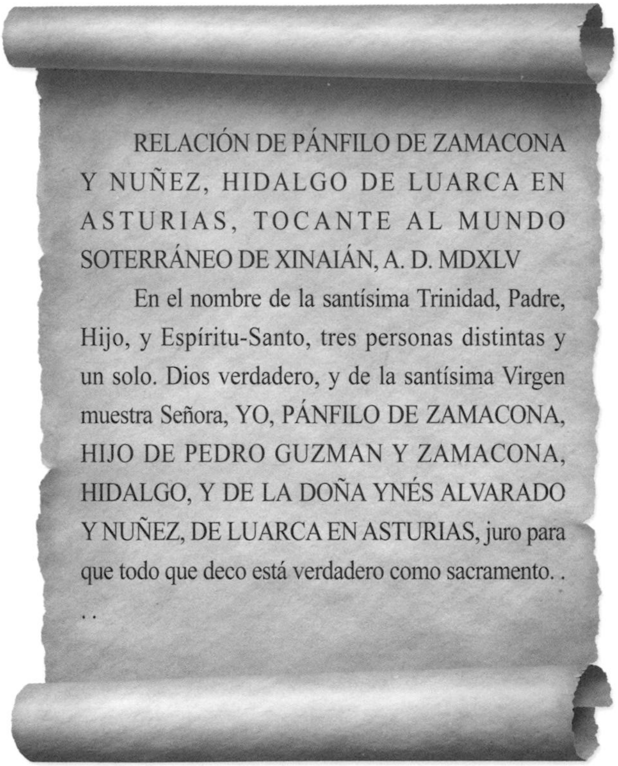
RELACIÓN DE PÁNFILO DE ZAMACONA Y NUÑEZ, HIDALGO DE LUARCA EN ASTURIAS, TOCANTE AL MUNDO SOTERRÁNEO DE XINAIÁN, A. D. MDXLV

En el nombre de la santísima Trinidad, Padre, Hijo, y Espíritu-Santo, tres personas distintas y un solo. Dios verdadero, y de la santísima Virgen muestra Señora, YO, PÁNFILO DE ZAMACONA, HIJO DE PEDRO GUZMAN Y ZAMACONA, HIDALGO, Y DE LA DOÑA YNÉS ALVARADO Y NUÑEZ, DE LUARCA EN ASTURIAS, juro para que todo que deco está verdadero como sacramento. . . .

我停下來思考我讀到的這些內容的不祥含義。「阿斯圖里亞斯公國之盧阿爾卡的潘費羅·德·薩瑪科納－努涅茲紳士就昆揚地下世界的敘述，西元一五四五年……」僅僅這個標題就超過了任何頭腦能夠同時消化的極限。地下世界——又是這個持續不變的主題，印第安人的每一個傳說和從土丘回來的那些人講述的每一個故事都滲透著這個主題。至於時間——一五四五年——這代表著什麼呢？一五四〇年，科羅納多和他的人馬已經從墨西哥向北走進荒野，但直到一五四二年才回來！我的視線困惑地順著書卷打開的部分向下移動，幾乎立刻落在了法蘭西斯科·巴斯奎斯·德科羅納多的名字上。這份文件的作者顯然是科羅納多的部下之一——但他所屬的隊伍已經踏上歸途三年後，他在這個荒郊野外的地方幹什麼？我必須讀下去，再看一眼，我發現我正在打開的部分僅僅是科羅納多向北征程的概述，與歷史上已知的記錄並無本質區別。

阻止我繼續打開書卷和讀下去的只有一個原因，那就是光線正在變得黯淡，急躁和困惑的心情使得我幾乎忘記了因為黑暗逼近這個險惡之處而感到恐懼。但其他人並沒有忘記潛伏於此的恐怖，因為我遠遠地聽見了一陣響亮的呼喝聲，叫聲來自一群聚集在村莊邊緣的男人。作為對焦急召喚的回應，我把手稿放回怪異的圓筒裡，我脖子上的圓盤依然黏在筒身上，直到被我用力扒開，然後收拾好圓筒和比較小的工具，準備返回村莊。我把鋤頭和鐵鏟留在土丘上，因為明天挖掘還要用。我拎起旅行包，跌跌撞撞地爬下陡峭的山坡，一刻鐘後就回到了村裡，向人們展示和解釋我奇異的發現。隨著夜幕降臨，我扭頭望向不久前才離開的丘頂，顫慄著見到夜晚出沒的女性鬼魂所持的藍色火把開始閃爍微光。

釋讀已逝的西班牙人的敘述將是個苦差事。為了更好地翻譯手稿，我知道我必須擁有一個安靜和放鬆的環境，因此不情願地將這個任務推遲到了深夜時分。我向村民承諾明早一定會仔細解釋我的種種發現，給了他們充分的時間，查看這個怪異和撩動好奇心的圓筒。我和克萊德·康普頓回家，打算一有機會就上樓去我的房間開始翻譯。招待我的主人和他母親迫不及待地想聽我講故事，然而我認為他們最好等我先讀懂整個文本再說，這樣我才能簡明且準確地向他們複述所有的要點。

我在房間裡唯一的電燈泡下打開旅行包，取出圓筒時注意到磁力立刻發揮作用，將印第安護身符牽引向它遍布雕紋的表面。有著細緻光澤的未知金屬外殼上，圖案閃爍著邪惡的寒光，我研究著那些做工無比精緻的褻瀆神聖的畸形怪物，而它們睨視著我，使得我不禁顫慄。此刻我真希望我仔細拍攝了所有的圖案，儘管反過來我或許會希望我並沒有拍攝。有一點我確實感到慶幸，那就是當時我還不認識在絕大多數裝飾紋路中，占據主要位置的那個蹲伏著的章魚頭怪物，手稿將其稱為「圖魯」。最近我將它本身及手稿中與其有關的篇章，和不能被提及的可怖怪物克蘇魯的一些新發現的民間傳說聯繫到了一起，後者是在年輕的地球才半成形時從群星滲漏而至的恐怖之物。若是我早知道如此聯繫的存在，就絕對不可能和這東西待在同一個房間裡。圖案中次要的主題是一條半人的巨蛇，我很容易就確定它是伊格、克特薩爾科瓦特爾和庫庫爾坎（注）的原型。在打開圓筒前，我在除灰鷹那個圓盤外的幾種金屬上測試它的磁性，卻發現吸力並不存在。將未知世界的這塊病態碎片與其同類聯繫在一起的並不是普通磁力。

最後，我取出手稿開始翻譯——邊讀邊粗略地撰寫摘要，遇到特別晦澀或古老的詞語或句式時為身邊沒有西班牙語字典而感到遺憾。我在我進行時的探索中被拋回近四個世紀之前，這其中有著某種難以描述的怪異感，因為那會兒我的祖先還在亨利八世統治下守著薩默塞特和德文郡的家業，這些紳士從未動過冒險將血脈送往維吉尼亞和新世界的念頭，但此時新世界已經孕育了土丘中的陰森謎團，而同一個謎團現在又構成了我的整個世界和地平線。被拋回過去的感覺變得越來越強烈，因為我本能地覺察到西班牙人和我共同面對的難題超越了無比幽深的時間深淵，屬於極為不潔和奇異的永恆範疇，將我們隔開的短短四百年相形之下毫無意義。只需要看一眼那個怪誕而險惡的圓筒，我就意識到在已知世界的全人類和它代表的遠古神祕之間，橫亙著令人眩暈的鴻溝。面對這道鴻溝，潘費羅·德·薩瑪科納與我同在，正如亞里斯多德與我、基奧普斯與我一樣。

注 克特薩爾科瓦特爾是阿茲特克神話中的羽蛇神，庫庫爾坎是瑪雅神話中的羽蛇神，具有「生有羽毛的蛇」形象的神明最早出現在奧爾梅克文明中，並普遍見於中美洲文明的神話。

3

薩瑪科納早年在比斯開灣一個名叫盧阿爾卡的寧靜港口小城生活過，關於這段時間，他著墨甚少。他是家中的次子，曾經過得狂放不羈，一五三二年來到新西班牙時年僅二十歲。他性格敏感，富有想像力，深深著迷於他聽說的北方的富裕城市和未知世界的縹緲傳言——尤其是聖方濟各會修士馬可斯·德尼薩講述的故事，後者一五三九年旅行歸來後繪聲繪色地向人們描述不可思議的錫伯拉，和它高牆大城中石砌的成排房屋。聽說科羅納多準備組織遠征隊去尋找這些奇蹟——還有傳聞中存在於更遙遠的野牛之地的更璀璨的奇蹟——年輕的薩瑪科納想方設法加入了精挑細選的三百人隊伍，於一五四〇年啟程前往北方。

歷史記錄了那場遠征的前後經過——他們如何發現錫伯拉僅僅是個祖尼人的骯髒村莊；德尼薩如何因為他的浮誇描述而被恥辱地趕回墨西哥；科羅納多如何第一次見到大峽谷；他如何來到佩科斯河上的西庫耶，聽一個外號叫突厥佬的印第安人說遙遠的東北方有一片富饒而神祕的土地，這個名叫基維拉的國度盛產黃金、白銀和野牛，有一條寬達2里格的大河在那裡奔流。薩瑪科納簡要講述了他們如何在佩科斯河上蒂蓋科斯鎮建立冬季營地，如何在來年四月啟程向北而去，土著嚮導如何誆騙他們，領著隊伍遊蕩於遍布土撥鼠、鹽沼和捕獵野牛的流浪部落的土地之上。

後來科羅納多解散大部隊，帶領一個他親自選擇的小分遣隊繼續最終的四十二天探險，薩瑪科納想方設法擠進了這個隊伍。他提到肥沃的田野和極深的溪谷，樹木只有從陡峭的河岸邊緣才能看見，而所有人的食物只有野牛肉。接下來他提到了探險最終抵達的疆域，也就是聲名在外但令人失望的奎維拉，那裡有茅草屋組成的村落，有小溪和大河，有上佳的黑色土壤，出產李子、堅果、葡萄和桑椹，還有種植玉米、使用銅器的印第安居民。他隨口提到誆騙他們的土著嚮導突厥佬如何被處決，還提到一五四一年秋科羅納多如何在一條大河的岸邊立起十字架，上面刻著「偉大統帥法蘭西斯科・巴斯奎斯・德・科羅納多遠征至此」的銘文。

所謂的奎維拉坐落於北緯40度左右，我注意到紐約考古學家霍奇博士不久前將其定位於阿肯色河流經阿肯色州巴頓縣與萊斯縣之間的地域。在蘇族將威奇托部落向南驅趕到如今的奧克拉荷馬之前，那裡曾是威奇托人的老家，考古學家在此處發現了多個茅屋村落的遺址並挖掘以搜尋器物。科羅納多在這附近進行了可觀的探索工作，多年來在印第安人口耳之間滿懷敬畏傳播的富裕城市和隱藏世界的流言，帶著他東奔西走。這些北方土著似乎比墨西哥印第安人更加不敢和不願談論那些傳說中的城市和世界，然而若是他們敢於和願意開口，能夠揭示的情況也比墨西哥印第安人多得多。他們的語焉不詳觸怒了西班牙人的首領，許多次徒勞無功的搜尋過後，他對待說故事的那些人越來越殘酷。薩瑪科納比科羅納多更有耐心，發現這些傳說特別有意思，他學習當地人的口頭語言，熟練得足以與一位名叫衝牛的年輕人進行長時間交談，好奇心曾驅使後者去過比部落裡其他人敢於涉足之處更加怪異的一些地點。

衝牛告訴薩瑪科納，在某些遍覆樹木的陡峭深谷的底部——探險隊在向北行進的路上見過這些溪谷——存在著奇特的石砌通道、大門和洞穴入口。他說，這些洞口大多數被灌木叢遮住了，難以計算的千萬年間極少有人進去過。進去的人幾乎再也沒有回來過，寥寥無幾的歸來者不是瘋了就是怪異地殘疾了。然而這些全都是傳說，因為在附近最年長的老人的祖父輩記憶中，沒有人曾靠近那些地方超過一段有限的距離。衝牛本人走得恐怕已經比其他人都要遠了，見過的事物足以克制他的好奇心和對傳說中埋藏於底下的黃金的貪念。

他進入的洞口裡是一條漫長的通道，這條通道令人發瘋地上下左右盤旋迂迴，牆壁上滿是可怕的雕紋，所繪製的怪物和恐怖景象是沒有人曾見過的。最後，在無數英哩曲折下降的行進後，前方出現了一團可怖的藍光，通道前方豁然開朗，連接著一個駭人的地下世界。說到這裡，印第安人再也不肯說下去，因為他見到的某些東西使得他連忙後退。但黃金城市肯定就在底下的某個地方，他又說，帶著能釋放雷電魔法棍子的白人也許能成功地抵達那裡。他不想把他知道的情況告訴大首領科羅納多，因為科羅納多已經不會相信印第安人的任何話了。對——要是白人願意脫離隊伍，接受他的引導，他可以給薩瑪科納指路。但他不會陪白人走進洞口。裡面有不好的東西。

那個地方在向南走大約五天行程之處，臨近巨大土丘林立的區域。這些土丘與地底下的邪惡世界有所聯繫，很可能是連接那裡的遠古通道已被封死的入口，因為遠古種族在地面上曾經有過殖民地，與各處的人們有貿易往來，連後來被大水淹沒的土地上的居民也不例外。就是在那些土地沉沒的時候，遠古種族將自己封閉在地下，拒絕再和地面上的人們打交道。沉沒土地的倖存者告訴他們，外部世界的神祇與人類作對，除了和邪神結盟的惡徒，外部世界的居民全都必死無疑。正是因為這些，它們才和所有地表居民斷絕了往來，對膽敢入侵它們棲息之地的人做出各種令人膽寒的事情。各個通道口曾經駐紮過哨兵，但隨著世代交替，漸漸地不再需要哨兵了。沒有多少人願意談論隱藏地下的遠古種族，若不是偶爾有一、兩件可怕的事情提醒人們記住它們的存在，關於它們的傳說大概早就徹底消亡了。這些生物古老得近乎永恆，使得它們怪異地接近靈體的界限，因此它們幽魂般的投影出現得頗為頻繁和生動。遍布巨大土丘的區域相應地在深夜時分經常因鬼魅之間的爭戰而躁動，它們反映的是通道口封閉前展開過的殊死搏鬥。

遠古種族本身是半魂體的——事實上，據說它們不再衰老和繁殖，而是永遠在介於肉身和靈魂之間的狀態中搖曳存在。然而變化並不徹底，因為它們必須呼吸。地下世界需要空氣，所以深谷裡的隧洞和平原上的土丘隧洞一樣沒有完全堵死。衝牛還說，這些隧洞很可能是以土地中的自然孔隙為基礎挖掘的。有傳聞稱遠古種族是在這個世界尚年輕時從群星降臨的，它們進入地下建造純金的城市，因為當時的地表還不適合生存。它們是全人類的祖先，但誰也無法想像它們來自哪顆星辰或群星外的什麼地方。它們的隱藏城市依然遍地黃金和白銀，但人們最好不要去招惹它們，除非有非常強大的魔法保護。

它們豢養混有一絲人類血脈的可怖獸類，將其充當坐騎和用於其他場合。人們含蓄地提到，這些獸類和它們的主人一樣，也是肉食動物，尤其喜歡人類的滋味，因此雖然遠古種族本身並不繁殖，但它們擁有某種半人類的奴隸階層，同時也為它們和獸類提供血食。這個階層透過怪異的手段補充成員，另有由復活屍體構成的次級奴隸階層從旁輔助。遠古種族通曉將屍體變成自動機的手段，這些自動機可以近乎永恆地持續運轉，能夠在思維流的指揮下完成各種工作。衝牛說遠古種族僅僅透過思維就能進行交談，在億萬年的探索和研究實踐中，它們發覺語言是粗魯和無用的，因此只有在宗教儀式和表達情感時才會使用。它們崇拜伊格，眾蛇的大父，還有圖魯，將它們從群星帶到地球上來的章魚頭存在體，它們向這兩個駭人的畸形怪物獻祭人類，其怪異的方式是衝牛無論如何都不肯詳細描述的。

印第安人講述的故事迷住了薩瑪科納，他立刻決定請衝牛當嚮導，帶他去溪谷看一看那所謂的神祕石門。他並不相信傳說中對隱藏種族的奇特習俗的描述，因為探險隊的經驗已經足以打破一個人對土著神話中未知國度的幻想了，然而他確實認為地下那些牆壁刻有怪異雕紋的通道必然連接著充滿財富和冒險的神奇土地。剛開始他還想說服銜牛向科羅納多講述這個故事，許諾會承擔首領那暴躁的懷疑情緒有可能造成的一切後果，但後來他決定還是一個人單獨探險比較好。假如沒有幫手，無論發現什麼他都不需要和別人分享，而且有可能成為一位偉大的發現者，擁有不可思議的財富。勝利會讓他成為比科羅納多更偉大的人物，甚至整個新西班牙最偉大的人物，連一手遮天的總督大人安東尼奧·德門多薩也會黯然失色。

一五四一年十月七日，午夜前一小時，薩瑪科納悄悄離開茅屋村莊不遠處的西班牙人營地，與銜牛會合後踏上了向南的漫長征程。他盡可能輕裝上陣，沒有戴沉重的頭盔和胸甲。手稿沒怎麼詳述旅程的細節，薩瑪科納只記錄了他在十月十三日抵達了那條深谷。他們沒有花多少時間就沿著林木茂密的山坡降至谷底，印第安人在深谷微弱的光線中尋找隱藏在灌木叢中的石門遇到了一些麻煩，好在最後還是成功地找到了。就通道入口而言，這個洞口委實很小，用整塊砂岩搭成門柱和門楣，刻著幾乎磨損殆盡、現已無法解讀的雕紋。它高約7英呎，寬度不到4英呎。門柱上有幾個位置鑽過孔，證明曾經存在過帶鉸鏈的門扇，然而這麼一個東西留下的其他痕跡都早已消失了。

看見這個漆黑的深洞，銜牛顯示出了可觀的恐懼，扔下裝滿給養的背包，動作中表露出匆忙的跡象。他為薩瑪科納帶來了足量的樹脂火把和口糧，誠實而認真地履行了嚮導的職責，但拒絕和薩瑪科納一同完成即將展開的冒險。薩瑪科納給了他一些專門為這種場合儲備的小飾品，請衝牛承諾他一定會在一個月後返回此處，然後再帶薩瑪科納向南返回佩科斯河上的土著村莊。他們選擇平原上的一塊顯眼岩石為會合地點，先抵達者應紮營等待另一人的到來。

薩瑪科納在手稿中表達了他對印第安人在會合地點等了多久的期冀與好奇，因為他終究沒能守住這個約定。直到最後一刻，衝牛還企圖說服他放棄進入深淵的念頭，但很快就意識到這是白費力氣，於是聽天由命地揮手告別。在點燃第一支火把走進洞口之前，西班牙人目送印第安人瘦削的身影如釋重負地匆忙穿過樹林爬向坡頂。這切斷他和世界的最後一道聯繫，此刻他還不知道他將再也不會見到其他人類了，至少從人類一詞的公認意義上說是這樣。

薩瑪科納走進那道不祥的石門，儘管從一開始就被某種怪異而不潔的氣氛包圍，但並沒有立刻感覺到邪惡降臨的徵兆。通道本身比洞口稍高一些也稍寬一些，最初的許多碼都是用巨石壘砌的平坦隧道，腳下是磨損嚴重的石板地面，牆壁和天花板是花崗岩和砂岩的石塊，刻著光怪陸離的雕紋。從薩瑪科納的描述來看，那些雕紋肯定非常恐怖和令人厭惡；根據他的敘述，它們絕大多數圍繞伊格和圖魯這兩個怪異生物展開。它們與這位冒險家見過的任何事物都毫無相似之處，不過他也說在外部世界的所有事物中，墨西哥土著的建築物與它們最為接近。走了一段距離，隧道陡然下降，上下左右都露出了不規則的自然岩石。通道似乎只有部分是人工建造的，裝飾物僅限於偶爾出現的鑲板和其中駭人的淺浮雕。

這段下降的距離非常長，地面的陡峭有時甚至造成了滑倒和滾落的迫切危險，通道隨後變得方向極其不定、表面異常崎嶇。它有時狹窄得變成一條縫隙，或者低矮得需要彎腰甚至爬行，而有時寬闊得變成尺寸可觀的洞穴或連串洞穴。顯而易見的是極少有人工造物進入這部分隧道，不過偶爾還是會在牆壁上見到陰森的鑲板或象形文字或堵死的側向通道，提醒薩瑪科納想起這事實上是已被遺忘千萬年的通衢大道，連接著一個居住著活物的難以想像的遠古世界。

就他盡可能準確的估計而言，潘費羅・德・薩瑪科納跌跌撞撞地穿行於萬古長夜中的這個黑暗區域，行進了足足三天，隧道時而向下，時而向上，時而水平，時而迂迴，但總體趨勢始終是向下。他偶爾會聽見某些屬於黑暗的隱祕生物從他前方的道路上走開或飛離，有一次還隱約瞥見了一隻慘白的龐大生物，使得他顫慄不已。空氣品質大體而言尚可忍受，但時不時會經過散發惡臭的區域，還有一個遍布鐘乳石和石筍的巨大洞穴潮溼得令人窒息。衝牛也曾遇到過這個洞穴，它頗為嚴重地擋住了去路，因為無數歲月中積累的石灰石在遠古深淵居民通行的道路上築起了一根根廊柱。然而印第安人先前已經突破了障礙，薩瑪科納此時也不覺得他被絆住了腳步。對他來說，想到還有其他外部世界的來客曾經來過這裡，他從潛意識中就受到了安慰——印第安人的細緻描述消除了驚訝和意外的情緒。更有甚者——衝牛對隧道的了解使得他提供了足以完成來去旅程的火把，因此薩瑪科納不會遭遇受困於黑暗的危險。薩瑪科納紮營兩次，自然通風良好地處理了篝火的煙霧。

他所認為的第三天行將結束的時候——即使他對自己估計時間的能力深信不疑，然而實際上未必靠得住——薩瑪科納遇到了一段陡降和緊接著的陡升坡道，按照衝牛的描述，這就是隧道的最後一部分。從先前的一些地方開始，人工建築的痕跡變得越來越明顯；有幾處陡峭的坡道上粗略地鑿出了臺階。火把照亮了牆上越來越多的怪誕雕飾；走完最後一段向下的臺階，薩瑪科納向上攀爬，樹脂燃燒的火光中似乎混合了某種黯淡的瀰散微光。上升的坡道走到盡頭，前方是一段由暗色玄武岩石塊人工壘砌的水平通道。現在不再需要火把了，因為空氣中瀰漫著一種泛藍色、準電離、如極光般閃爍的輝光。這正是印第安人描述的地下世界的那種怪異光線——沒多久，薩瑪科納就走出隧道，來到了一片亂石嶙峋的荒蕪山坡上，頭頂上是沸騰翻滾、視線無法穿透的天空，湧動著泛藍色的光輝，高得令人眩暈的山坡底下是看似廣袤無垠的平原，籠罩著泛藍色的霧氣。

他終於來到了這個未知世界，根據手稿所述，他俯瞰著這片無定形的景象，那一刻驕傲和得意的情緒，無疑能和其同胞巴爾沃亞踏上達里恩那座難忘高峰俯瞰新發現的太平洋時相提並論。衝牛來到此處就折返了，驅使他逃離的恐懼感來自他只肯閃爍其詞地模糊描述為一群惡畜的東西，它們不是馬匹也不是野牛，而是更像土丘鬼魂夜間騎行的那些動物——然而如此微不足道的小事可擋不住薩瑪科納。充斥他內心的不是畏懼，而是一種奇異的榮耀感，因為他擁有足夠的想像力，知道單獨來到一個別的白人甚至不曾夢想過其存在的神祕地下世界意味著什麼。

在他背後急劇隆起、在他腳下陡峭地向下伸展的這座山峰的土壤是深灰色的，遍布石塊，沒有任何植被，很可能是從玄武岩形成的；一種非塵世的怪異氣息籠罩著山峰，他感覺自己像是來到外星球的入侵者。數千英呎之下廣袤的平原上辨認不出任何地貌，首要的原因是繚繞的泛藍色蒸氣似乎遮蔽了大部分土地。比起山峰、平原和霧氣，給冒險家留下最深刻的奇妙和神祕感的還是那散發藍色輝光的天空。他無法想像是什麼在一顆星球的內部創造了這片天空，但他知道北極光的存在，甚至親眼目睹過一、兩次。他的結論是這種地下輝光與極光有著隱約的同族關係，當代人多半會贊同他的觀點，不過特定的某些放射現象似乎也可以列入考慮範圍。

薩瑪科納所走出的隧道口在他背後幽深地敞開著，框住它的石門很像他在地上世界走進的那道石門，但質地並非紅色的砂岩，而是灰黑色的玄武岩。門上有一些保持完好的駭人雕紋，很可能與外部入口被時間幾乎磨損殆盡的雕紋互相呼應。此處沒有風化的痕跡，說明氣候乾燥而溫和。事實上，西班牙人已經注意到這裡的溫度猶如春天，令人愉快地恆定不變，類似於北方內陸地帶的天氣。石頭門柱上留有曾經存在鉸鏈的痕跡，但門扇本身早已無影無蹤。薩瑪科納坐下休息和思考，他取出足以幫他穿過隧道返回地面的食物和火把，藉此減輕行李的重量。他用隨處可見的碎石在門口壘成一個錐形石塚，把這些東西藏在底下。他重新調整已經變輕的行裝，然後下山走向遙遠的平原。他準備侵入的區域在一個多世紀內沒有任何外部世界的活物曾經涉足，歷史上白人從未來過這裡，而且若是傳說故事可以採信，進來的有機生物沒有一個回去還能神智健全的。

薩瑪科納沿著看不見盡頭的陡峭山坡輕快地大步向下走；鬆動的碎石和過於險峻的坡度時而阻擋他的行進。霧氣繚繞的平原肯定遙遠得不可思議，因為許多個小時的行走並沒有讓它比剛開始時稍顯接近。他背後那座雄峰依然向上伸展，插向散發著泛藍色輝光的明亮雲海。寂靜籠罩一切，他的腳步聲和被他碰落的石塊的滾動聲聽起來清晰得令人驚詫。到了他所認為的中午時分，他第一次見到了怪異的腳印，他不禁想到衝牛那些可怖的暗示、突如其來的逃跑和持續不變的怪異的恐懼。

遍布石塊的土壤質地沒有給任何種類的痕跡多少得到存留的機會，然而山坡上有一處的地勢較為平整，鬆脫的碎石得以堆積成一道山脊，製造出一塊面積可觀的區域，灰黑色的肥土完全裸露在外。薩瑪科納在這裡發現了那些怪異的腳印，它們雜亂無章，意味著有一大群動物曾在此漫無目標地遊蕩。非常可惜的是他未能更詳細地描述這些腳印，而且手稿裡顯示出的語焉不詳的恐懼超過了精確的觀察結果。究竟是什麼讓西班牙人如此害怕，這就只能從他後面對那些獸類轉彎抹角的描述來推測了。他提到那些腳印時稱之為「不是蹄子，不是手，不是腳，也不完全是爪——就尺寸而言而沒有大得足以引起警覺」。這些動物在多久前經過此處和為何在此停留，這是兩個難以猜測其答案的問題。山坡上看不見任何植被，因此排除了放牧的可能性；不過另一方面，假如這些獸類是肉食的，那牠們應該會捕食較小的動物，而後者的足跡往往會被前者消除。

他從這片高地回望更高的山坡。薩瑪科納覺得他分辨出了從隧道口向下通向平原的蜿蜒道路的殘餘痕跡。你只能從視野開闊之處得到這條道路的印象，因為鬆脫的岩石碎片如水流般淹沒了它，不過冒險家還是能夠感覺到它確實曾經存在過。它很可能不是一條精心鋪設的主幹道，因為它連接的小隧道恐怕算不上通往外部世界的主要通道。薩瑪科納選擇了徑直下山的路徑，沒有順著它曲折的路線向前走，但他肯定曾經橫穿過它一、兩次。此刻注意力完全放在了這條路上，於是他望向前方，看能不能順著它下山走向平原，他最後的結論是可以。他決定等下次橫穿的時候研究一下它的表面，若是能夠看清道路的走向，就不妨順著它走完剩下的距離。

薩瑪科納繼續前進，走了一段時間，他踏上了他認為是古老道路的一個轉彎的地方。這裡能看見鋪平地面和多年前切削岩石的跡象，但道路早已殘破得不值得費力沿著它向前走了。他用佩劍在土裡亂翻，挖出了一件在永恆的藍色天光中閃閃發亮的物品，他激動地發現這是某種錢幣和獎章，質地是某種有光澤的深色未知金屬，兩面都刻著駭人的圖案。這東西讓他覺得既困惑又陌生，根據他的描述，它無疑與灰鷹在四個世紀後給我的護身符完全相同。他懷著好奇心長時間地研究它，隨後將它裝進口袋，繼續大步前行。過了一個小時，他猜測外部世界已經到了晚上，於是紮營休息。

第二天，薩瑪科納起得很早，他沿著山坡繼續下行，穿過藍光照耀下充滿迷霧和孤寂、寂靜得異乎尋常的世界。隨著他的前進，他終於能夠辨認出底下平原上的一些物體了——樹木、灌木叢、岩石和一條小河，小河從右側流入視野，在他預期路線左側某處轉彎流向前方。河上似乎有一座橋連接著下山的道路，探索者仔細查看後認為這條路在過橋後徑直深入平原。沿著這條筆直的長帶向前看，他甚至覺得他辨認出了散落其旁的一些城鎮，城鎮的左側邊緣延伸到河畔，有時還會過河到另一側河畔。隨著繼續下山，他發現在過河之處總能見到橋樑存在的跡象，有些橋樑已經損毀，有些依然完好。此時他置身於稀疏的草本植被之中，看見底下的植被變得越來越茂密。道路現在變得很容易分辨了，因為路面不像鬆軟的土壤那樣適合植物生長。岩石碎片越來越常見，比起此刻所處的環境，背後貧瘠的高處顯得越發淒涼和令人望而生畏。

就是在這一天，他看見平原上的遠處有一團模糊的成群生物在移動。自從第一次看見那些險惡的腳印，他再也沒有遇到過類似的痕跡，但那一團緩慢而有目標移動的成群生物，有某些特徵讓他產生了極其厭惡的情緒。除了一群正在放牧的動物，沒有任何東西能以這種方式移動，見過那些腳印之後，他非常不願意遇到製造出此種痕跡的東西。不過，移動的成群生物並不靠近道路，而他對傳說中的黃金的好奇和貪欲更加強烈。另外，一個人難道應該根據雜亂而模糊的腳印或者無知印第安人被驚恐扭曲的敘述做出判斷嗎？

薩瑪科納瞪大眼睛觀察移動的成群生物，同時注意到了另外幾件有意思的事情。首先是此刻已經清晰可見的城鎮裡有些區域在霧濛濛的藍光中奇異地閃閃發亮。其次是除了城鎮，還有一些同樣閃閃發亮但單獨聳立的建築物散落於道路旁和平原上。它們似乎被簇生的植被包圍，道路旁的那些有小徑通往大路。所有城鎮和建築物都找不到爐煙或其他生命跡象的存在。薩瑪科納終於發現平原並非無窮無盡地延伸，只是朦朧的藍色霧氣使得它看起來如此。一列低矮的山巒在極遠處為它畫出邊界，河流和道路似乎通向山脈上的一個缺口。薩瑪科納在永恆的藍色白晝中第二次紮營，這時所有這些都已經變得非常清晰，尤其是城鎮裡某些閃閃發亮的尖頂。他還注意到了高飛的鳥群，但無法看清牠們的模樣。

第二天下午——用手稿從頭到尾所使用的外部世界的語言來說——薩瑪科納踏上了死寂的平原，從刻有怪異雕紋、保存得頗為完好的黑色玄武岩橋樑跨越了無聲無息地緩慢流淌的河流。河水很清澈，游動著面貌完全陌生的大型魚類。此時的路面顯然經過鋪築，但長滿了雜草和藤蔓，時常能見到刻著晦澀符號的小立柱標出道路的邊界。平坦的草地在道路兩旁延伸，偶爾有一叢樹木或灌木點綴其中，不知名的藍色花朵毫無規律地到處生長。草叢偶爾會突兀地抖動片刻，證明那裡有蛇類出沒。旅行者行進了幾個小時，終於來到一叢似乎非常古老的常綠植物前，從他在遠處的觀察得知，這叢植物遮蔽著一座那種屋頂閃閃發亮的孤立建築物。他在蠶食道路的植被中分辨出路邊有一座石門的刻有駭人雕紋的塔柱，遍覆青苔的棋盤格步道兩側林立著巨大的樹木和龐然的廊柱，他穿過重重荊棘勉力前行。

最後，他終於在寂靜的綠色微光中見到了建築物那風蝕剝落、古老得難以言喻的正立面——毫無疑問，這是一座神廟。你能見到不計其數的令人作嘔的淺浮雕，描繪的景象和生物、物品和儀式在這顆或任何一顆神智健全的星球上，都絕不可能有容身之所。薩瑪科納只願意間接描述這些事物，第一次顯示出了震驚和虔信者的遲疑，因此削弱了手稿剩餘部分的見聞價值。我們不得不痛悔於文藝復興時期西班牙的天主教氣氛如此徹底地滲透了他的思想與情緒。神廟的大門洞開，沒有窗戶的內部充滿了無法穿透的黑暗。薩瑪科納克服了壁雕激起的反感情緒，取出燧石和鋼塊，點燃一支樹脂火炬，他掀開彷彿簾幕的藤蔓，勇敢地跨過了散發不祥意味的門檻。

有一瞬間他被眼前的景象徹底驚呆了。驚呆他的不是無數歲月積累的灰塵和蛛網覆蓋了一切，不是撲打著翅膀亂飛的生物，不是牆上可憎得讓他想尖叫的雕像，不是為數眾多的水盆和火盆的怪異形狀，不是險惡的頂部凹陷的角錐狀祭壇，不是陰森地蹲伏於刻著象形文字的臺座上睨視眾生，用暗色怪異金屬打造的章魚頭恐怖怪物，儘管這尊塑像甚至剝奪了他嚇得尖叫的力量。驚呆他的不是這些非塵世的神祕事物，而僅僅是因為除了灰塵、蛛網、有翅生物和翡翠眼睛的龐大塑像，視線內所有東西的每一顆粒子都完全由純粹的黃金組成。

即便撰寫手稿時薩瑪科納已經知道地下世界蘊藏著用之不竭的黃金礦脈，因此黃金在這裡是最常見的結構金屬，但他依然表達出了旅行者突然發現印第安人的黃金城市傳說的真正源頭時的狂熱興奮情緒。有好一段時間，仔細觀察的能力離他而去，最後還是他緊身上衣口袋裡傳來的一種奇異的拉扯感覺喚醒了他。追尋之下，他發覺他在廢棄道路上發現的怪異金屬的圓盤受到了臺座上章魚頭、翡翠眼塑像的強烈吸引，此時他看見塑像的質地也是同一種未知的奇特金屬。他後來得知這種有磁性的特異物質——對地下世界和地上世界的居民來說同樣陌生——是藍光深淵中的一種貴金屬。沒有人知道它是什麼和在自然界中產自何處，這顆星球上的全部數量都是偉大的圖魯——也就是章魚頭的神祇——最初將這些居民從群星帶到世間時一起帶來的。因此它唯一的已知來源就是既有的傳承物品，包括大量的龐然塑像。人們始終無法成功地找到其來源或分析其成分，連它們的磁性都只對同種物質起作用。它是隱藏居民最具儀式意義的金屬，使用它必須遵循一定的習俗，以免其磁性造成任何不便。它與諸如鐵、金、銀、銅和鋅等賤金屬鑄成的合金具有非常微弱的合金，在隱藏居民歷史上的一段時期曾構成他們專有的貨幣本位。

滔天的恐懼巨浪打斷了薩瑪科納對奇異塑像及其磁性的沉思，因為自從走進這個死寂的世界，他第一次聽見了聲音，這種非常清晰的隆隆聲似乎正在向他接近。他不可能猜測聲音的來源。這是一群大型動物奔跑時彷彿雷鳴的腳步聲；西班牙人回想起印第安人的驚恐、他看到的腳印和遠遠望見其移動的成群動物，不禁在恐懼的預感中瑟瑟發抖。他沒有花時間分析他的處境和一群龐大動物奔馳的意義，而是僅僅對自我保護的本能衝動做出了反應。奔跑的獸群不會停下來尋找躲在暗處的弱者，若是在外部世界，待在這麼一座樹林環繞的巨大建築物裡，薩瑪科納幾乎不會甚至完全不會感覺到任何驚慌。然而此刻卻有某些本能在他靈魂深處孕育出了深切而特別的畏懼心理，他瘋狂地環顧四周，尋找能夠確保安全的防護手段。

遍覆黃金的寬敞室內並沒有任何藏身之處，因此他覺得必須關上那扇棄用了無數年的大門。門扇依然掛在古老的鉸鏈上，背面貼著內側的牆壁。泥土、藤蔓和苔蘚從室外侵入了門洞，因此他必須用佩劍為黃金大門挖開一條通道，還好在越來越近的噪音那可怖的驅策下，他非常迅速地完成了這項工作。他奮力拉扯沉重的門扇，蹄聲每時每刻都變得越發震耳和凶險。他的恐懼一時間達到了令人發狂的高度，拉動堵塞了無數年的金屬大門的希望變得渺茫。但就在這時，隨著吱嘎一聲，那東西對他年輕的力量做出了反應，隨之而來的是一陣癲狂的生拉硬拽。在他看不見的龐雜踐踏聲之中，他終於成功了，沉重的黃金大門鏗然關閉，黑暗頓時吞沒了薩瑪科納，只有他插在一個三角臺水盆的兩根支撐柱之間的火把還在綻放光芒。門上有門閂，驚恐的年輕人向他的主保聖人祈願，希望門閂還能派上用場。

只有聲音能告訴這位避難者後來發生了什麼。喧囂聲來到足夠接近的地方，逐漸變成了一個個單獨的腳步聲，大概是常綠樹叢使得獸群必須放慢速度和散開。然而腳步聲依然在接近，那些動物顯然在樹木之間穿行，繞著刻有可怖雕紋的神廟外牆轉圈。門有一次在古老的鉸鏈上不祥地噹噹作響，像是受到了巨大的衝擊，所幸它還是熬過去了。過了似乎沒有盡頭的一段時間，他聽見腳步聲開始遠去，意識到他的未知訪客正在離開。動物的數量似乎並非非常巨大，因此再過半小時甚至更短的時間，他就可以安全地出去了，不過薩瑪科納沒有冒險。他打開背包，準備在神廟的黃金地磚上紮營，沉重的大門依然牢牢地閂著，將所有不速之客擋在外面，最後他墜入了香甜的夢鄉，他在外面藍光照耀下的地方絕不可能睡得如此安穩。他甚至不再介意偉大圖魯那章魚頭的恐怖塑像，它用未知金屬鑄造的龐然身軀蹲伏在刻著怪誕象形文字的臺座上，從他上方的黑暗中以海綠色的魚類眼睛睨視著他。

自從離開隧道，黑暗第一次包圍了他，薩瑪科納睡得既踏實又長久。這一覺他不但彌補了前兩次紮營損失的睡眠，當時永不熄滅的天空輝光使得他儘管疲憊卻依然清醒，而且在他陷入安穩無夢的沉睡時，其他活物的腿腳替他走完了許多旅程。他能如此舒坦地休息真是太好了，因為在下一個清醒的週期裡，他將遭遇那麼多怪異的事情。

4

最終喚醒薩瑪科納的是雷鳴般的砸門聲。聲音穿透他的夢境，在他一旦意識到這是什麼之後，立刻驅散了所有殘存的朦朧睡意。他不可能聽錯——這是人類製造出的清晰而專橫的砸門聲，似乎是用某種金屬器物敲出來的，背後存在著數量可觀的意識或意圖。驚醒的人笨拙地爬起身，一個尖銳的叫聲加入了召喚的行列——有人在大喊，聲音並不難聽，手稿將喊叫的內容記錄為「***oxi, oxi, giathcán ycá relex***」。薩瑪科納確信來訪者是人類，而非魔鬼，認為他們不可能有理由將他視為敵人，決定坦然地立刻與他們見面；於是他摸索著拉開古老的門閂，黃金大門在外部的壓力下吱嘎打開。

沉重的門扇向內打開，薩瑪科納站在門口面對著一群大約二十個人，他們的外貌並不足以讓他感到驚恐。他們似乎是印第安人，但有品位的長袍、飾物和佩劍與他在地面世界的部落中見到的毫無相似之處，而且面容與印第安人也有諸多微妙的差別。有一點非常清楚，那就是他們似乎不打算無緣無故地顯露敵意；因為他們沒有以任何方式威脅他，而是用眼神專注而意味深長地試探他，像是希望用視線開啟某種交流。他們盯著他看得越久，他似乎越是了解他們和他們的使命；儘管自從開門前用聲音召喚他之後，這些人就再也沒有開過口，但他發現自己慢慢地知道了他們來自低矮群山另一側的巨大城市，獸類向他們報告了他的存在，他們騎著獸類來到此處；他們不確定他是什麼種類的人和他來自何方，但知道他肯定與他們模糊記得、在怪異夢境中偶爾造訪的外部世界有關。他如何能從兩三個頭領的視線中讀懂所有這些，這是他無法解釋的事情；不過很快他就會知道原因了。

接下來，他試圖用他從衡牛那裡學來的威奇托方言與來訪者交談；未能得到口頭回應後他接連嘗試了阿茲特克語、西班牙語、法語甚至拉丁語——還盡可能從記憶中搜刮出他蹩腳的希臘語、加利西亞語和葡萄牙語的許多字詞加進去，甚至沒有放過他的故鄉阿斯圖里亞斯的農夫使用的巴布里方言。然而如此多種語言並列的努力——用盡了他所有的語言庫存——依然未能得到任何回應。他停了下來，不知如何是好，這時一名來訪者開口了，使用的是一種徹底陌生、非常有意思的語言，西班牙人在將其發音轉錄為文字時遇到了極大的困難。他無法理解這種語言，說話者首先指了指自己的眼睛，然後指了指額頭，然後又指向眼睛，像是在命令對方注視他，以接受他想傳送的內容。

薩瑪科納聽話地照著做，發現他迅速掌握了一些特定的知識。他得知，這些人如今用不發聲的思想波溝通，不過他們也曾使用一種語言交談，這種語言如今只作為書寫語言而存在，他們偶爾開口說話不是因為傳統的習俗，就是強烈的感情需要一個自發的表達管道。他只要將注意力集中在他們的眼睛上就能理解他們；若是想要回應，他可以在腦海裡將他意欲傳遞的消息構想成一幅圖像，然後將其內容透過視線發送給對方。思想說話者停下來，顯然是在等待回應，薩瑪科納盡其所能按照教給他的方法傳遞思想，結果卻不太如意。他只好點點頭，嘗試用手勢描述他本人和他的旅程。他指向上方，彷彿那是外部世界，然後閉上眼睛，比劃著模仿鼴鼠挖洞。然後他睜開眼睛，指向下方，以此指代他沿著陡峭山坡的下降過程。他嘗試著在手勢裡混入一兩個詞語——比方說，他依次指著自己和所有來訪者，嘴裡說「***un hombre***」(注)，然後單獨指著自己，非常慢地說出他本人的名字，潘費羅．德．薩瑪科納。

在這場怪異的談話結束前，雙方交換了大量的資訊。薩瑪科納漸漸懂得了該如何投射思想，同時學會了此處古老的口頭語言的一些字詞。來訪者反過來學會了許多西班牙語基礎詞彙。他們自己古老的語言與西班牙人聽說過的任何語言都毫無相似之處，但後來他似乎覺察到這種語言與阿茲特克語之間存在某種極為遙遠的聯繫，就彷彿後者反映了前者長期退化後的結果，或者有著非常稀薄的借詞滲透的血緣關係。薩瑪科納得知，地下世界有個古老的名字，手稿將其記錄為「***Xinaián***」，根據作者的補充說明和標記的變音符號，對盎格魯—薩克遜人的耳朵來說，它的讀音近似於「***K'n-yan***」——**昆揚**。

不足為奇的是他們最初的交流僅限於最基礎的事實，但這些基礎事實也極為重要。薩瑪科納得知昆揚的居民古老得近乎永恆，來自太空中一個遙遠的星球，那裡的物理條件與地球上的幾乎相同。當然了，所有這些如今只是傳奇故事；誰也無法斷定其中有多少事實，或者對章魚頭生物圖魯的崇拜有多少出於真心誠意，傳說稱它將他們帶到地球來，他們依然為了美學原因敬畏它。他們確實了解外部世界，事實上地殼剛冷卻得適合生存之後，最初在地表定居的就是他們。在冰河時代之間，他們創造出了偉大的地表文明，尤其是在南極洲卡達斯山脈附近的那一個。

在過去某個無比遙遠的時期，地表世界的大部分土地沉沒至海面之下，只有少數倖存者活下來將消息帶到昆揚。這場災難無疑源於某些太空邪魔的憤怒攻擊，它們對人類和人類信仰的諸神都懷有敵意——因為它證實了更早的遠古時代曾有另一場大沉沒的傳聞，諸神在這場沉沒中未能倖免於難，連偉大的圖魯也不例外，它到現在還被囚禁在半宇宙城市雷萊克斯的水牢裡沉睡做夢。傳說稱除了太空邪魔的奴僕，任何人都不可能在外部世界長時間生存；因此，結論是還居住在地表的生物都與魔鬼有著邪惡的聯繫。相應的，地下世界立刻中止了與太陽和星光照耀下的土地之間的所有往來。通往昆揚的地下隧道，只要他們還能想起來，就被堵死或駐兵看守；外來者全被視為危險的探子和敵人。

但那是很久以前了。隨著時間的流逝，來拜訪昆揚的人越來越少，最終未被堵死的

注 西班牙語：一個男人。

洞口不再駐紮哨兵。大部分人群忘記了外部世界的存在，只有經由扭曲的記憶、神話和非常怪異的夢境才會偶想起，不過受過教育的人們始終記得那些基礎事實。紀錄中最後的那些來訪者——已經是幾個世紀前了——並沒有被視為惡魔的探子；對古老傳說的信念早已磨滅。他們曾熱切地向來訪者詳細詢問奇妙的外部世界的情況；因為昆揚人的科學好奇心始終非常強烈，與地表相關的神話、記憶、夢境和歷史片段時常誘惑著學者外出探險，然而沒有任何人敢於嘗試。他們對來訪者的要求只有一個，那就是禁止他們回去和將昆揚確實存在的消息告訴外部世界；因為他們對地表世界終究不太放心。外來者覬覦黃金與白銀，有可能招來非常麻煩的入侵者。遵守命令的人都活得很快樂，但總是短暫得令人痛心，將他們對外部世界的所有了解全部告訴了昆揚人——然而並不足夠，因為他們的敘述往往支離破碎和自相矛盾，你分不清該相信什麼，又該懷疑什麼。他們希望能有更多的外來者到訪。至於那些不服從命令和企圖逃跑的人——他們的命運就非常不幸了。薩瑪科納受到了熱烈歡迎，因為比起他們記憶中來到地下世界的其他人，他所處的階層似乎比較高，對外部世界的了解也更多。他能告訴他們許多知識——他們希望他能安於終生待在這裡。

在第一次會談中，薩瑪科納得知許多有關昆揚的事實，讓他驚訝得難以呼吸。舉例來說，他得知在過去的幾千年間，昆揚人已經征服了年老和死亡的現象；因此人們不再會衰老，除了暴力因素和主觀意志使然，也沒有人會死亡。透過調整生理系統，你可以隨心所欲地在肉體上永葆青春和長生不滅；若是有人願意變老，唯一的原因就是他要享受生活在一個被停滯和陳腐統治的世界裡的感受，而且只要他們願意，隨時都可以重新變得年輕。除了實驗性的目標，生育已經終止，因為這個主宰了大自然和有機生命競爭者的優勢種族認為大量人口是毫無必要的。不過，有許多個體在存活一段時間後選擇了死亡，因為不管怎麼用最刺激的手段發明新的樂趣，意識存在的折磨對敏感的靈魂遲早會變得過於枯燥——尤其是對其中一些人來說，時間與飽膩感蒙蔽了原始本能和自我保護的念頭。薩瑪科納面前這群人的年齡都在五百到一千五百之間，其中有幾位見過來自地表的訪客，但時間已經模糊了記憶。另一方面，以往的訪客經常會嘗試複製地下種族的長壽特性，但僅僅取得了非常有限的成就，因為分隔了一到兩百萬年以後，兩者之間已經演化出了種族差異。

這些演化差異在另一個方面甚至更加驚人地明顯——比永生本身還要怪異許多的一個方面。這就是昆揚人能夠利用經過技術訓練的純粹意志力量，調節物質與抽象能量之間的平衡，甚至在牽涉到有機活生物的軀體時也是一樣。換句話說，一名受過訓練的昆揚人付出一定的力量，就能非物質化和重物質化其自身，若是付出更大的力量，使用更加微妙的技法，還能對他選擇的其他物體做出同樣的事情：毫無損傷地將有形物質轉換為自由粒子和將粒子重新聚集成物質。假如薩瑪科納沒有像他先前那樣回應來訪者的敲門，他大概會在極其困惑的情況下見到這批客人，因為阻擋這二十個人不等回應就徑直穿過黃金大門的障礙僅僅是過程中需要耗費的力量和麻煩。這套技法比永生技法還要古老；任何一名有智力的人類都能在一定程度上學會，但不可能完美地掌握。據說它在過去的億萬年間傳到了外部世界，但只透過祕密教義和縹緲傳奇輾轉流傳。外部世界的遊蕩者帶下來原始而不完整的鬼故事曾逗得昆揚人樂不可支。在實際生活中，這套技法有著一定的生產性用途，但大體而言乏人問津，因為這裡沒有需要使用它的理由。它留存至今的主要方式與做夢有關，夢境鑑賞家為了尋求刺激，使用它增進他們漫遊夢境的逼真度。透過使用這種方法，某些做夢者甚至以半物質的方式造訪過一個怪異而朦朧的地方，那裡有土丘、山谷和變幻莫測的光線，部分人認為那就是早被遺忘的外部世界。他們會騎著他們的牲畜前往那裡，在和平的年代重演上古先輩的壯麗戰事。有些哲學家認為，在這種時候，他們實際上接觸到了好戰祖輩遺留下來的非物質力量。

昆揚人現在全都居住在群山另一側高聳的巨大城市裡，這座城市名叫撒托。地下世界向地心延伸到無法測量的深淵底下，深淵中除了藍光照耀的區域，還有一個名叫幽斯的紅光照耀的區域，考古學家在那裡找到了更古老的非人類種族留下的遺跡。地下世界曾經棲息著多個種族。然而在時間的進程中，撒托的居民征服和奴役了其他人；將他們與紅光區域某種長角的四足動物配種雜交，後者的半人類傾向非常明顯，儘管包含著某種人工創造的因素，但有可能部分是留下那些遺跡的生物的退化後代。隨著億萬年過去，機械方面的發明使得生活變得異常方便，撒托人因此聚集在一起，所以昆揚的大部分土地變得較為荒蕪。

聚居一處更方便生活，維持人口繼續增長也毫無意義。許多古老的機械設備依然在使用，但也有許多設備遭到棄置，因為它們不再能夠給予樂趣，或者對於一個數量持續減少的種族來說缺乏必要性，更何況這個種族還能用精神力量控制大量劣等和半人類的勞工有機生物。這個為數眾多的奴工階層是高度合成性的，雜交配種的來源有古代被征服的敵人，有外部世界的漫遊者，有被奇異地重新喚醒的死屍，有撒托統治階層中自然產生的劣等成員。統治者本身透過選擇配種和社會進化變得極為優等——整個國家經歷過一段理想主義和工業化的民主政治時期，所有人機會均等，將自然賦予的智力轉變為權力就此耗盡了所有人的腦力和毅力。他們後來發現，除了用來滿足基本需要和不可避免的某些欲望之外，工業大體而言毫無益處，因而變得非常簡單。以標準和易於維修為準繩建立的機械化都市確保了生理舒適，而科學化的農業和畜牧業滿足了其他基本需求。長途旅行被徹底放棄，人們回到使用長角的半人獸類的時代，不再維護曾經穿梭於陸地、水面和天空的無數黃金、白銀和鋼鐵的運輸機器。薩瑪科納難以相信這些事物能夠存在於夢境外的現實中，但他們說他可以去博物館參觀它們的樣本。他還可以走一天的路程去督訶納谷，參觀其他有著魔法般偉力的巨型裝置的殘骸；在這個種族的成員還為數眾多時，他們曾經將居住區域拓展到了那裡。遼闊平原上的城市和神廟來自更加古老的年代，自從撒托族人奪取了地下世界的霸權，它們就僅僅被視為宗教和古文物遺址了。

在政體方面，撒托算是某種共產主義或準無政府主義的國家；決定日常事務的與其說是法律，不如說是習俗。長壽帶來的閱歷和讓整個種族喪失鬥志的倦怠為這一切奠定了基礎，他們的需求和欲望僅限於最基礎的生理需求和新鮮的感官刺激。千百年忍耐造成的反作用與日俱增，儘管尚未將根基侵蝕殆盡，但已經摧毀了關於價值和準則的所有幻象，剩下能夠尋求或期待的也只有類似於習慣的東西了。為了確保尋求享樂這種共同自毀的行為不至於導致社會生活陷入癱瘓——他們希望達到的僅僅是這個目標。家庭組織很久以前就滅亡了，性別的文化與社會差異也消失了。日常生活按照儀式性的模式來組織；遊戲、飲酒、折磨奴隸、做白日夢、美食與情緒的狂歡、宗教典禮、怪異實驗、討論藝術與哲學和其他類似的事情構成了主要的消遣。財產——以土地、努力、牲畜、撒托的市有企業的股份和曾是通用貨幣標準的圖魯磁性金屬鑄塊——透過極為複雜的計算方法進行分配，其中有一定的總量均分給所有的自由人。貧窮聞所未聞，所謂的勞動只是行政管理，透過一套測試與選拔的精密體系將責任指派給個人。薩瑪科納發現他難以描述這些與他對世界的認知有著天差地別的情況；手稿這一部分的文本顯得異乎尋常地令人困惑。

按照他們的說法，藝術與智性活動在撒托達到過極高的水平，但後來逐漸變得倦怠和頹廢。機械占據主導地位曾在一段時間內打斷了正常美學的成長，引入毫無生命的幾何風格，扼殺了健全的表達方式。這種風格很快就被放棄了，但在所有圖畫和裝飾實踐中留下了印記；因此，除了傳統主義統治的宗教藝術領域，他們後來的作品中幾乎找不到深度和感情的存在。人們發現他們更喜歡從舊時作品的仿古複製品中尋找快樂。文學作品都是高度個人化和分析性的，對薩瑪科納來說完全不可理解。科學曾經發展得精深而準確，研究範圍包羅萬象，只有天文學除外；但後來也陷入衰落，因為人們發現動用腦力去記住龐雜得令人發瘋的細節和分支變得越來越沒有意義。他們認為更明智的做法是放棄深度思考，將自然科學限制在傳統形式之內。技術這東西，畢竟可以全憑經驗繼續下去。歷史越來越不受重視，但圖書館藏有詳盡而豐富的年代記。人們對這個主題還感興趣，薩瑪科納帶來的外部世界的知識肯定會帶來堪稱海量的欣喜。然而，總體來說，當代的流行趨勢是用感覺代替思考；因此發明新消遣的人比保存古老史實或向宇宙神祕之邊界發動進攻的人更受到看重。

宗教是撒托居民的首要愛好，儘管極少有人真的相信超自然力量。他們渴求的是伴隨豐富多彩的遠古信仰而來的神祕主義情緒，以及刺激感官的儀式所孕育的美學與情感衝擊。偉大的圖魯，代表宇宙和諧的靈體，在古代被符號化為將所有人類從群星帶到世間的章魚頭神祇，為祂修建的神廟是全昆揚最華美的建築物；另一方面，伊格，代表生命法則的靈體，符號化為眾蛇之父，為祂修建的神廟幾乎同樣奢侈和壯觀。後來薩瑪科納知曉了與這個宗教相關的許多狂歡與祭祀儀式的情況，但似乎不願在手稿中詳細描述。他本人從未參與過這些儀式，除了偶爾將某些儀式誤認為他自己的信仰的倒錯曲解；他同時也抓住每一個機會，試圖讓昆揚人皈依西班牙人希望能傳遍全世界的十字架信仰。

在當時撒托居民的宗教活動中，最顯著的特徵是圖魯金屬崇拜的近乎虔誠的復興——這種罕有而神聖的金屬、這種有光澤的深色磁性物質，在自然界中無處可覓，但一向以神像和聖職用具的形式存在於他們之中。從最古老的時代起，人們只要見到它非合金的形態就會表達尊敬，所有神聖的檔案和禱文抄本都必須保存在用最純粹的這種物質鑄造的圓筒裡。近年來，對科學和智力活動的摒棄蒙蔽了懂得批判性分析事物的靈性，人們再次開始圍繞這種金屬用曾經存在於遠古時代的敬畏和迷信編織羅網。

宗教的另一個功能是校準日曆，他們的曆法誕生於時間與速度被視為人們情感生活中的頭等崇拜對象的時代。清醒與睡眠交替的週期隨情緒和生活的需要來延長、縮短或倒轉，由偉大蛇神伊格的尾部敲擊節拍來定時，這個週期非常粗略地對應於地面上的白晝與夜晚，但薩瑪科納的感官告訴他，它們實際上肯定要長一倍。年度這個單位由伊格的蛻皮週期來確定，大約等於外部世界的一年半。薩瑪科納撰寫手稿時認為他已經很好地掌握了這套曆法，因而信心十足地將日期定為一五四五年；然而文本未能提供他對此事的信心確有道理的證據。

隨著撒托居民的發言人繼續講述情況，薩瑪科納內心的反感和警覺越來越強烈。不僅因為講述的內容，也因為所使用的怪異的心靈感應方法，還有返回外部世界已不再可能的明確推論，西班牙人因此希望他沒有深入地下，來到這個充滿魔法、變態和墮落的國度。然而他知道能夠被接受的態度只有友好和默許，於是決定配合滿足來訪者的所有願望，提供他們想要的一切資訊。另一方面，他遮遮掩掩吐露的有關外部世界的消息深深地迷住了他們。

從億萬年前亞特蘭提斯和雷姆利亞的避難者算起，這是他們第一次得到有關地表的詳實可靠的資訊，因為後來從外部下來的那些人都是眼界狹隘的當地群體成員，對整體而言的地表世界沒有任何了解，他們基本上只知道平原上的無知部落的情況，頂多對瑪雅、托爾特克和阿茲特克略知一二。薩瑪科納是他們第一次見到的歐洲人，他是一名受過教育、頭腦敏捷的年輕人的事實使得他作為知識來源的價值更加顯著。來訪者們對他經過考慮後透露的情況表達出了濃厚得屏息靜氣的興趣，他的到來無疑能夠重新激起厭倦的撒托居民對地理與歷史這些領域現已萎靡的興趣。

唯一讓撒托來客感到不悅的似乎是熱衷於冒險的古怪陌生人近來像潮水似的湧入連接昆揚的通道所在的地表區域。薩瑪科納向他們講述佛羅里達和新西班牙如何建立，探險狂熱如何正在攪動外部世界的絕大部分地區，西班牙、葡萄牙、法國和英國如何相互競爭。墨西哥和佛羅里達遲早會統合為一個殖民大帝國，到時候就不太可能阻擋外來者探索傳說中充滿黃金和白銀的深淵了。衝牛知道薩瑪科納進入地下的事情。若是他未能在預定的會合地點見到旅行者，他說不定會向科羅納多報告，消息甚至有可能傳進總督閣下的耳朵。來訪者的臉上流露出了對昆揚的私密和安全的擔憂，薩瑪科納從他們的思緒中得知，從現在開始，哨兵無疑將再次駐紮在撒托居民能記起且未被堵死的連接外部世界的通道入口。

5

薩瑪科納與來訪者的長時間交談發生於神廟大門外樹林中的藍綠色微光下。有些人躺在半消失的步道旁的雜草和青苔上，包括西班牙人和撒托來客的發言人在內的其他人坐在林立於神廟小徑兩側的低矮石柱上。交談肯定耗費了地表上近一整天的時間，因為薩瑪科納數次感覺到飢餓，不得不打開補給充足的背包吃東西，撒托來客中的幾位返回大路上去取口糧，他們將所騎的動物留在了那裡。最後，這群人的首領結束了這次會談，說現在該前往城市了。

首領說隊伍裡有幾頭備用的獸類，薩瑪科納可以騎其中的一頭。想到要跨上這種不祥的混血怪物——它們的營養來源是那麼地令人驚恐，而衝牛只看了它們一眼就發狂般地逃回地面——無論如何都不可能讓旅行者感到安心。這些動物的另一個特徵也令他極為不安——它們顯然擁有超乎尋常的智力，前一天狂奔獸群中的部分成員向撒托居民報告他的行蹤，帶來了面前這個探險隊。然而薩瑪科納不是懦夫，因此他勇敢地跟著他們踏上雜草叢生的步道，走向大路邊那些動物停留的地方。

然而當他穿過藤蔓覆蓋的塔門回到古老的大路上時，所見到的事物還是驚駭得他忍不住叫出了聲。他不再懷疑好奇的威奇托人為何落荒而逃，不得不暫時閉上眼睛以挽救理性。非常可惜，某種程度上的虔誠與克制阻止了薩瑪科納在手稿中詳細描述他見到的無可名狀的景象。事實上，他僅僅轉彎抹角地暗示了那些焦躁的白色巨物那令人震驚的畸形外貌，它們背部長著黑色皮毛，前額中央有一根未完全發育的獨角，扁平的鼻子和突出的嘴唇確鑿無疑地呈現出一絲人類或類人猿的血統。後來他在手稿中聲稱，無論是在昆揚還是在外部世界，這都是他一生中見過的最可怖的客觀實體。它們最無與倫比的恐怖特質卻不容易辨認或描述。它們最令人不安的一點是它們並非完全的自然造物。

這群人注意到了薩瑪科納的驚恐，連忙盡可能安慰他。他們解釋道，這些名為傑厄——幽斯的獸類無疑非常怪異，但確實完全沒有傷害性。它們的肉食絕非來自優勢種族的高智慧群體，而僅僅是一個特別的奴隸種族，它們在絕大多數方面都早已不是嚴格意義上的人類，其實根本就是昆揚的主要肉畜。它們——或者更準確地說，它們首要的配種先祖——最初在昆揚藍光世界以下荒蕪的幽斯紅光世界的龐然遺跡中以野生形態被發現。它們有一部分血統來自人類，這一點似乎非常明顯；但科學研究者始終無法確定它們是否就是曾經統治那片怪異廢墟的居民的後代。這個假說的主要論據是眾所周知的事實：幽斯現已消失的居住者是四足動物。研究者在幽斯最大的廢墟城市底下的辛族墓葬發現了為數極少的手稿和雕像，從中得知了這件事情。然而同一批手稿也宣稱，幽斯的居民擁有人工合成生命的技術，在其歷史上曾創造和毀滅過好幾種設計得極為精妙的勞力與運輸動物——更不用說它們在漫長的衰落歲月中，還為取樂和新鮮刺激而創造了各種各樣不可思議的活物。幽斯的統治者從血緣意義上說無疑曾是爬行動物，撒托絕大多數的生理學家都贊同這些獸類在與昆揚的哺乳動物奴隸階層雜交前確實非常接近爬行動物。

事實證明文藝復興時期的西班牙人胸中確實燃燒著無畏的烈火，因為潘費羅·德·薩瑪科納—努涅茲真的爬上一頭撒托人的病態獸類，與隊伍首領並肩騎行——首領名叫吉爾—哈薩—伊恩，先前雙方交流各自世界情況時最活躍的就是他。騎著怪物趕路自然令人厭惡，但穩穩地坐著倒是不難，傑厄—幽斯看似笨拙，步伐卻出奇地平穩和規則。不需要鞍座，這種動物似乎也不需要任何引導。隊伍輕快地向前移動，一路上只在薩瑪科納感到好奇的荒棄城市和神廟稍作停留，吉爾—哈薩—伊恩親切地帶他參觀和為他解說。這些城鎮中最大的一個名叫畢格拉，是用黃金精雕細琢而成的偉大奇觀，薩瑪科納帶著渴求和興趣研究那裝飾怪異的建築風格。建築物追求的是高度和細長，屋頂突起變成無數尖頂。街道狹窄而曲折，時有風景畫一般的山路，不過吉爾—哈薩—伊恩說昆揚後來的城市在設計上更加寬敞和規整。平原上所有這些古老城市都能找到已被夷平的城牆的痕跡，提醒人們想起現已解散的撒托軍隊如何在無數年前逐步征服這片土地。

吉爾—哈薩—伊恩還主動向薩瑪科納展示了一件物品，儘管去那裡需要繞道沿著藤蔓糾纏的一條岔路行走一英哩左右。這是用黑色玄武岩石塊壘砌成的一座低矮神廟，它的牆壁上沒有任何雕刻，裡面只有一個空蕩蕩的縞瑪瑙臺座。這座神廟的特殊之處是關於它的故事，因為它與傳說中一個更古老的世界有所聯繫，相比它的古老，連神祕的幽斯都近得彷彿就在昨天。他們模仿辛族墓葬裡描繪的神廟修建了這座建築物，用以供奉在紅光世界中發現的一尊極其可怕的黑色蟾蜍神像，根據幽斯人的手稿，它名叫撒托古亞。這個神通廣大的神曾廣受崇拜，昆揚人接受它之後，用它為後來統治那片土地的城市命名。幽斯傳奇稱它來自紅光世界之下一個神祕莫測的地下國度——那是一個黑暗國度，不存在任何光線，居住在那裡的生物擁有特殊感官，但在幽斯的四足生物出現前就誕生了偉大的文明和強大的神祇。幽斯有許多撒托古亞的雕像，據說全都來自地球內部的黑暗國度，幽斯的考古學家認為它代表著那裡萬古以前就已滅絕的種族。在幽斯人的手稿中，黑暗國度被稱為恩凱，這些考古學家盡可能詳盡地探索了那裡，發現的怪異石槽或地洞激起了無窮無盡的猜測。

昆揚人發現紅光世界並破譯了那些奇異手稿後，他們接納了撒托古亞宗教，將駭人的蟾蜍雕像全都帶到藍光照耀的土地上來，供奉在用開採自幽斯的玄武岩修建的廟宇裡，薩瑪科納此刻看見的就是其中一座神廟。這個宗教蓬勃發展，最終幾乎能和伊格與圖魯的宗教相提並論，他們種族的一個分支甚至將它帶去了外部世界，最小的一尊撒托古亞神像後來發現於地球北極附近洛瑪大陸的奧拉索埃城的一座神廟之中。據說這個外部世界的教團甚至熬過了大冰河期和多毛生物諾弗刻毀滅洛瑪的災禍，不過昆揚人不敢說他們確定地知道這些事情。這個宗教在藍光世界終結得非常突然，只有撒托這個名字存續至今。

結束了這個宗教的是對幽斯紅光世界之下恩凱黑暗國度的部分探索。根據幽斯人的手稿所述，恩凱沒有任何生命存活，但在幽斯人的時代和人類來到地球之間的億萬年歲月中，那裡肯定發生了一些什麼事情，那些事情與幽斯人的覆滅未必毫無關係。發生的可能是一場地震，它打開了無光世界更底層拒絕向幽斯考古學家開放的暗室；也可能是能量與電子之間更可怖的交疊作用，任何一種脊椎動物的大腦都無法理解。總而言之，當昆揚人帶著原子能探照燈下降進入恩凱的黑暗深淵時，他們發現了活物——那些活物沿著石砌隧洞流淌湧動，崇拜用縞瑪瑙和玄武岩雕刻的撒托古亞神像。但它們不是類似於撒托古亞的蟾蜍狀生物。不，它們要恐怖得多——它們是有毒黑色黏液的無定形結塊，能暫時改變形狀以滿足不同的功用。昆揚的探索者沒有停下來仔細觀察，僥倖逃生的那些人封死了從紅光幽斯世界通往底下恐怖國度的隧道。人們用分解射線將昆揚大地上的所有撒托古亞神像化作虛無，永久性地廢除了這個宗教。

億萬年後，人們忘記了發自肺腑的恐懼，科學研究的好奇心取而代之，撒托古亞和恩凱的古老傳說起死回生，一支全副武裝、裝備精良的探險隊下降進入幽斯，尋找通往黑暗深淵的封閉大門，去看一看棲息在底下的究竟是什麼。然而他們沒有找到那道門，後來千百年裡懷著同樣念頭而去的其他人也一無所獲。現在有些人甚至懷疑所謂深淵是否真的存在，但還能解讀幽斯手稿的少數幾位學者相信有充分的證據能證明這一點，儘管昆揚來自幽斯的二手資料和深入恩凱的那次恐怖探險的記錄遭受著更多的質疑。後世有些宗教團體嘗試阻止人們想起恩凱的存在，對提到恩凱的人施加嚴酷懲罰；然而在薩瑪科納進入昆揚探險時，人們還沒有開始認真看待這些事情。

隊伍回到古老的大路上，逐漸接近了低矮的山脈，薩瑪科納注意到那條河就在左側不遠處。過了一段時間，隨著地勢抬升，河流進溪谷，穿過山巒，道路從接近崖頂的較高處越過山口。這時飄起了濛濛細雨。薩瑪科納注意到雨點和雨絲斷斷續續落下，於是抬頭望向散發藍色輝光的天空，但怪異的光芒沒有任何減弱的跡象。吉爾—哈薩—伊恩告訴他，水蒸氣的凝聚和沉降過程在此處並不罕見，而且絕對不會讓天穹的光耀變得黯淡。另一方面，昆揚地勢較低的區域永遠蒙著某種薄霧，彌補了真正雲朵徹底缺失的遺憾。

山路所在的地勢緩緩上升，薩瑪科納回頭望去，他曾在對面見過的古老而荒蕪的平原一覽無餘。他似乎能夠欣賞這幅景象的奇異美麗，即將離它遠去使得他隱約感到遺憾；因為他提到吉爾—哈薩—伊恩催促他驅策馱獸走得更快一些。等他再次面向前方，坡頂已經非常近了；雜草叢生的荒涼道路通往上方，消失在藍光映照的虛空之中。這幅景象無疑給他留下了極為深刻的印象——右側是陡峭的綠色岩壁，左側是幽深的河谷和另一道陡峭的綠色岩壁，前方是藍色輝光沸騰攪動的海洋，向上的道路消融其中。他們隨即爬到了坡頂，撒托世界的全景圖驚人地在眼前無限鋪展。

繁華的巨幅景象看得薩瑪科納不由屏住了呼吸，因為這裡如蜂巢般匯聚的墾殖定居和人類活動遠遠超過了他見過甚至夢想過的任何事物。向下的山坡上相對稀疏地分布著小農場和偶爾一見的神廟，但從山腳開始則是一片廣袤的平原，像棋盤似的遍覆種植的樹木，從河流引出狹窄的水渠用於灌溉，幾何線條般精確的寬闊大道穿梭其中，鋪路的是黃金或玄武岩石塊。粗大的銀色線纜掛在金色高柱上，連接著各處低矮蔓生的建築物和簇生的高大樓宇，有些地方能看見一排排已經棄用、沒有線纜的高柱。緩緩移動的物體說明田野正在耕耘，薩瑪科納在一些地方看見人們在可憎的半人類四足動物輔助下犁地。

然而在這一切當中，給他留下最深刻印象的是簇生高塔和尖頂組成令人困惑的景象，它們聳立於平原上遙遠的地方，在藍色輝光中如花朵和幽魂般閃爍微光。薩瑪科納剛開始以為那是一座遍覆房屋和神廟的山峰，就像他的故鄉西班牙那些風景如畫的山城，然而再看一眼，他發現實際上並非如此。那是平原上的一座城市，但充滿了直插天空的塔樓，因此其輪廓線確實彷彿山峰。這座城市上方懸掛著怪異的灰色霧靄，藍光穿過它照在數以百萬計的黃金塔尖上，為輝光增加了別樣的色彩。薩瑪科納望向吉爾－哈薩－伊恩，意識到那就是撒托，一座畸形、龐大而不祥的城市。

隨著道路轉向下方的平原，薩瑪科納產生了某種不安和邪惡的感覺。他不喜歡他所騎的獸類和能夠供應如此獸類的這個世界，更不喜歡籠罩著遠方撒托城市的陰沉氣氛。隊伍開始經過山坡上的零星農場，西班牙人注意到了在田地裡勞作的生物；他不喜歡它們的動作和身體比例，更加不喜歡他在許多個體身上見到的肢體殘疾。另外，他也不喜歡部分生物在獸欄裡被蓄養的方式，尤其是它們啃食大把新鮮飼料的模樣。吉爾－哈薩－伊恩說這些生物是奴隸階層的成員，行為受到農場主的控制，農場主早晨用催眠印象告訴它們這一天都要做些什麼。作為半有意識的機器，它們的生產效率近乎完美。獸欄裡的那些是較為劣等的個體，唯一的用途就是肉畜。

抵達平原之後，薩瑪科納見到了一些更大的農場，注意到幾乎所有工作都由令人厭惡的獨角動物傑厄－幽斯完成。他也注意到還有一些更像人類的生物沿著犁溝辛勤勞作，其中一部分個體的動作比其他個體更加機械，他對它們產生了怪異的畏懼和厭惡的情緒。吉爾－哈薩－伊恩向他解釋，那些就是人們稱之為「伊姆－比希」的東西——它們是死去的有機生物，透過原子能和思想力量的手段復活為用於生產的機械。奴隸階層不像撒托的自由人那樣可以長生不老，因此隨著時間流逝，伊姆－比希的數量變得非常巨大。它們像狗一樣忠心耿耿，但不像活奴隸那樣能夠毫無困難地執行思想命令。最讓薩瑪科納反感的是肢體殘缺最嚴重的一些個體；有些失去了整個頭部，其他一些的身體各處有著似乎毫無規律的缺損、變形、換位和嫁接。西班牙人無從想像這種情況的起因，吉爾—哈薩—伊恩解釋稱這些奴隸曾在大競技場供人們取樂；因為撒托的居民最懂得欣賞精妙的感官體驗，為了滿足他們已經疲憊的神經，需要時刻追求花樣百出的新鮮刺激。薩瑪科納無論從什麼角度說都不算是有潔癖的人，對他的所見所聞卻也無法產生任何好感。

來到更近的地方，巍峨都市那畸形的遼闊和非人類的高度使得它變得隱約有些恐怖。吉爾—哈薩—伊恩解釋說巨型塔樓的較高部分已經無人使用，其中大部分早被拆毀，以省去維修的麻煩。原本都市區域周圍的平原遍布更新和更小的聚居區，許多人更喜歡住在那裡，而不是古老的塔樓。伴隨黃金和磚石的龐大聚合體裡的各種活動而生的單調喧囂傳遍了平原，騎著獸類的隊伍和獸類拉著的車輛如流水般在鋪著黃金或石塊的道路上進出城市。

吉爾—哈薩—伊恩停下幾次，向薩瑪科納展示值得關注的事物，尤其是崇拜伊格、圖魯、納各、耶伯和不可言喻者的神廟，它們稀稀落落地點綴在路旁，每座神廟都按照昆揚的習俗由樹林環繞。這些神廟還在被人們使用，與山脈另一側荒涼平原上的那些不同；騎著獸類的拜祭者川流不息，成群結隊地來來去去。吉爾—哈薩—伊恩帶著薩瑪科納參觀每一座神廟，西班牙人懷著興趣和反感觀看深奧的狂歡儀式。祭祀納各和耶伯的典禮尤其讓他作嘔，甚至到了他拒絕在手稿中進行描述的地步。他們經過一座低矮、黑色的撒托古亞神廟，不過它已經轉而供奉莎布—尼古拉斯了，她是萬物之母，不可言喻者的妻子。這個神祇有點像更加成熟和完備的阿斯塔蒂，對她的崇拜使得這位虔誠的天主教徒感到極為厭惡。他最不喜歡的一點是主持者發出的情緒激昂的聲音，對一個不再用口頭語言進行日常交流的種族來說，這種聲音異常刺耳。

來到撒托擁擠的周邊，完全置身於令人恐懼的高塔的陰影之中，吉爾—哈薩—伊恩指著一座怪異的環形建築物請薩瑪科納看，大量人群在這座建築物外排隊。他說，這是城裡諸多的圓形露天劇場之一，專門為昆揚的厭世居民提供奇特的運動表演和感官刺激。他正要停下，邀請薩瑪科納走進它巨大的弧形正門，西班牙人想到他在田地裡見到的損毀軀體，於是激烈地表達了拒絕之意。這是口味不同引發的許多次善意衝突中的第一次，撒托的居民因此認為他們的客人肯定遵循著某些奇特而狹隘的行為準則。

撒托本身是怪異的古老街道組成的一個龐大網絡；儘管感覺越來越恐懼和疏離，薩瑪科納還是被它蘊含的神祕和無處不在的奇景深深地迷住了。威懾心靈的塔樓龐大得令人頭暈目眩，來來往往的人群猶如巨大得可怕的洪流，穿行於裝飾華美的街道上，大門與窗戶刻著怪異的雕紋，從欄干包圍的廣場與層層疊疊的寬闊露臺能望見奇特的風景，籠罩一切的灰色霧靄彷彿低矮的天花板，壓在宛若河谷的街道上，所有這些加在一起，催生了他從未體驗過的無比強烈冒險與期待的感覺。他立刻被帶到管理者組成的委員會面前，會議在黃金與青銅打造的宮殿裡舉行，宮殿的前方是有花圃和噴泉的園地；在壁飾的花紋繁複得令人眩暈的拱頂大廳裡，他被友好而仔細地盤問了很長時間。他看得出來，在外部世界的歷史知識方面，他們對他懷著很高的期待；作為回報，昆揚的全部祕密也將向他揭開面紗。但只有一點讓他感到痛苦，那就是禁止他返回原先那個世界的冷酷命令，他將再也無法見到太陽、星辰和西班牙了。

他們為來訪者定下了每日活動的安排表，時間明智地分配給幾類不同的活動。他將在各種地方與有學識的人交談，學習撒托人知識的許多分支。他們將給他自由研究的時間，等他掌握了書面語言，昆揚世俗和非世俗的所有圖書館都會向他開放。他可以觀摩所有儀式和典禮——除非他本人強烈反對——還給他留出大量時間，供他參與文明人追求愉悅和情感刺激的活動，這些事情構成了昆揚人日常生活的目標和核心。他將分配得到一幢城郊的房屋或一套市區的公寓，他將被納入不計其數的大型友愛團體之一，群體內包括許多貴族女性，她們擁有經過技藝增強的極致美貌，近代的昆揚人用它們代替了家庭單位。他將得到幾頭獨角動物傑厄—幽斯，用於代步和跑腿；十名軀體完好無損的活奴隸將為他做家務，保護他不受盜賊、虐待狂和公共道路上的宗教狂歡者傷害。他必須學會使用許多種機械裝置，吉爾—哈薩—伊恩會立刻教他使用其中最重要的一些。

薩瑪科納在市區公寓和城郊別墅中選擇了前者，城市管理者彬彬有禮、鄭重其事地送他出門，嚮導領著他穿過幾條金碧輝煌的街道，走進一座彷彿峭壁、遍布雕紋、足有七、八十層高的建築物。人們已經收到通知，為他的到來做好準備；位於底層的一套寬敞的拱頂公寓裡，奴隸正忙著調整帷帳和家具。房間裡有塗漆、嵌花飾的矮几，有天鵝絨和絲綢的休憩角和坐墊，有望不見盡頭的一排排柚木和烏木分類架，插在格子裡的金屬圓筒裝著他很快就會讀到的一些手稿——城區所有公寓都配備的公認經典。每個房間都有的書桌上放著成摞的羊皮紙和此處流行的綠色染料，還有從大到小排列的成套染料刷和其他稀奇古怪的零碎文具。機械書寫裝置擱在有雕紋的黃金三角臺上，一切都籠罩在天花板上的能量球射出的明亮的藍色光線之中。房間有窗戶，但大樓底層位於陰影之中，因此窗戶幾乎沒有照明價值。部分房間帶有精緻的洗浴設施，廚房堪稱科技發明構成的迷宮。薩瑪科納得知，日用品透過撒托城底下的地下隧道網路送到家中，那裡曾經運行著奇異的機械交通裝置。地下層有棚廄供獸類棲息，嚮導向薩瑪科納展示了如何找到通往大街的最近一條通道。參觀即將結束的時候，永遠屬於他的奴隸們來了，嚮導為雙方介紹；沒過多久，他未來所屬的友愛團體來了五、六名自由人男性和女性，接下來的幾天內他們將陪伴著他，為他的教育和娛樂盡可能貢獻力量。他們離開後，另一群人會取而代之，整個團體的大約五十名成員將如此輪換。

6

潘費羅·德·薩瑪科納—努涅茲就這樣融入了險惡的撒托城市的生活，在藍光照耀的昆揚地下世界居住了四年。在此期間學到的知識、做過的事情都沒有寫進手稿；他開始用西班牙母語撰寫手稿時，虔誠的緘默征服了他，同時他也不敢寫下所有見聞。他對許多事情始終懷著強烈的反感，堅定不移地拒絕觀看某些場景、參與某些活動和食用某些東西。對於另外一些事情，他透過不斷數念珠誦《玫瑰經》來贖罪。他探索了整個昆揚世界，包括開滿金雀花的尼斯平原上中古時代遺留的荒棄機器城市，還去了一趟紅光照耀的幽斯世界，見識那些巍峨壯觀的廢墟。手工藝和機械造就的奇觀看得他忘記了呼吸；人類變形、非物質化、重物質化和起死回生，讓他在胸前一次又一次畫十字。日復一日見到的新奇蹟逐漸過剩，鈍化了他感到驚訝的能力。

然而他待得越久，他就越渴望離開，因為昆揚人內在生活所基於的情感動力明顯超出了他能接納的範圍。隨著他逐漸掌握了歷史知識，他越來越理解他們，然而理解只加劇了他的厭惡。他覺得撒托的居民是一個迷失方向的危險種族——他們對自己的危險比他們所知道的更巨大——他們對抗一成不變的單調，想方設法尋求新鮮刺激，這種與日俱增的狂熱正帶領他們迅速走向社會崩潰的懸崖和徹底的恐怖境界。他看得很清楚，他的到來加劇了局面的動盪；不僅因為他造成了人們對外部世界入侵的擔憂，還在許多人心中激起了出發去品嘗他描述中多姿多彩的外部世界的欲望。時間流逝，他注意到人們越來越喜歡把非物質化當作消遣，因此撒托的公寓和競技場成了貨真價實的巫妖狂歡，他們改變形態、調整年齡、試驗死亡和投射靈魂。他注意到隨著無聊和焦躁的增長，殘忍、欺詐和對抗也在快速增加。變態異常越來越普遍，奇特的虐待行徑越來越常見，無知和迷信越來越盛行，逃離物質存在、進入電子分散的半幽魂狀態的欲望越來越強烈。

然而，他逃離昆揚的所有努力都一無所獲。勸說純屬白費力氣，接二連三的嘗試證明了這一點；上層階級早已有了思想準備，剛開始並未對客人公開表示想離開而產生怨恨。一年後，也就是薩瑪科納計算中的一五四三年，他企圖透過他進入昆揚的那條隧道逃跑，然而在跨越荒棄平原的疲憊旅行後，他在黑暗的通道中遇到了哨兵，於是放棄了繼續朝那個方向努力的念頭。就在這段時間前後，為了保持胸中的希望，將家鄉的印象留在腦海裡，他開始起草講述冒險歷程的手稿；有機會使用他熱愛的西班牙語詞彙和熟悉的羅馬字母表讓他欣喜若狂。他幻想自己能用某種手段將手稿送往外部世界；為了說服自己的同胞，他決定將手稿封存在用於放置宗教文本的圖魯金屬圓筒之中。這種有磁性的陌生物質無疑能夠證明他講述的不可思議故事。

然而計畫歸計畫，他對與地表建立聯繫這件事幾乎不抱任何希望。他知道，所有已知的通道入口都有人類或哨兵把守，與之對抗並不是明智的選擇。他企圖逃跑更是雪上加霜，因為他看得出人們對他所代表的外部世界的敵意越來越強烈。他希望別再有其他歐洲人發現他進入地下世界的通道；因為後來者未必會得到他那麼好的待遇了。他本人曾經是一個受到珍視的資訊源泉，因而享受了擁有特權的地位。其他人會被視為沒那麼重要，受到的對待恐怕會大相逕庭。他甚至開始懷疑，等撒托的賢者們認為他知道的新奇知識已被榨乾，他將走向什麼樣的下場；為了保護自己，他在談論地表世界的知識時變得越來越保守，盡量讓他們覺得他心中還蘊藏著海量的情報。

還有一件事威脅著薩瑪科納在撒托的地位，那就是他對紅光世界幽斯下的終極深淵恩凱持續不變的好奇心，而昆揚占主導地位的宗教團體越來越趨向於否認這個地方的存在。探索幽斯的時候，他曾徒勞無功地嘗試尋找過被堵死的通道口；後來他努力練習非物質化和精神投射的技藝，希望他能藉此將意識向下投入他憑肉眼無法發現的深淵。他始終沒有能夠真正掌握這些手法，卻因此得到了一系列怪誕而奇異的噩夢，他相信它們隱含著一些將意識投入恩凱後產生的要素；他向伊格和圖魯崇拜的領袖講述這些噩夢，極大地震驚和攪擾了他們的心靈，朋友們建議他隱瞞而不是公開這些情況。後來，這些噩夢變得非常頻繁和令人瘋狂，他不敢在這份主要手稿裡描述其中的事物，但撰寫了一份特別紀錄，供撒托一些有學識的人參考。

非常不幸——但或許是仁慈的幸運也未可知——薩瑪科納在許多地方保持緘默，將許多主題和敘述留給較為次要的那些手稿。主要文件幫助讀者形成了撒托的外觀和日常生活的清晰景象，同時也讓你不由對昆揚人禮儀、習俗、思想、語言和歷史的細節浮想聯翩。你還會對那些人真正的動機產生困惑；他們怪異的消極和怯懦避戰，他們對外部世界近乎卑微的恐懼——若是他們願意不嫌麻煩，像以前那樣組織軍隊，他們掌握的原子能和非物質化科技至少能讓他們不可征服。很明顯，昆揚在衰敗之路上已經走了很遠——冷漠和歇斯底里合二為一，對抗機器在中古時期給他們帶來的嚴守時間表、規律得可笑的標準化生活。連怪誕和令人反感的習俗、思維方式和感情都能追溯到這個源頭；因為薩瑪科納研究歷史時找到了證據，在某個早已逝去的年代，昆揚人也曾懷著類似於外部世界古典時代和文藝復興時代那些思潮的理念，擁有過歐洲人眼中充滿了莊嚴、仁慈和高尚的國民性格和藝術。

薩瑪科納越是研究這些資料，就越是為他將要面對的未來而感到憂懼；因為他看得出道德和智性的瓦解無處不在，不但極為根深蒂固，而且在險惡地加速下滑。僅僅在他逗留的這段時間內，衰敗的跡象就增加了許多倍。理性主義越發變質，讓位於瘋癲和放任的迷信——集中體現為對磁性的圖魯金屬的狂熱膜拜——各種各樣的瘋狂憎恨逐漸吞噬寬容，其中首當其衝的對象就是外部世界，而他們的學者從他這裡搜集了大量的情報。他有時甚至擔心這些人有朝一日會不會拋下他們堅持億萬年的冷漠和頹喪，像瘋狂鼠群似的對頂上的未知土地發動攻擊，用他們依然記得的獨一無二的科學力量蕩平一切。不過，目前他們還在用其他方式消磨厭倦和空虛感；他們駭人的情感宣洩手段成倍增加，娛樂中怪誕和畸形的成分不斷增長。撒托的競技場肯定是邪惡得該受詛咒和無法想像的地方——薩瑪科納從未接近過它們。再過一個世紀，甚至再過十年，他們會變成什麼樣子，這是他不敢思考的一個問題。虔誠的西班牙人在那段時間比過去更頻繁地畫十字和數念珠。

一五四五年——按照他的估算——薩瑪科納開始了當被視為他逃離昆揚的最後一系列嘗試。他的新機會來自一個始料未及的源頭——他所屬的友愛團體裡的一名女性，她對撒托以往奉行一夫一妻制婚姻的年代尚有一些世代相傳的記憶，因而對他產生了某種奇異的個人迷戀情感。這位女性名叫媞拉—尤布，屬於貴族階層，擁有中等的美貌和至少平均水準以上的智力，薩瑪科納對她有著非同尋常的影響力，最終成功地引誘她幫助他逃跑，向她承諾他會允許她陪他一起離開昆揚。偶然性在事態進程中扮演了重要的角色，因為媞拉—尤布來自一個古老的大門領主家族，口頭傳承的知識告訴她，至少有一條連接外部世界的通道在大封閉時期之前就早已被大眾遺忘；這條通道的出口位於地表平原地帶的一個土丘上，因此既未被堵死也無人看守。她解釋說古老的大門領主不是看守或哨兵，而是儀式性和經濟上的土地業主，類似擁有采邑的封建貴族，存在於昆揚與地表切斷聯繫之前的年代。她的家族在大封閉之時已經完全沒落，因此他們的大門被徹底忽略了；後來他們嚴守存在這麼一條通道的祕密，將其視為某種世襲祕密——那是自豪感的來源，隱藏力量的象徵，以此抵消時常令他們煩惱的失去財富和影響力的感覺。

薩瑪科納狂熱地將手稿整理成最終形態，以防他遇到什麼不測。他決定只帶五頭獸類能馱動的用於微小裝潢的純金錠踏上外出征程——按照他的計算，它們足以讓他在他的世界裡成為擁有無盡權力的顯赫人物了。在撒托居住四年之後，他已經有了足夠的勇氣，可以直視那些畸形恐怖的傑厄—幽斯，因此他不害怕使用它們；然而等他回到外部世界，他會立刻殺死並埋葬它們，找個地方存放黃金，因為他知道只需要瞥一眼它們就能嚇瘋一名普通印第安人。然後他會組織一支可靠的隊伍將寶物運往墨西哥。他會允許媞拉—尤布分享財富，因為她無論如何都並非毫無魅力；但他大概會安排她留在平原印第安人之中，因為他並不熱衷於保留與撒托的生活方式之間的聯繫。就妻子而言，他當然會選擇一位西班牙的淑女，最差也得是具備外部世界正常血統、有著靠得住的良好背景的一名印第安公主。然而目前他還需要媞拉—尤布擔任嚮導。他會把手稿帶在身上，裝進一個用神聖的磁性圖魯金屬鑄造的書籍圓筒。

遠行過程記錄在手稿的補遺之中，這些文字是後來添加的，筆跡顯示出神經緊張的特徵。他們極為謹慎地做足了預防措施，選擇人們休息的時間段出發，盡可能遠地沿著城市地下光線昏暗的隧道前進。薩瑪科納和媞拉—尤布喬裝打扮成奴隸，背著裝口糧的行囊，徒步領著五頭負重的獸類，很容易就被別人誤認為隨處可見的工人；他們盡可能只走地下通道——他們利用了一條人跡罕至的漫長岔路，它曾是通往現已淪為廢墟的勒薩城郊的機械運輸裝置所走的隧道。他們在勒薩的廢墟中回到地表，隨後盡可能迅速地穿過藍光照耀下荒涼的尼斯平原，趕往低矮丘陵組成的戈赫－揚山脈。媞拉－尤布在那裡彼此糾纏的灌木叢中找到了棄用已久、半傳說的入口，走進早被遺忘的隧道；她在此之前只見過一次——無數年以前，她父親帶她來到這裡，向她展示這個象徵著家族驕傲的歷史遺跡。想驅趕背負重物的傑厄－幽斯穿過攔路的藤蔓和荊棘是非常艱難的苦工，其中一頭獸類顯示出不服從的態度，因而造成了極為可怕的後果——它飛奔逃離隊伍，揮動它可憎的蹄墊，帶著背上的黃金等物跑向撒托。

在藍光火把的光線下穿行於潮溼而憋悶的隧道中是宛如噩夢的經歷，他們向上爬、向下爬、向前爬、又向上爬，自從亞特蘭提斯沉沒以來的千萬年間，這裡不曾迎來過任何人的腳步；來到某個地方，媞拉－尤布必須訴諸非物質化的可怕技藝來幫助她自己、薩瑪科納和負重的獸類穿過一段被地層移動徹底堵死的隧道。對薩瑪科納來說，這是一種恐怖的體驗；因為儘管他經常目睹其他人非物質化，甚至自己也練習到了夢中投射意識的那一步，但他在此之前從未成為過非物質化的目標物。然而媞拉－尤布對昆揚的各種技藝都非常熟悉，兩次變形都完成得絕對安全。

他們於是繼續在遍布鐘乳石的恐怖地洞中穿行，每個轉彎處都有怪誕的壁雕睥視他們；他們交替宿營和前進，薩瑪科納估計他們行進了三天，然而實際上也有可能更短。

他們最終來到一段非常狹窄的地方，自然形成或粗略開鑿過的岩壁讓位於完全由人工壘砌、刻著可怖的淺浮雕的牆壁。這段隧道向上陡峭地攀升了大約1英哩，終點有一對寬闊的壁龕嵌在左右兩側牆壁裡，伊格和圖魯那結滿硝石的恐怖雕像蹲伏其中，隔著隧道互相瞪視，一如它們在人類世界最年輕的時候那樣。隧道在此處變成一個人類修建的帶有龐大拱頂的圓形房間，牆壁上滿是可怖的雕紋，對面能隱約看見一道拱門裡是一段臺階的起點。根據家傳的故事，媞拉—尤布知道此處肯定非常接近地表，但不確定究竟有多近。他們就地紮營，這本來應該是他們在地下世界的最後一次歇息。

過了幾個小時，金屬碰撞的鏗鏘聲和獸類行走的腳步聲，驚醒了薩瑪科納和媞拉—尤布。伊格和圖魯神像之下的狹窄隧道裡射出了泛藍色的輝光，真相立刻變得顯而易見。撒托發出警報，行動迅速的追擊者前來逮捕逃跑者，後來他們得知，通風報信的是在遍布荊棘的隧道口背叛主人逃跑的那頭傑厄—幽斯。抵抗顯然毫無用處，他們束手就擒。一行十二個騎著獸類的追擊者存心表現得彬彬有禮，他們立刻踏上歸途，雙方沒有交流一個字或一個念頭。

這是一段不祥與壓抑的旅程，為了透過堵塞之處，他不得不再次承受非物質化和重物質化的折磨，先前逃向外部世界時因為希望和期待而減輕的恐懼此刻變得愈加可怕。薩瑪科納聽見抓捕者討論要盡快用強輻射線清理這塊地方，因為以後必須在未知的地面出口處部署哨兵。他們將不允許地表居民進入通道，因為假如有人在得到恰當處理前逃出去，就有可能覺察到地下世界有多麼廣闊，從而產生足夠強烈的好奇心，帶著更強大的力量回來查看。在薩瑪科納抵達之後，其他所有通道都駐紮了哨兵，連最偏遠的大門也不例外；哨兵來自奴隸階層、活死人伊姆—比希和喪失資格的自由人。按照西班牙人的預測，數以千計的歐洲人將會在美洲平原上馳騁，因此每條通道都是一個潛在的危險源；它們必須得到嚴密的把守，直到撒托的技術專家蓄積能量，一勞永逸地用湮滅手段徹底隱藏入口，他們在過去精力更旺盛的時候曾這麼處理過許多條通道。

薩瑪科納和媞拉—尤布經過花圃與噴泉的園地，被帶進黃金與青銅的宮殿，在最高法院的三名格恩—阿格恩面前接受審判，西班牙人因為他還有外部世界的重要資訊可供榨取而重獲自由。法官命令他回到自己的公寓和所屬的友愛團體之中，像往常一樣生活，根據近期所遵循的時間表，繼續會見學者組成的代表團。只要他安安靜靜地待在昆揚，活動就不會受到限制——但他們警告他，假如他再次嘗試逃跑，就不會得到如此的寬大處理了。薩瑪科納在主審格恩—阿格恩的告別詞中覺察到了一絲譏諷，因為對方向他保證，他的所有傑厄—幽斯都會交還給他，背叛他的那一頭也不例外。

媞拉—尤布的下場就沒這麼樂觀了。留下她已經毫無意義，她古老的撒托血統使得她的背叛比薩瑪科納的行為更加罪孽深重，她被下令送往競技場滿足一些怪異的癖好；後來她殘缺的軀體以半非物質化的形式被賦予伊姆—比希（也就是復活屍奴）的功能，與哨兵駐紮在一起，守護她向他洩露其存在的那條隧道。消息很快傳到薩瑪科納耳中，可憐的媞拉—尤布殘缺的無頭身體出現在競技場上，然後被安置在那條隧道盡頭的土丘上，擔任最靠近外部的哨兵。別人告訴他，她成了一名夜間哨兵，機械化的職責是用火把嚇阻所有來客；假如有人無視警告繼續靠近，她就通知底下拱頂圓形房間裡的十二名屍奴伊姆—比希和六名活著但部分非物質化的自由人。人們還告訴他，她與一名日間哨兵輪流執勤——那是一名活著的自由人，他觸犯了其他法律，選擇用這種方法贖罪，而不是其他的懲罰手段。薩瑪科納自然早已知道，守護大門的哨兵以這種喪失資格的自由人為主。

話已經說清楚了，儘管並非直接告知，假如再次嘗試逃跑，他將得到的懲罰就是去擔任大門哨兵——然而是以活死人奴隸伊姆—比希的形式，首先還要在競技場遭受比媞拉—尤布所經歷的更加異乎尋常的折磨。他們明確地告訴他，他——更準確地說，他的部分身體——將在死後復活，守護通道內部的某一段；在其他人的視線下，他殘缺的身體將永遠象徵著背叛的代價。不過，前來通知他的人也總是說，他主動追尋如此厄運的未來是難以想像的。只要他安安靜靜地待在昆揚，他就永遠是一個享有特權、備受尊重的顯赫自由人。

然而最終潘費羅·德·薩瑪科納還是去追尋了別人向他仔細描述過的恐怖厄運。是的，他並沒有料到自己真會遭遇如此命運；但手稿中精神緊張的末尾一部分說得很清楚，他準備好了去面對這種可能性。給了他平安逃出昆揚的最後一絲希望的是他越來越熟悉非物質化這門技藝了。他研究了這門技法好幾年，在兩次成為其目標的過程中也學到了很多，現在他越發覺得自己能夠獨立而有效地使用它了。手稿記錄了數次值得注意的試驗——在他公寓裡獲得的小規模成功——折射出薩瑪科納希望能盡快進入完全隱形的幽魂狀態並盡可能長久保持的願望。

他聲稱，一旦達到這個水平，通往外部的通道就將向他敞開。當然了，他不能攜帶任何黃金，但能夠脫身就足夠了。不過他打算把裝有手稿的圖魯金屬圓筒非物質化後帶在身邊，哪怕需要付出額外的努力也在所不惜；因為他必須不惜代價地將報告和證據送回外部世界。他現在已經了解了那條隧道；假如能夠以原子瀰散狀態穿過它，他看不出任何人或力量能如何覺察或阻止他。唯一的問題在於他能否每時每刻都保持幽魂狀態。他從自己的試驗中得知，這種風險始終存在。然而冒險不就是一個人在拿死亡和更壞的結局賭命嗎？薩瑪科納是古老西班牙的一名紳士，流著直面未知、開拓了半個新世界文明的血液。

在最終下定決心後的許多個夜晚裡，薩瑪科納向聖帕菲利厄斯和其他主保聖人祈禱，數著念珠吟誦《玫瑰經》。手稿到末尾越來越像日記，最後一篇僅有一句話——

「*Es más tarde de lo que pensaba—tengo que marcharme*」

……「現在比我預想的晚了；我必須出發。」在此之後留給我的只有沉默和猜測——還有手稿本身存在所代表的證據以及或許能從手稿中得出的結論。

7

我從半麻木的閱讀和摘抄中抬起頭來，上午的太陽已經高掛空中。燈泡還亮著，但屬於真實世界——現代化的外部世界——的這些事物卻遠離了我混亂的大腦。我知道我在賓格村克萊德·康普頓家我的房間裡——然而我偶然揭開的是何等怪誕的一幅風景？這是個巧妙的騙局還是一份瘋病發作的編年史？假如是騙局，它是十六世紀還是現今的產物？手稿的年代在我這雙並非沒有經過訓練的眼睛看來真實得駭人，而怪異的金屬圓筒引出的問題則是我連想也不敢想的。

更有甚者，它為土丘那些令人困惑的現象給出了一個確切得堪稱恐怖的解釋——白晝和夜晚按時出現的鬼魂看似毫無意義的荒謬舉動，還有發瘋和失蹤的離奇事例！假如你能夠接受這個難以置信的故事，這個解釋合理得甚至該受詛咒，吻合得異常險惡。它肯定是某個了解有關土丘的所有知識的人製造出的驚人騙局。在描述充滿了恐怖和衰敗的難以想像的地下世界時，語氣中甚至有一絲社會諷刺的味道。它當然是某個學識出眾的憤世嫉俗者精心編造的贗品——就像新墨西哥的鉛十字架，某個小丑將它埋在地下，然後假裝發掘出了被忘記的黑暗時代歐洲殖民者留下的遺跡。

下樓去吃早飯的時候，我幾乎不知道該對康普頓和他母親以及已經陸續趕來的好奇村民說些什麼。我依然頭暈目眩，照著筆記唸了幾個要點，嘟囔說我認為這是以前來過土丘的探索者製造的精妙騙局——等我大致說完手稿的內容，他們紛紛點頭贊同。說來奇怪，早餐桌上的所有人，還有後來輾轉聽說故事內容的其他村民，似乎都覺得有人在捉弄其他人的想法將陰沉的氣氛一掃而空。大家一時間都忘記了土丘近期已知歷史中的謎團與手稿裡的那些同樣怪異，而且這些謎團始終缺少可接受的答案。

我邀請志願者陪我一起去探索土丘，但畏懼和懷疑回到了村民身上。我想組織一個更大挖掘隊伍，然而去那個令人不安的地方對賓格村民來說一如既往地毫無誘惑力可言。我望向土丘，見到一個來回移動的小點，我知道那是白晝出沒的哨兵，這時我感覺到驚恐的情緒在胸中滋生；因為不管我如何信奉懷疑主義，手稿的駭人之處還是給我留下了印象，與土丘有關的所有事物也籠罩上了全新的怪誕含義。我完全沒有勇氣用望遠鏡仔細觀察那個移動的小點，而是像我們在噩夢中常做的那樣虛張聲勢——有時候我們知道自己在做夢，會存心撲向更恐怖的深淵，希望能讓整件事情更快地結束。我的鋤頭和鐵鏟還在土丘上，因此我只需要用旅行包攜帶更小的那些物品。我把怪異的圓筒和其中的手稿放進旅行包，隱約覺得我或許能發現某些東西來驗證綠色墨水書寫的西班牙文手稿的部分內容。精妙的騙局很有可能得益於以前某位探索者在土丘上發現的一些特性，而那種磁性金屬確實古怪得可恨！灰鷹神祕的護身符依然用皮繩掛在我的脖子上。

走向土丘的時候，我不敢仔細打量它，但等我來到坡底，視線內卻見不到任何人。我重複前一天的攀爬歷程；若是奇蹟發生，手稿裡隨便哪個部分確實有幾分是真的，近在咫尺之處就有可能埋藏著什麼，這樣的念頭讓我心煩意亂。我忍不住想到，假如確實如此，那位虛構的西班牙人薩瑪科納肯定幾乎就要抵達外部世界了，卻被某種災難擋住了腳步——也許是非自願的重物質化。假如真是這樣，他自然會被哨兵抓住，無論當時執勤的是誰——也許是喪失資格的自由人，也許極度諷刺地湊巧是參與策劃並協助他第一次逃跑的媞拉—尤布——在接下來的搏鬥中，裝著手稿的圓筒大概掉落在了丘頂上，它在哨兵的視而不見下逐漸被掩埋，直到近四個世紀後被我發現。但是，我必須多說一句，像我這樣爬向丘頂的時候，你絕對不該琢磨這些稀奇古怪的事情。不過，假如故事裡確有幾分真相，薩瑪科納被抓回去以後必定面對了無比恐怖的厄運……競技場……切斷肢體……在結滿硝石的溼冷隧道裡執勤，作為一名活死人奴隸……遭到損毀的殘缺屍體，充當機器驅動的地下哨兵……

將這些病態猜想從我腦海裡驅散的是異常強烈的震驚，因為掃視橢圓形的丘頂一圈後，我立刻發現我的鋤頭和鐵鏟被偷走了。這是一個極度令人憤怒和不安的變化；同時也讓人困惑，因為賓格的所有居民似乎都不願造訪這座土丘。他們莫非是在假裝不情願？愛開玩笑的村裡人此刻難道正因為我的受窘吃吃發笑，而僅僅十分鐘前還一臉肅穆地送我離開？我取出望遠鏡，掃視聚集在小村邊緣的人群。不——他們似乎沒有在等待某種戲劇性的高潮；另一方面，這整件事說到底難道不就是一個巨大的玩笑嗎，村莊和保留地的所有居民都牽涉其中——傳說，手稿，金屬圓筒，等等等等？我想到我如何在遠處看見哨兵，然後發現他無法解釋地消失了；我又想到老灰鷹的言行，想到康普頓和他母親的語言和表情，想到賓格大多數村民臉上不可能作假的驚恐神色。整體而言，這不可能是個遍及全村人的大玩笑。恐懼和問題無疑是真實的，只是賓格顯然有一、兩個膽大包天的滑稽傢伙，趁我離開的時候偷偷爬上土丘布置好這一切。

土丘上的其他東西和我離開時一模一樣——我用大砍刀清理開的樹叢，靠近北側盡頭的碗狀窪地，我用雙刃短刀挖出因為磁性而被發現的圓筒時留下的坑洞。回賓格去取新的鋤頭和鐵鏟無疑是對不知名的惡作劇者做出的巨大妥協，於是我決定用旅行包裡的大砍刀和雙刃短刀盡可能地繼續下去；我取出工具，開始挖掘那片碗狀窪地，因為我的眼睛告訴我，這裡最有可能是昔日通往土丘內部的入口所在地。我剛開始動手，就感覺到了大風突然吹向我的奇異跡象，昨天我也注意到了同樣的事情——隨著我越來越深地挖開根系糾纏的紅色土壤，抵達了底下奇特的黑色肥土層，這種感覺變得越來越強烈，彷彿有幾隻不可見、無定形、朝反方向用力的手，拉住了我的手腕。我脖子上的護身符似乎在風中怪異地擺動——不是像被埋在土裡的圓筒吸引時那樣朝著一個固定的方向，而是沒有明確方向地以完全無法解釋的方式亂動一氣。

就在這時，在毫無預兆的情況下，我腳下根系叢生的黑色泥土開始裂開和沉降，我聽見底下深處傳來泥土灑落的微弱聲響。阻擋我的怪風或力量或隱形的手似乎就是從沉降之處湧向我的，我向後跳出坑洞以免被塌方捲進去的時候，我覺得它們像是用推力幫了我一把。我在坑洞邊緣彎腰張望，用大砍刀清理裹著泥土的糾纏根系，這時我覺得它們又開始阻擋我了——然而從頭到尾，它們都沒有強大到足以妨礙我工作的地步。我清理開的根系越多，底下的泥土灑落聲就越是清晰。最後，土坑開始朝著中心陷落，我看見泥土掉進底下的巨大空洞，束縛泥土的根系去除後，一個尺寸頗大的洞口出現在我眼前。大砍刀又劈了幾下，又一塊泥土掉下去，最後的障礙終於消失，怪異的寒風和陌生的氣味撲面而來。在上午的陽光下，至少3英呎見方的巨大洞口向我敞開，一段石階最頂上的部分重見天日，坍塌下去的鬆脫泥土還在沿著臺階滑動。我的追尋總算有了發現！成功的喜悅一時間幾乎蓋過了恐懼，我把雙刃短刀和大砍刀裝進旅行包，取出大功率的手電筒，準備得意洋洋、孤身一人、極度魯莽地進入我發現的這個神奇的地下世界。

剛開始的幾級臺階很難走，既因為掉落的泥土堵住了道路，也因為底下吹來陣陣險惡的冷風。我脖子上的護身符怪異地左右搖擺，我開始懷念逐漸消失在頭頂上的那一方陽光。手電筒照亮了巨型玄武岩石塊砌成的潮溼、有水漬和礦物質沉積的牆壁，我時常覺得自己在硝石底下瞥見了雕紋的線條。我緊緊地抓住旅行包，右側外衣口袋裡治安官沉重的左輪手槍的分量讓我感到安心。走了一段時間，通道開始左右盤繞，階梯也沒有任何障礙物了。牆壁上的雕紋變得清晰可辨，那些奇形怪狀的圖像與我發現的圓筒上的怪誕淺浮雕相似得令我顫慄。怪風或力量繼續充滿惡意地吹向我，在一、兩個拐彎的地方，我幾乎認為手電筒光束讓我瞥見了某種透明而稀薄的身影，它們與我用望遠鏡在丘頂看見的哨兵不無相似之處。我的視覺錯亂居然發展到了這個階段，我不得不駐足片刻以鎮定心神。接下來我無疑將面臨疲憊的考驗和我職業生涯中最重要的考古發現，我絕對不會允許緊張情緒在剛開始的時候就征服我。

然而我衷心希望我沒有選擇此處停下腳步，因為這個行為使得我的注意力完全不受干擾地集中在了某件東西上。它只是一個很小的物品，落在我底下一級臺階上靠近牆壁的地方，但這件物品嚴峻地考驗了我的理性，一連串最令人驚惶的猜測由此而生。從灌木根系的生長情況和飄積土的積累厚度來看，我上方的洞口已向全部的有形物質封閉了數個世代之久；但我前方的那件物品卻毫無疑問地不可能產自數個世代以前。因為它是一個手電筒，很像我手裡的這個——在潮溼如墳墓的環境中彎曲變形且結滿礦物質，但絕對不可能看錯。我向下走了幾級臺階撿起它，用我粗糙的外衣布料擦掉噁心的結晶物。手電筒外殼上的一條鍍鎳橫帶刻著其主人的姓名和住址，我剛辨認出那些文字就驚愕地意識到我知道他是誰。文字是「詹斯．C．威廉姆斯，特羅布里奇街17號，劍橋，馬州」——我知道它屬於一九一五年六月二十八日失蹤的兩位勇敢的大學教員中的一位。僅僅十三年前，而我破開的土層卻有幾個世紀之厚！這東西怎麼會出現在那兒？是這裡還有另一個出入口——還是非物質化和重物質化的瘋狂念頭居然真有可能實現？

我沿著似乎沒有盡頭的臺階繼續向下走，懷疑和恐懼在我內心滋生，這階梯難道永遠不會結束嗎？壁雕變得越來越奇異，其圖像敘事的特質使得我幾乎驚慌失措，因為我認出了它們與我旅行包裡的手稿所描述的昆揚歷史有著許多確鑿無誤的對應之處。我第一次開始認真思考向下走是否明智的問題，考慮是否應該即刻返回能自由呼吸空氣的地方，以免遇到什麼東西將我健全的神智留在地底下。不過我沒有猶豫太久，身為一名維吉尼亞人，我感覺到先祖鬥士和紳士冒險家的血液在激動地抗議，阻止我在已知和未知的一切危險面前退卻。

我向下走得更快而不是更慢了，盡量不仔細查看讓我膽顫心驚的可怖的淺浮雕和凹雕。很快，我看見前方有一個拱形的洞口，意識到長度驚人的階梯終於來到了盡頭。然而隨著我意識到這一點，驚恐也以成倍的量級降臨了，因為前方向我敞開巨口的是個帶拱頂的龐大房間，它的輪廓實在不可能更熟悉了——那是個巨大的圓形空間，所有細節都在呼應薩瑪科納手稿中描述的雕像林立的房間。

這就是那個地方。不可能有任何錯誤。假如懷疑還有任何容身之處的話，我隔著巨大的房間正面看見的東西也抹殺了這一點容身之處。那是第二道拱門，裡面是一條狹窄而漫長的隧道的起點，門口有兩個巨大的壁龕相向而立，其中是兩尊可憎而龐大、熟悉得駭人的塑像。黑暗中，不潔的伊格和恐怖的圖魯永世蹲伏，隔著隧道彼此瞪視，一如它們在人類世界最年輕的時候那樣。

我無法保證從此以後我的敘述——我認為我見到的事物——全都真實可信。它們完全悖逆自然，過於怪誕和難以置信，不可能屬於神智健全的人類經歷或客觀現實。我的手電筒可以向前投出明晃晃的光束，卻不可能同時照亮整個龐大的房間；因此我開始轉動光束，一點一點掃視高闊的牆壁。然而這麼一來，我驚恐地發現房間裡絕對不是空蕩蕩的，而是散落著各種古怪的家具、器皿和成堆的包裹，說明不久前還居住著數量可觀的人口——不是結著硝石的古代遺物，而是供現代人日常使用的形狀怪異的物品和補給。然而只要手電筒光束落在某一件或一組物品上，其清晰的輪廓就立刻開始變得模糊；直到最後我幾乎無法分辨這些事物究竟屬於物質範疇還是靈體範疇。

與此同時，阻止我前進的風變得愈加狂暴，看不見的手懷著惡意拖拽我，拉扯我脖子上帶有怪異磁性的護身符。瘋狂的念頭在我腦海裡肆虐。我想到手稿和它提到的駐紮此處的衛戍隊伍——十二名屍奴伊姆—比希和六名活著但部分非物質化的自由人——那是一五四五年——三百八十三年前……後來發生了什麼？薩瑪科納預測會有變故發生……不可言喻的崩潰……進一步的非物質化……越來越虛弱……莫非是灰鷹的護身符阻擋了他們？——他們神聖的圖魯金屬——他們難道在無力地企圖搶奪護身符，然後對我做他們對以前進來那些人做過的事情？……我忽然顫慄著想到，我這些推測的前提是我完全相信了薩瑪科納手稿的內容——事實不可能是那樣的——我必須控制住自己——然而，真是該死，每次我想控制住自己，就會看到一些從未見過的事物，從而更進一步地擊碎我的理智。這次，就在我即將用意志力讓那些半隱半現的物品徹底消失的時候，我隨意的一瞥和手電筒的光束，使得我見到了兩樣其本質迥然不同的東西；這兩樣東西來自極其真實和正常的世界，卻比我先前見過的任何東西都更加摧殘我已經動搖的理性——因為我知道它們是什麼，也從內心深處知道，只要自然規律還成立，它們就不該出現在這裡。它們是我失蹤的鋤頭和鐵鏟，整整齊齊地並排靠在這個地獄魔窟那刻著瀆神圖案的牆壁上。上帝啊——我居然還自言自語胡說什麼賓格村裡有些愛開玩笑的傢伙確實膽大妄為！

這成了壓垮我的最後一根稻草。在此之後，手稿該詛咒的催眠力量懾服了我，我確切地看見了那些東西半透明的形體在推搡和拉拽我；推搡和拉拽——那些噁心如痳瘋病患者、古老似來自早第三紀的怪物，還殘存著一絲人類的特徵——有完整的身體，也有病態而反常地不完整的……所有這些，以及駭人的其他個體——瀆神的四足生物，猿猴般的面容和突出的獨角……地下深處結著硝石的魔窟裡，到現在為止始終沒有任何聲音……

這時響起了一個聲音——撲通撲通；啪嗒啪嗒；一個單調的聲音逐漸接近，毫無疑問預示著一個與鶴嘴鋤和鐵鏟一樣由堅實物質構成的客觀存在物——它和包圍著我的那些朦朧怪影迥然不同，但與地表正常世界所理解的生命形式同樣沒有任何相似之處。我崩潰的大腦試圖讓我準備好面對即將來臨的東西，但無法形成任何符合邏輯的影像。我只能一遍又一遍地告訴自己，「它來自深淵，但不是非物質化的。」啪嗒啪嗒的聲音變得越來越清晰，我從機械的腳步聲中聽出在黑暗中走來的是個沒有生命的物體。然後——啊，上帝啊，我在手電筒的正面光束中看見了它；它像哨兵似的佇立在狹窄的隧道口，夾在巨蛇伊格和章魚圖魯那噩夢般的塑像之間……

請允許我鎮定一下再形容我見到了什麼，解釋我為何扔下手電筒和旅行包，空著手在徹底的黑暗中逃跑，無意識狀態仁慈地包裹著我，直到陽光和村裡人遠遠的喊叫聲喚醒我，這時我發現我氣喘吁吁地躺在該詛咒的土丘頂端。我到現在依然不知道是什麼指引我再次回到地表，只知道賓格的觀望者看見我在消失三小時後踉踉蹌蹌地走進視野，看見我跳起來然後平躺在地上，就像挨了一顆子彈。他們誰也不敢出來幫助我，但知道我肯定情況不妙，於是盡其所能地齊聲叫喊和對天放槍以喚醒我。

他們的努力最終奏效了，我渴望遠離那個依然張開巨口的黑色深洞，連滾帶爬地逃下山坡。我的手電筒和工具連同裝著手稿的旅行包全留在了地下，但讀者很容易理解為什麼我或其他人都沒有去找回它們。我跌跌撞撞地穿過平原走進村莊，不敢透露我究竟見到了什麼。我只是語焉不詳地嘟囔了一些有關雕紋、塑像、巨蛇和恐慌的話。有人說就在我踉蹌著回村走到一半的時候，鬼魂哨兵重新出現在土丘頂上，我再次失去了知覺。當天傍晚我離開賓格，再也沒有回去過，不過他們告訴我那兩個鬼魂依然日夜巡行於土丘頂端。

我已經下定決心要在此說出我不敢告訴賓格村民的事情：我在那個可怖的八月下午到底見到了什麼。直到今天我依然不知道該如何開口——假如聽到最後你認為我的緘默過於奇怪，請記住想像如此恐怖的事物是一回事，而親眼見到則是另一回事。我看見了。讀者應該記得我在先前的敘述中提到過一個名叫西頓的聰慧青年，一八九一年的一天他爬上那座土丘，回來後變成了村裡的傻瓜，胡言亂語了八年各種恐怖事物，最後在癲癇發作中死去。他經常呻吟的一句話是：「那個白人——啊，我的上帝，它們對他做了什麼……」

唉，我也見到了可憐人西頓見過的東西——我在閱讀手稿後見到了它，所以我比他更清楚這個東西的過往，因此情況變得更加糟糕——因為我完全清楚它象徵著什麼：所有的一切必定還在地底深處發酵、敗壞和等待。我說過它機械地走出狹窄的隧道向我靠近，像哨兵似的站在伊格和圖魯這兩個恐怖魔物之間的入口處。這是非常自然和無可避免的事情，因為這東西就是一名哨兵。它被製造成一名哨兵以示懲罰，它沒有任何生命——它缺少頭部、手臂、小腿和人類按慣例應有的其他部分。是的——它曾經是人類的一員；更有甚者，它曾經是一個白人。假如手稿和我認為的一樣真實，那麼顯而易見，這個生靈曾在競技場被用於各種怪異的消遣活動，直到生機斷絕，被改造成由外部控制的自動裝置驅動。

它覆蓋著少許體毛的白色胸膛上刻印或烙印了一些文字——我沒有停下來仔細查看，只注意到那是蹩腳的西班牙語；它的蹩腳蘊含著諷刺的意味，使用這種語言的外族題字者既不熟悉其語法現象也不熟悉用來記錄它的羅馬字母。這段文字是

Secuestrado
a la voluntad de Xinaián
en el cuerpo decapitado
de Tlayúb

——「在昆揚之意志下由媞拉—尤布的無頭軀體捕獲。」

為了人類自身的平和與安定，絕對不要去觸碰那些地球的黑暗角落或無底深淵。那將喚醒無以言說的怪型巨物，它們會自褻瀆神明的噩夢中甦醒，蠕動著走出無光的巢穴，再一次統治地表世界。

——H．P．洛夫克萊夫特

國家圖書館出版品預行編目資料

克蘇魯神話 III：噩夢 / 霍華．菲力普．洛夫克萊夫特著，姚向輝譯—初版—臺北市：奇幻基地出版；家庭傳媒城邦分公司發行；2021.8（民110.8）

面：公分. –（幻想藏書閣：118）

ISBN 978-986-06686-8-1（精裝）

874.57　110010223

本書內文譯稿、封面、書名頁、目錄、章名頁、版型、內頁插圖、贈品海報圖等美術設計、封底文字、專文出版前言，皆由果麥文化傳媒股份有限公司授權城邦文化事業股份有限公司奇幻基地出版事業部出版繁體中文版本

ISBN　978-986-06686-8-1

城邦讀書花園
www.cite.com.tw

幻想藏書閣

克蘇魯神話 III：噩夢（精裝）

作　　者／霍華．菲力普．洛夫克萊夫特
譯　　者／姚向輝
企畫選書人／張世國
責任編輯／張世國

版權行政暨數位業務專員／陳玉鈴
資深版權專員／許儀盈
行銷企劃／陳姿億
行銷業務經理／李振東
總 編 輯／王雪莉
發 行 人／何飛鵬
法律顧問／元禾法律事務所 王子文律師
出版／奇幻基地出版
　城邦文化事業股份有限公司
　臺北市 104 民生東路二段 141 號 8 樓
　電話：(02)25007008　傳真：(02)25027676
　網址：www.ffoundation.com.tw
　e-mail：ffoundation@cite.com.tw
發行／英屬蓋曼群島商家庭傳媒股份有限公司城邦分公司
　臺北市 104 民生東路二段 141 號 11 樓
　書虫客服服務專線：(02)25007718．(02)25007719
　24 小時傳真服務：(02)25170999．(02)25001991
　服務時間：週一至週五 09:30-12:00．13:30-17:00
　郵撥帳號：19863813　戶名：書虫股份有限公司
　讀者服務信箱 E-mail：service@readingclub.com.tw
　歡迎光臨城邦讀書花園　網址：www.cite.com.tw
香港發行所／城邦（香港）出版集團有限公司
　香港灣仔駱克道 193 號東超商業中心 1 樓
　電話：(852)25086231　傳真：(852)25789337
　e-mail : hkcite@biznetvigator.com
馬新發行所／城邦（馬新）出版集團
　【Cite(M)Sdn. Bhd】
　41, Jalan Radin Anum, Bandar Baru Sri Petaling,
　57000 Kuala Lumpur, Malaysia.
　Tel: (603) 90578822　Fax:(603) 90576622
　email:cite@cite.com.my

書衣插畫／果樹 breathing（郭建）
書衣封面版型設計／Snow Vega
文字編輯／謝佳容
排　　版／極翔企業有限公司
印　　刷／高典印刷有限公司
■ 2021 年（民 110）8 月 5 日初版一刷
■ 2023 年（民 112）8 月 21 日初版 3.8 刷

售價／ 499 元

廣　告　回　函
北區郵政管理登記證
台北廣字第000791號
郵資已付，免貼郵票

104台北市民生東路二段141號11樓

英屬蓋曼群島商家庭傳媒股份有限公司城邦分公司 收

請沿虛線對摺，謝謝

奇幻基地

每個人都有一本奇幻文學的啓蒙書

奇幻基地粉絲團：http://www.facebook.com/ffoundation

書號：1HI118C　　書名：克蘇魯神話III：噩夢（精裝）

奇幻基地 20 週年 ・ 幻魂不滅，淬鍊傳奇

集點好禮瘋狂送，開書即有獎！購書禮金、6個月免費新書大放送！

活動期間，購買奇幻基地作品，剪下回函卡右下角點數，集滿兩點以上，寄回本公司即可兌換獎品&參加抽獎！

參加辦法與集點兌換說明：

活動時間：2021 年 3 月起至 2021 年 12 月 1 日（以郵戳為憑）

抽獎日：2021 年 5 月 31 日、2021 年 12 月 31 日，共抽兩次

奇幻基地 2021 年 3 月至 2021 年 12 月出版之新書，每本書回函卡右下角都有一點活動點數，剪下新書點數集滿兩點，黏貼並寄回活動回函，即可參加抽獎！單張回函集滿五點，還可以另外免費兌換「奇幻龍」書檔乙個！

【集點處】（點數與回函卡皆影印無效）

1	2	3	4	5
6	7	8	9	10

活動獎項說明：

★ **「基地締造者獎 ・ 給未來的讀者」抽獎禮**：中獎後 6 個月每月提供免費當月新書一本。（共 6 個名額，兩次抽獎日各抽 3 名）

★ **「無垠書城・戰隊嚴選」抽獎禮**：中獎後獲得戰隊嚴選覆面書一本，隨書附贈編輯手寫信一份。（共10個名額，兩次抽獎日各抽 5 名）

★ **「燦軍之魂 ・ 資深山迷獎」抽獎禮**：布蘭登．山德森「無垠祕典限量精裝布紋燙金筆記本」。
抽獎資格：集滿兩點，並挑戰「山迷究極問答」活動，全對者即有抽獎資格（共 10 個名額，兩次抽獎日各抽 5 名），若有公開或抄襲答案者視同放棄抽獎資格，活動詳情請見奇幻基地 FB 及 IG 公告！

特別說明：

1. 請以正楷書寫回函卡資料，若字跡潦草無法辨識，視同棄權。
2. 活動贈品限寄臺澎金馬。

當您同意報名本活動時，您同意【奇幻基地】（城邦文化事業股份有限公司）及城邦媒體出版集團（包括英屬蓋曼群島商家庭傳媒股份有限公司城邦分公司、書虫股份有限公司、墨刻出版股份有限公司、城邦原創股份有限公司），於營運期間及地區內，為提供訂購、行銷、客戶管理或其他合於營業登記項目或章程所定業務需要之目的，以電郵、傳真、電話、簡訊或其他通知公告方式利用您所提供之資料（資料類別 C001、C011 等各項類別相關資料）。利用對象亦可能包括相關服務的協力機構。如您有依個資法第三條或其他需要協助之處，得致電本公司（(02) 2500-7718）。

個人資料：

姓名：＿＿＿＿＿＿＿＿＿＿ 性別：□男 □女

地址：＿＿＿＿＿＿＿＿＿＿＿＿＿＿＿＿ Email：＿＿＿＿＿＿＿＿＿＿

想對奇幻基地說的話或是建議：＿＿＿＿＿＿＿＿＿＿＿＿＿＿＿＿＿＿＿＿＿＿＿＿＿＿＿＿＿＿

＿＿

FB 粉絲團　　戰隊 IG 日常

奇幻基地 20 週年慶．城邦讀書花園 2021/12/31 前樂享獨家獻禮！
立即掃描 QRCODE 可享 50 元購書金、250 元折價券、6 折購書優惠！
注意事項與活動詳情請見：https://www.cite.com.tw/z/L2U48/

讀書花園

請剪下右側點數，貼於集點處，集滿兩點即可參加抽獎

1p 2021

ANOTHER MONSTER SIGHTING
Gnomor
Jehoshua
veni,
Veni
CTHULHU
R'LYEH
Aristoteles,
in Oceano longe maior euadat.
Olaus Magnus